कातिल कौन?

कातिल कौन?

आनंद रंगनाथन

प्रकाशक
प्रभात प्रकाशन प्रा. लि.
4/19 आसफ अली रोड, नई दिल्ली–110002
फोन : 011–23289777 • हेल्पलाइन नं. : 7827007777
इ–मेल : prabhatbooks@gmail.com ❖ वेब ठिकाना : www.prabhatbooks.com

संस्करण
2026

अनुवाद
रचना भोला 'यामिनी'

पेपरबैक मूल्य
तीन सौ पचास रुपए

मुद्रक
यश प्रिंटोग्राफिक्स, नोएडा

———————— ★ ————————

QUATIL KAUN?
novel by Dr. Anand Ranganathan

Published by **PRABHAT PRAKASHAN PVT. LTD.**
4/19 Asaf Ali Road, New Delhi-110002

ISBN 978-93-5521-600-7

₹ 350.00 (PB)

आभार

लेखक अपनी ओर से मिली, ऐश्वर्या, श्रेया मुखर्जी और दीपांजलि चड्ढा को शुक्रिया कहना चाहेगा, जिन्होंने विशेषज्ञतापूर्ण संपादन के साथ समय-समय पर अपने सुझाव भी दिए। एक दोस्त की तरह बने रहने और लगातार प्रोत्साहन देने के लिए रवीना टंडन का आभार। गौतम चिकेरमाने का आभार, जिन्होंने एक अध्याय का प्रारूप तैयार करने में मदद की, जिसे उनके एक आलेख से लिया गया है। इसमें उन्होंने भारतीय 5जी डोमेन में चीनी प्रवेश पर प्रतिबंध के पक्ष में अपने तर्क दिए हैं।

1

रात शांत है। बस, लेक पैलेस होटल की चारदीवारी से टकराती लहरों के सिवा कोई शोर सुनाई नहीं दे रहा। जाने कैसे एक मोर बेचैन-सा हो उठा। उसने पंख पसारे और शामियाने की मुँडेर से उड़ान भर ली। वह फूहड़ तरीके से लॉन में उतरा और फिर होटल के सबसे अच्छे रेस्तराँ की फ्रेंच विंडो के पास जाकर बैठ गया। उसके अंदर बहुत से सुंदर लोग मेज पर जल रही मोमबत्तियों की रोशनी में बतिया रहे हैं। उनके आसपास रजवाड़े से जुड़ी यादें बिखरी हैं। वेटर इधर-उधर भागते हुए मेहमानों की हर जरूरत का ध्यान रख रहे हैं। मोरचंग, खड़ताल एवं सारंगी की जुगलबंदी माहौल को और भी आलीशान बना रही है। पालतू मोर खिड़की के पास ही रखी एक मेज का एक कोना कुतर रहा है, जिस पर लगभग 30 साल का एक सुंदर-सा युवक अभिषेक सहगल बैठा है। उसके सामने ही सम्मोहित कर देने वाली सुंदर युवती बैठी अपने गले में पड़ी मोतियों की माला से खेल रही है। उसकी उम्र भी अभिषेक की उम्र के आसपास ही होगी। जोधपुरी पोशाक में सजा एक बैरा बर्फ की बालटी से डॉम पैरिगनॉन निकालकर आगे बढ़ा। फिर हलका सा इशारा मिलते ही उसने उनके जाम फिर से भर दिए। एक दूसरा वेटर मीठा ले आया और दोनों मेहमानों के आगे प्लेटें रख दी गईं। उन्होंने आदतन चम्मचों को फिर से व्यवस्थित कर दिया। वे दोनों जल्द ही सिर झुकाए मीठे व्यंजन का स्वाद लेने लगे।

अभिषेक ने मोनोग्राम अंकित प्लेट देखी। उस पर उसके नाम के पहले अक्षर थे। उसने नयनतारा को कुछ घबराहट से ताका। नयनतारा उसकी नजरों

से बेखबर अपने मीठे का स्वाद ले रही थी—द सिग्नेचर सूफ्ले! पहला चम्मच लेते ही उसने आनंद के मारे आँखें बंद कर लीं। जब उसने स्वाद लेते हुए आह भरी तो अभिषेक ने झट से फोन पर मैसेज टाइप किया—'अब तक सब बढ़िया चल रहा है।'

हॉल में, कारीगरी से सजी एक कोटा जाली के उस पार, मिशलेन स्टार शेफ ने 'थम्स अप' इमोजी के साथ अभिषेक के मैसेज का उत्तर दिया।

अभिषेक उत्तर देखकर मुसकराया और फिर नयनतारा की ओर देखा। वह यह देखकर बुरी तरह से डर गया कि नयनतारा अपनी प्लेट खाली कर चुकी थी और अब चम्मच चाट रही थी। उसके चेहरे पर ऐसे भाव थे, मानो उसे निर्वाण मिल गया हो! उसने धीरे से इस तरह आँखें खोलीं, मानो तंद्रा में हो। फिर वह उसे देखकर मुसकराई। पर जब उसने अभिषेक को अपना नैपकिन फेंककर हड़बड़ाहट मचाते देखा तो उसकी मुसकान हैरत में बदल गई। इस हलचल से दूसरे मेहमान भी चौंक गए। संगीत अचानक बंद हो गया। कटलरी का शोर भी थम गया था। वेटर जिस जगह थे, वहीं खड़े होकर उनकी मेज की ओर देखने लगे। मिशलेन स्टार शेफ स्क्रीन के पीछे से बाहर आया और हॉल की ओर लपका। उसने अभिषेक को देखा, जो नयनतारा को पीछे से पकड़कर उसकी कमर दबा रहा था। उसने नयनतारा को हवा में उठाया तो वह चिल्लाई। उनके आसपास भीड़ जमा हो गई और अफरा-तफरी मच गई।

नयनतारा को अस्पताल ले जाने के लिए मोटरबोट के सायरन गूँजने लगे। शेफ उनके साथ था और अभिषेक व नयनतारा को दिलासा देने की कोशिश कर रहा था; जबकि वह खुद भी बहुत बेचैन और घबराया हुआ था। घाट पर एंबुलेंस इंतजार में थी। नयनतारा को स्ट्रेचर पर लिटाया गया। अभिषेक एवं शेफ भी उसमें सवार हुए और जल्द ही एंबुलेंस सायरन बजाते हुए शहर की भीड़ भरी सड़कों पर दौड़ने लगी।

'दि अरावली जनरल अस्पताल' का इमरजेंसी रूम, आमतौर पर काफी हलचल रहती है, पर इस समय वह घबराहट से भरी खामोशी से घिरा था। सूई के काँटे आगे बढ़ते हैं तो उनका कंपन तक सुना जा सकता है। अभिषेक दोनों हाथों में सिर दिए सामने मेज पर रखी डुलकोलैक्स की बोतल को ताक रहा है। एक

घंटा और फिर उसके जैसे कई युगों की बेचैनी के बाद केबिन का दरवाजा खुला और डॉक्टर बाहर आया। उसने अभिषेक और शेफ को तसल्ली दी। उन्होंने सुकून से सिर हिलाए। एक बार फिर से सन्नाटा छा गया। पर जल्द ही टॉयलेट के फ्लश की आवाज से सन्नाटा टूटा। नयनतारा बाहर आई। उसके साथ एक नर्स है। नयनतारा को देखकर लगा, जैसे वह बुरी तरह से निचुड़ गई हो। वह आगे की ओर झुककर लड़खड़ाई और सहारे के लिए मेज का कोना पकड़ लिया। वह अभिषेक को घूरने लगी और फिर हथेली खोलकर एक हीरे की अँगूठी दिखाई। हीरा रोशनी में आते ही जगमग करने लगा। अभिषेक नयनतारा को गले से लगाने के लिए भागा और शेफ भी सोफे से उठकर जोड़े के पास आ गया। उसने एक अजीब सी मुसकान के साथ नयनतारा से कहा, "सूफ्ले में अँगूठी छिपाने का विचार इसका ही था।" इसके साथ ही उसने अभिषेक की ओर उँगली उठा दी। "मैं इस सबके लिए शर्मिंदा हूँ, बेहद शर्मिंदा!"

नयनतारा के चिंता भरे चेहरे पर अचानक शरारती मुसकान खेल गई। उसने उलाहना दिया, "पूरा एक घंटा। मेरे घुटने उकड़ूँ बैठने से बुरी तरह से दर्द कर रहे हैं।" वह अभिषेक को ताकते हुए बोली, "डॉक्टर ने कहा है कि मुझे इंडियन स्टाइल टॉयलेट का इस्तेमाल करना चाहिए। इस तरह अँगूठी गिरकर अचानक गायब नहीं होगी।"

शेफ किसी तरह अपनी हँसी रोकने की कोशिश में है। "अच्छा भई! चलो, जो हुआ, सो अच्छा ही हुआ। मुझे अब निकलना होगा, वरना यही नसीब मेरा होने वाला है और मैं यकीन दिला सकता हूँ कि जब वे मुझे यातना देंगे तो मेरे अंदर से मिलियन डॉलर की अँगूठी तो बिल्कुल नहीं निकलने वाली।"

नयनतारा चिहुँकी और अँगूठी के दाम समझ आते ही उसने आह भरी। उसने अभिषेक को देखकर आँखें तरेरीं, जो शेफ को देखकर आँखें सिकोड़ रहा था, जिसने अनजाने में अँगूठी का रेट बता दिया था।

"इसके लिए सॉरी।" शेफ ने नयनतारा से कहा, "मुझे अँगूठी का रेट नहीं बताना था—अभिषेक ने मुझसे वादा लिया था।"

अभिषेक शरमा गया। नयनतारा अँगूठी थामे खिलखिलाने लगी, "और देखो, मेरे अंदर से क्या निकला ?"

अभिषेक और शेफ भी उसके साथ हँसी में शामिल हो गए। "सुनो, मुझे निकलना पड़ेगा। तारा, एक बार फिर से सॉरी।"

"बेकार की बातें मत करो।" नयनतारा ने मुँह सिकोड़ा। हर चीज के लिए शुक्रिया और वह सूफ्ले, उसके लिए तो क्या ही कहा जाए!"

"पर हमारी बात तो नहीं बनी, है न?" अभिषेक ने पूछा।

"यह जानने के लिए कुछ ज्यादा नहीं करना पड़ेगा। बस, घुटनों पर बैठ जाओ।" नयनतारा ने अभिषेक से कहा।

अभिषेक मुसकराया। शेफ के इशारे पर वह एक घुटने पर बैठा और नयनतारा का हाथ थामकर बोला, "तारा, क्या तुम मुझसे शादी करोगी?"

"हाँ।", तारा ने शरमाने का अभिनय करते हुए कहा। कमरे में हँसी-खुशी की लहर दौड़ गई। शेफ उन दोनों को अलविदा कहते हुए बाहर निकल गया।

टैक्सी शेफ को उदयपुर की सड़कों से होते हुए एयरपोर्ट लेकर पहुँची। वह सीधा धूल उड़ाते हुए प्रवेश द्वार तक चली गई। स्तब्ध सुरक्षाकर्मी उसे देखते ही रह गए; और जब उन्होंनें गुस्से में आकर कार का पीछा करने की सोची तो उन्हें अहसास हुआ कि टैक्सी में कोई वी.आई.पी. ही बैठा होगा, वरना टैक्सीवाला ऐसी हिमाकत नहीं कर सकता था। और बेशक, उन्होंने देखा कि उनका सुपीरियर अपनी ओपन जीप में टैक्सी के पीछे आ रहा था। वे लोग उस प्राइवेट जेट तक पहुँचे, जो मेहमान को साथ ले जाने के लिए तैयार खड़ा था। शेफ टैक्सी से बाहर आया और जेट से लगी अस्थायी सीढ़ियों की ओर बढ़ा। एक ही मिनट बाद, वह अपना ड्रिंक पीते हुए अद्‌भुत नजारे को सराह रहा था। उसका विमान लेक पैलेस होटल के ऊपर से होकर निकल रहा था। शेफ ने लेदर सीट से पीठ टिकाई और सुकून की साँस ली। केबिन में हलकी गुंजन लोरी का-सा आभास दे रही है। उसे नींद आने लगी। पर जल्दी ही एक सहायिका उसके लिए स्वादिष्ट व्यंजन परोसकर ले आई। उसने अभिवादन करने के बाद शेफ से ऑटोग्राफ देने की विनती की। शेफ ने उसकी मुराद पूरी की, हालाँकि, उसे हलकी सी खीझ भी हुई। वह अपना ड्रिंक पीते हुए बीच-बीच में बाहर देखता रहा। उसके बाईं ओर शेल्फ में मैगजीन व किताबें रखी हैं। सबसे ऊपर वाली किताब पर उसकी तसवीर दिख रही है।

शीर्षक है—'स्वीट एंड सॉर, माई जर्नी फ्रॉम मुमताज सराय टू मिशलेन स्टार।'

—राजीव मेहरा

राजीव उसके कवर को ताकता रहा। वह भेदती हुई कोमल-सी नजर, तराशे हुए नक्श, एक दिन पुरानी हजामत वाला चेहरा और जानी-पहचानी मुसकान। उसने दूसरी ओर मुँह फेरकर दाढ़ी खुजाई, फिर बोर होकर हाथ में रिमोट उठा लिया और अपने आगे लगी स्क्रीन पर फूड चैनल लगा दिया। वह कितनी भी कोशिश कर ले, अपने आप से नहीं बच सकता। उस जगह वह तीन अन्य शेफ के साथ 'माएस्ट्रोशेफ स्पेशल' में दिखाई दिया। राजीव और गुस्सैल गिल्बर्ट रैमसे आपस में एक भारतीय व्यंजन में डाली जाने वाली सामग्री को लेकर लड़ने का दिखावा कर रहे हैं और दर्शक चीयर्स करते हुए हूट करते हैं। राजीव ने गिल्बर्ट के चेहरे को दो ब्रेड स्लाइस में दबाने के साथ ही कहा, "कौन हो तुम? बताओ मुझे, क्या हो तुम?" उसके लिए दर्शकों की ओर से उत्तर आया, "एक ईडियट सैंडविच।" और फिर सब जगह ठहाके गूँजने लगते हैं।

राजीव ने स्क्रीन ऑफ की और अपनी आरामकुरसी पर टेक लगाकर बैठ गया। उसने स्लीप मास्क से अपनी आँखें ढँक लीं। उसका दिन अभी शुरू ही हुआ था। उसे एकाध झपकी ले लेनी चाहिए।

□

दुबई इंटरनेशनल एयरपोर्ट पर विमान के उतरते समय पहियों के चीखने की आवाज सुनाई दी। प्लेन प्राइवेट जेट के लिए बने आरक्षित स्थान की ओर जाने लेगा।

ज्यों ही विमान उतरा, पास खड़ा एक हेलीकॉप्टर हरकत में आ गया। राजीव ने दुबई की गरम हवा में पक्की सड़क से निकलते ताप के बीच साँस ली और अपने हाथ व पैर फैलाकर अँगड़ाई लेते हुए चल दिया। उसे आगे जाकर अपनी टीम मिली, जो उसे चॉपर के पास ले गई, जो उसका ही इंतजार कर रहा था। जल्दी ही वे फिर से आकाश के बीच थे। वे लोग दुबई की जगमग करती, दमकती इमारतों के ऊपर से निकल रहे थे। सुबह होने को है। 10 मिनट बाद ही

चॉपर बुर्ज अल अरब पर जाकर उतरा। राजीव ने हेलीपैड पर अपने लोगों के साथ इंतजार कर रहे होटल मैनेजर एरमानो मियाजा को पहचान लिया। वे धूल और हवा से बचने के लिए तितर-बितर हो गए थे।

"बुर्ज में स्वागत है, मि. मेहरा!" एरमानो चॉपर की तेज आवाज के बीच जोर से बोला।

"शुक्रिया।" राजीव ने कहा, "सॉरी, थोड़ी देर हो गई। एक इमरजेंसी आ गई थी।"

"मुझे बताया गया कि क्या हुआ था!" मैनेजर ने दबी हँसी के साथ कहा और वे दोनों चॉपर से दूर आ गए, "उम्मीद करता हूँ कि मिस्टर एंड मिसेज सहगल हनीमून के लिए बुर्ज को चुनेंगे।"

राजीव इधर-उधर की बातों के मूड में नहीं है। "क्राउन प्रिंस कितने बजे मि. पटेल को ब्रंच के लिए मिलने वाले हैं?" उसने दो टूक पूछा।

"सर, 11 बजे। भारतीय दूतावास ने समय की पुष्टि की है। हिज एक्सीलेंसी अहमद अल मकतूम के ऑफिस से भी यही संदेश आया है। पर चिंता की बात नहीं है। हमारे पास एक घंटा है और मैंने आपके विस्तृत निर्देश पहले ही टीम को भेज दिए थे।"

"गुड। मुझे सीधा रसोई में ही ले चलें।" राजीव ने लिफ्ट लॉबी की ओर जाते हुए कहा।

राजीव ने उस खुली-सी रसोई में कदम रखा तो सबने तालियों से स्वागत किया। उसकी रेजीमेंट, दो मिशलेन स्टार शेफ सहित, अपनी जंग लड़ने के लिए पूरी तरह से तैयार थी। राजीव ने सीधे उन्हें निर्देश देने चालू कर दिए। फिर वह उन डिशेज को चखने लगा, जो मॉक ड्रिल के दौरान तैयार की गई थीं। वह उन्हें मार्गदर्शन देते हुए उनके ध्यान को भटकने नहीं दे रहा था। वह पूरी रसोई में चक्कर लगाते हुए सबको मुस्तैद रखे हुए था और इससे पहले कि कोई जान पाता, देखते-ही-देखते सब काम योजना के अनुसार होने लगा। रॉयल हॉल ऑफ नेशंस की बड़ी सी डाइनिंग टेबल पर बहुत ही स्वादिष्ट भारतीय व्यंजन सज चुके थे, जिसके आसपास दुबई और गुजरात के डेलीगेशन बैठे थे।

"योर एक्सीलेंसी! मैंने दशकों से इतना स्वादिष्ट खाना नहीं खाया।"

गुजरात के मुख्यमंत्री ने दमकते हुए कहा, "और सबसे बड़ी बात तो यह है कि यह इंडियन फूड है। मैं वाकई शर्मिंदा हूँ।"

क्राउन प्रिंस ने अपने लहराते हुए साटिन के कंडोरा को समेटा और अपने चेहरे पर एक मुसकान के साथ कहा, "ठहरिए मि. चीफ मिनिस्टर, अभी तो आपको मास्टरपीस चखना है।"

यह संकेत पाते ही सिग्नेचर सूफ्ले परोस दिया गया।

मुख्यमंत्री ने एक चम्मच भरी और उसे मुँह में घुलने दिया, और फिर वह हौले से उनके हलक से नीचे उतर गया। उनके होंठों से आह निकल गई। आँखें बंद हैं। एक पल के बाद उन्होंने हैरत से आँखें खोलीं। उनके पास शब्द नहीं हैं।

"मैंने आपसे कहा था न!" क्राउन प्रिंस ने टकटकी बाँध रखी थी, "मैं इसे मास्टरपीस यूँ ही नहीं कहता।"

"कैसे? यह कैसे हो सकता है?" मुख्यमंत्री ने कहा, "योर एक्सीलेंसी, उस 10 अरब डॉलर निवेश को भूल जाएँ, जिसका एम.ओ.यू. हमने अभी साइन किया है। अगर आप इस रेसिपी का राज बता दें तो मैं उसे दुगुना कर दूँगा।"

क्राउन प्रिंस अपना सिर पीछे करते हुए हँसे। "मि. चीफ मिनिस्टर, पहले जरूरी बात। तो आप बताइए कि यह किससे बनाया गया था?"

मि. पटेल जवाब सोचने लगे। "खजूर? खुबानी?" फिर वे अनिश्चितता से बोले।

"आप इसे क्या कहते हैं!··· अरे हाँ, यह टिंडे से बना है।" क्राउन प्रिंस ने दबी हँसी के साथ कहा।

मुख्यमंत्री के मुँह से जोर से निकला, "नहीं!" उन्होंने सिर हिलाते हुए अपनी बात फिर से दोहराई।

"टिंडे का सूफ्ले!" क्राउन प्रिंस ने शान से ऐलान किया, "और इसे किसी और ने नहीं।···" वे अपने सचिव की ओर मुड़े और उसने दरवाजा खोल दिया, जिससे राजीव ने अंदर कदम रखा।

"मि. चीफ मिनिस्टर, राजीव मेहरा से मिलिए। दुनिया का सबसे महान् जीता-जागता शेफ!" क्राउन प्रिंस ने ऐलान किया।

मुख्यमंत्री ने बड़े ही अपनेपन से राजीव को अभिवादन किया। "मि. मेहरा,

मेरी टीम का हिस्सा बन जाओ।" वे मजाक में बोले, "हम दोनों मिलकर दुनिया जीत सकते हैं।"

"इसके लिए तो देर हो गई।" क्राउन प्रिंस ने चिढ़ाया, "राजीव मेरी सेना में है और हम दोनों मिलकर पहले ही दुनिया जीत रहे हैं। एक बार में एक डिश!"

एक घंटे बाद, राजीव फिर से अपने प्राइवेट जेट में, गहरी नींद में था। उसकी आँखें मास्क से ढँकी हैं। वह भारत वापस आ रहा है। पास वाली सीट पर ही एक पत्रिका रखी है। उसके कवर पर राजीव का मुसकराता चेहरा दिख रहा है। उसके साथ लिखा है—'ए सिंगल डिश'।

□

जब विमान मुंबई में उतरा तो पक्की सड़क पर एक लिमोजीन इंतजार कर रही थी। वह राजीव को उसके पाली हिल वाले घर में ले गई, जो एक खुला, हवादार और बहुत ही सुरुचि से सजाया गया घर है। राजीव ने टी.वी. ऑन किया और नहाने चला गया। बाथरूम से पानी चलने की आवाज खबरों के साथ मिल रही है। आज भारत का सबसे अमीर और दुनिया का नौवाँ अमीर आदमी अपना जन्मदिन मना रहा है। फिल्मी सितारों, नेताओं और बिजनेस टाइकूनों की ओर से जन्मदिन की शुभकामनाओं की बौछार हो रही है। उस समय उस दौलतमंद इनसान का मुंबई स्थित आलीशान घर दिखाया जा रहा था। उस आकाश को छूती इमारत के बाहर लक्जरी कारों की भरमार है, जिनसे सुपर स्टार और हस्तियाँ उतर रहे हैं। उनके हाथों में फूलों के गुलदस्ते हैं। इमारत में घुसने से पहले वे लोग गुलाबों से सजी एक दीवार के आगे पोज देते हैं, फिर असेंबली लाइन की अगली हस्ती उन्हें विनम्रता से आगे धकेल देती है। रिपोर्टरों का जमावड़ा उनसे किसी तरह कोई खबर या सुराग निकलवाने की कोशिश में है कि आज रात का जन्मदिन का जश्न कैसा होने वाला है? सुना गया है कि इसे भव्य ताज ग्रैंड में मनाया जाएगा, जिसके लिए पूरा होटल बुक किया गया है। इसके बाद ताज के बाहर का दृश्य दिखाया जाता है, जिस जगह पहले ही रिपोर्टरों की भीड़ लग चुकी है। इस जगह पर दुनिया भर से मेहमान आने वाले हैं, जिनमें हिलेरी क्लिंटन से लेकर टॉम क्रूज, बिल गेट्स से लेकर रोजर फेडरर जैसी बड़ी-से-बड़ी हस्तियाँ आने वाली हैं, जो दुनिया भर से मिहिर कोठारी के साठवें जन्मदिन का

समारोह मनाने आ रही हैं। ताज के आसपास ऐसी सिक्योरिटी है, जैसी प्रधानमंत्री या राष्ट्रपति के लिए होती है। एक रिपोर्टर जैसे ही चैनल को यह खबर देता है, बाउंसर की हथेली का थपेड़ा उसके कैमरामैन को एक ओर कर देता है।

राजीव अपने बालों को तौलिए से रगड़ते हुए बाथरूम से बाहर आया। उसने कमर पर दूसरा तौलिया लपेट रखा है। उसने वार्डरोब खोला और उसकी नजरें अपनी शर्टों व जैकेटों को खँगालने लगीं। उसने हलके नीले रंग के मेल में जोड़ा पहन लिया। उसने कपड़े पहनने के बाद अपना डफल बैग लिया और टी.वी. ऑफ कर बाहर निकल गया। घर के नीचे ताज होटल से आई मर्सिडीज उसे साथ ले जाने के लिए तैयार खड़ी है। राजीव ने कार चालक से कहा कि वह रास्ते में दलाल स्ट्रीट पर रोके और फिर वह अपनी टीम को फोन पर निर्देश देने में मगन हो गया। पूरे 15 मिनट तक निर्देश चले। दूसरी ओर फोन को स्पीकर पर डालकर राजीव की भरोसेमंद बटालियन नोट्स ले रही है और कुछ लोगों ने तो राजीव की बातें रिकॉर्ड भी कर ली हैं। व्यंजन बनाते समय डलने वाली सामग्री की मात्रा और अवधि को मिनटों के बजाय सेकंडों के हिसाब से समझाया गया है; और यह बात तो टीम को और भी चकित करती है कि राजीव हर चीज को अपनी याददाश्त के सहारे ही बताता है।

तीन ट्रैफिक जाम, दो कॉल-ड्रॉप और पाँच रेसिपी के निर्देश देने के बाद चालक ने राजीव को बताया कि अभी वे मंत्रालय तक ही आए थे। राजीव खीझ गया, 'भाड़ में जाए ये जाम! मैं यहीं से पैदल निकलता हूँ।' वह दलाल स्ट्रीट के कोने पर ही उतर गया! पैदल ऑफिस जानेवालों की भीड़ हो रही है, पर अभी बहुत ज्यादा नहीं हुई; उसे पैदल चलना अच्छा लग रहा है। स्टॉक एक्सचेंज के पीछे वाली गली राजीव को एक पुरानी पारसी दुकान पर ले जाती है, जो अपने गुजराती स्नैक्स के लिए जानी जाती है। उसके एक हिस्से में चाय और रस परोसे जाते हैं, जिस जगह ग्राहकों की भारी चहल-पहल है। इसका मालिक एक थुलथुल-सा बूढ़ा व्यक्ति है, जो अपना ट्रेडमार्क फेंटा पहने खड़ा है। उसने राजीव को देखते ही अपनेपन से पुकारा। फिर उसने काउंटर के नीचे से एक पैकेट निकालकर उसके आगे रख दिया। "ताजे थेपले, आज सुबह ही बनाए। जैसे आपने कहा था।" उसने राजीव से कहा। उसके पीछे दीवार पर मोहन भाई

कोठारी का माला लगा हुआ चित्र है, कोठारी खानदान के पितामह! उसके आगे जलने वाली धूप से सुगंध आ रही है। राजीव ने पैकेट उठाकर उसके मालिक को शुक्रिया कहा और निकल आया। कार में बैठते ही उसने कार चालक से ताज चलने को कहा।

मर्सिडीज ने पिछले गेट से ताज में प्रवेश किया। उस जगह कोई रिपोर्टर या चहल-पहल नहीं है। जाने कैसे कहीं से एक रिपोर्टर सामने आ टपका और इससे पहले कि राजीव चुपके से अंदर जा पाता, उसने अपना माइक उसके आगे रख दिया।

"सर, एक कमेंट प्लीज। बस, एक।" वह राजीव के साथ तेजी से चलते हुए बोला।

"अभी नहीं, प्लीज।" राजीव ने कोमलता से कहा।

पर रिपोर्टर सुनने को तैयार नहीं है। "सर, आप पिछले एक दशक से मिहिर कोठारी के जानकार हैं। आप उनके पारिवारिक मित्र हैं। हाल ही में आपने मनीष कालरा के साथ मिलकर असल में एक महीने पहले ही मि. कोठारी के बेटे के विवाह समारोह की व्यवस्था सँभाली थी। आज भी उस भव्य दावत की बातें होती हैं। मैं बस, यह पूछने वाला था कि क्या आज रात का डिनर भी कुछ अलग होने वाला है ?"

"हर डिनर अलग होता है।" राजीव ने उसे परे धकेलने के लिहाज से झट से कहा।

"सर, एक आखिरी सवाल।" उसने माइक लेकर इसरार किया। "हमने सुना है कि मि. कोठारी ने एक दर्जन टेस्टर नियुक्त किए हैं, जो घर, रेस्तराँ या पार्टी वगैरह में उनके लिए बने खाने को चखते हैं। पर जब भी आप उनके लिए खाना तैयार करते हैं तो उनका इसरार होता है कि आप ही उसे पहले चखें। क्या यह सच है ?"

राजीव को जानकर हैरानी हुई कि उस बंदे को कितना कुछ पता था! "हाँ, ऐसा ही है। कहते हैं न कि शैतान को अपने ही काढ़े का स्वाद लेना चाहिए।" उसने मजाक करते हुए बड़े-बड़े डग भरे, ताकि रिपोर्टर को पीछे छोड़ सके—और वह ऐसा करने में सफल रहा।

होटल का मैनेजर लॉबी में इंतजार कर रहा है। उसने बड़ी उमंग से राजीव का स्वागत किया और उसे चौथी मंजिल पर बने सुइट में ले गया। राजीव ने अपना डफल बैग पलंग पर पटका और शेफ के कपड़े बदल लिये, जो उसके लिए बहुत अच्छी तरह से मेज पर रखे हुए थे। फिर उसने मैनेजर से कहा कि वह उसे सीधा वहीं ले चले, जहाँ आज उसका पूरा दिन बीतने वाला था।

□

ताज रसोई का एल्यूमीनियम पैनल वाला डबल दरवाजा झटके से खुला तो इंतजार में खड़ी फौज दिखाई दी। यह दुबई वाले होटल जैसी ही जगह है, पर उससे कई गुना बेहतर है। स्वागत पूरा हुआ, भाषण दिए गए और राजीव सीधा काम की बात पर आ गया। वह पूरी विशेषज्ञता के साथ अपने आदमियों से काम लेने लगा। वे सब मिहिर कोठारी के सम्मान में बनने वाले सेवन कोर्स मील की तैयारी में थे। मीडिया ने इसे 'सेवन वंडर्स ऑफ द वर्ल्ड' का नाम दिया और कई दिनों तक इसकी चर्चाएँ होती रहीं। सीनियर शेफ जल्दी-जल्दी निर्देश दे रहा है और जूनियर शेफ एवं सहायक भारी बरतन व पतीले लिये इधर से उधर आ-जा रहे हैं। राजीव भी पूरी रसोई में एक से दूसरे कोने तक घूमते हुए सारी डिशेज पर नजर रखे हुए है। वह स्टॉक चखने के साथ-साथ रसोइयों को समझाता भी जा रहा है। यह सबकुछ एक यादगार शाम की ओर जा रहा है।

इस भारी हलचल और शोर-शराबे के बीच ही शाम आ पहुँची। हालाँकि, इतनी आपा-धापी के बीच भी उसकी जिंदादिली कम नहीं हुई। राजीव पिछले पाँच घंटों से एक पैर पर काम कर रहा है; पर उसे देखकर लगता है कि अभी नहा-धोकर तैयार हुआ है और पूरे दिन के काम के लिए तरोताजा है। उसके पास कमाल की ऊर्जा है और उसके स्टाफ पर भी इसका असर देखा जा सकता है।

"इमैनुएल, मैं पूछ सकता हूँ कि यह क्या है ?" वह अचानक चिल्लाया।

इमैनुएल तारदेली, इतालवी मिशलेन स्टार शेफ, झुककर देखने लगा कि शेफ राजीव मेहरा को किस बात से गुस्सा आया ! उसने खोज निकाला। सेंटरपीस बर्थडे केक की तीसरी मंजिल पर लगी गुलाब की पत्ती की छँटाई। बटरक्रीम फ्रॉस्टिड पत्ती एक मिलीमीटर से तिरछी जा रही थी। वह चिल्लाया, "धत्त तेरे की !" उसने सिर हिलाते हुए राजीव की पारखी नजर की हामी भरी। फिर वह

आगे को झुककर चिमटी की मदद से पत्ती ठीक करने लगा। राजीव मुसकराया। अब गुलाब बिल्कुल सही लग रहा है।

□

"गुलाब को कॉलरबोन के पास लगाओ न, अंकल!" सुभद्रा ने आग्रह किया। वह शीशे के आगे खड़ी थी। उसके ईवनिंग गाउन की लंबी रेल मनीष कालरा की दुबली देह पर लहरा रही थी। वह उसमें उलझकर गिरते-गिरते बचा, "ओह, देखकर!" फिर वह उकड़ूँ बैठकर पोशाक को उसकी शेप में लाने के लिए पिन करने लगा। वह जरूरत के हिसाब से मुँह में पकड़ी पिनें इस्तेमाल कर रहा है।

"यह गुलाब कहीं नहीं जाने वाला और निश्चित रूप से कॉलरबोन के पास तो बिल्कुल नहीं लगेगा, सुभद्रा कोठारीजी!" उसने कहा।

सुभद्रा ने जीभ चटकाते हुए मायूसी से नीलिमा बुआ को देखा, जो कुछ ही फीट की दूरी पर बार्सिलोना पर आराम कर रही हैं।

"इन्हें बोलो न फई, ये आपकी बात सुनते हैं।"

नीलिमा ने हार्पर से नजर उठाकर झट से सुभद्रा को देखा। "मनीष, बच्ची जो कह रही है, वही कर दो।" फिर वह अलसाई-सी मैगजीन पर दोबारा लौट गई। "बोर मत बनो। तुम बच्चियों से भी लड़ोगे अब ?"

"नहीं।" मनीष ने अपने होंठों से एक और पिन लिया और सुभद्रा के नितंबों पर आने वाले तारों से सजे वेल्वेट को व्यवस्थित करने लगा। "गुलाब हमेशा वहीं होता है, जिस जगह ब्रोच पिन करते हैं। यह ऊपर की ओर नहीं लगेगा। ठीक है, डार्लिंग! फाइनल ?"

"सॉरी, सुब्स! मैंने तो अपनी ओर से कोशिश की।" नीलिमा ने मैगजीन को एक ओर रखते हुए कहा।

मनीष सीधा तनकर खड़ा हुआ। उसने सुभद्रा को कंधों से थाम लिया। फिर वह देर तक उसे शीशे में देखता रहा और फिर उसके गाउन को उसी तरह सेट कर दिया, जैसे वह चाहता था। "वेरी गुड!" उसने सुभद्रा को मजाक में परे धकेल दिया, "अब हुईं तुम तैयार!"

"समय भी तो कितना लग गया!" नीलिमा ने आह भरी। "दो घंटे हो गए हैं। मनीष, अब तुम बूढ़े हो गए हो।"

मनीष ने आँखें नचाईं। "हनी, अब तुम्हारी बारी ?"

"क्या, मैं ?"

"अब तुम्हें राजकुमारी बनाना है। तुम हमेशा रानी की तरह दिखते हुए थकतीं नहीं ?"

"हर पोशाक के लिए एक उम्र होती है।"

"और मेरे पास हर उम्र के लिए एक पोशाक है।"

"इनके पास तो हर बात का जवाब है।" नीलिमा ने मनीष पर मैगजीन फेंकते हुए कहा।

"सच कह रहा हूँ, एन!"

"बस करो, मनीष! मैं इस ईवनिंग ड्रेस में ठीक हूँ।"

"बदलो इसे। तुम एडविना माउंटबेटन लग रही हो।"

"क्या तुम कह रहे हो कि कृष्ण लुइस है, या फिर नेहरू ?"

"अगर मुझसे पूछो तो वह चर्चिल है।"

नीलिमा अपना सिर पीछे झटकते हुए हँसी। "एम, तुम्हारी हाजिर-जवाबी कमाल होती जा रही है।"

"अच्छा, अब बकवास बहुत हो गई। कम ऑन, मैं तुम्हारा रूप बदल दूँ।"

"मैं अपनी वसार्चे में ठीक हूँ, थैंक यू!"

"यह काउल ड्रेप पुराने जमाने का लगता है, है न!"

"मैं भी तो पुराने जमाने की ही हूँ।"

"उफ्फ!"

"बस करो।" नीलिमा बोली, "सुब्स, चलने का टाइम हो गया। अब अच्छी बच्ची की तरह मनीष अंकल को फ्लाइंग किस दो, उनको कितना परेशान किया!"

"बेब्स, थोड़ा सँभलकर रहना। बहुत ज्यादा मत झुकना, वरना यह ड्रेस फट सकती है।"

"बड़ी मजाकिया बात है।" सुभद्रा बोली।

"ओ गॉड, तुम दोनों भी!" मनीष अपनी उँगलियाँ चटकाते हुए बोला।

सुभद्रा के घुमावदार गाउन को सँभालने के लिए खासतौर पर लंबी-सी

लिमो लाई गई है। नीलिमा ने सीट पर बैठकर चैन की साँस ली। "सुब्स, दो घंटे।" उसने उलाहना दिया, पर जल्द ही अपनी खीझ को दबाते हुए तारीफ में कहा, "पर दो घंटे पूरे वसूल हो गए। तुम कितनी कमाल लग रही हो!"

"थैंक्स, फई!" सुभद्रा ने अपने गाउन की बाँहें ठीक करते हुए कहा। तभी उसका फोन बजने लगा। सुभद्रा की सासू माँ वृंदा का फोन है। उसने कहा, "माँ, मैं अभी बात नहीं कर सकती। मैं तो फोन तक नहीं उठा सकती, सारी ड्रेस खराब हो जाएगी।"

पर वृंदा इतनी आसानी से हार मानने वालों में से नहीं है। "मुझे वीडियो स्क्रीन पर लो। जरूरी काम है।" उसने हुक्म दिया।

सुभद्रा को बात माननी पड़ी। एक मिनट के बाद वीडियो कॉल पर वृंदा की सासू माँ मीरा बेन भी उसके साथ थीं। वे दोनों फोन से उलझ रही हैं। उन्हें वीडियो कॉल करनी नहीं आ रही। सुभद्रा चिल्लाई, "जल्दी करो, माँ!" नीलिमा सिर हिलाते हुए स्क्रीन को घूर रही है। उसे पता है कि यह कॉल क्यों की गई है!

"यह महापात्रा लैटेस्ट है। मैं कैसी दिख रही हूँ?" वृंदा ने पूछा। वह अपने चोकर के बारे में राय लेना चाहती है। "इसमें सैकड़ों हीरे और पत्थर जड़े हैं, जो रोशनी पड़ते ही जगमग करने लगते हैं।" ज्वैलरी डिजाइनर अरिंदम महापात्र ने खी-खी करते हुए एक ओर से कदम रखा।

नीलिमा खुद को रोक नहीं पाई। "हे भगवान्! वृंदा! महापात्र ने तुम्हें क्लियोपेट्रा बना दिया है।"

"चुप करो!"

"यह तो बड़ा ही बेहूदा है। मैं तुम्हारा चेहरा नहीं देख पा रही। लगता है, जैसे गरदन में आग लग गई है।"

"वृंदा, इस बारे में नीलिमा की मत सुनो। यह तुमसे जल रही है।" जल्द ही यह बात कहनेवाला चेहरा दिखाई दिया। वह कोठारी खानदान की माँ, नीलिमा की माँ मीराबेन कोठारी हैं।

जैसे क्लियोपेट्रा ही बहुत नहीं थी कि क्वीन एलिजाबेथ भी आ गई! नीलिमा ने मुँह बनाया। "माँ, आप दोनों को हो क्या गया है? अगर इन्होंने न्यूक्लियर रिएक्टर पहना है तो आपने एलिजाबेथ कॉलर पहन लिया है।"

मीराबेन ने वृंदा से फोन छीना और उसे देखने लगीं। उन्हें लगा कि कोई कॉल आ रही थी। सच में किसी का फोन आ रहा था। उन्होंने सुभद्रा व नीलिमा से विदा ली और दूसरे कॉलर का फोन उठा लिया। फोन पर कोठारी भाइयों—मिहिर और रूपेश का निजी सचिव विरमानी था।

"बोलो वीर!" मीराबेन ने हड़बड़ाई-सी आवाज में कहा।

वीर थोड़ा खिसिया गया। उसे तो लगा था कि वृंदा फोन लेंगी, पर दूसरी ओर कड़क मिजाज मीराबेन बोल रही थीं। उसने किसी तरह खुद को सँभालकर कहा, "हैलो, मैम!" वह बुदबुदाया, "मिहिर सर ने मुझे आपको और वृंदा मैम को यह कहने के लिए कहा है कि उन्हें देर हो रही है और वे रूपेश सर के साथ सीधा ताज ही आएँगे। पहले घर आने का समय नहीं है।"

मीराबेन ने भुनभुनाते हुए कॉल काट दी और विरमानी चकरा-सा गया। फिर धीरे-धीरे सुध आई तो वह फिर से बोर्डरूम में चला गया, जहाँ एक प्रेजेंटेशन चल रही थी। वह दीवार के साथ-साथ चुपके से चलते हुए मिहिर के पीछे जाकर खड़ा हो गया। फिर उसने मौका पाते ही माँ का संदेश मिहिर को पहुँचा दिया। मिहिर ने हामी भरी और अपनी कुरसी पर पासा पलटा।

एक चीनी व्यक्ति बोल रहा है। मिहिर ने अपने भाई रूपेश को टहोका देकर पूछा, "इस 5जी टेक्नीक के बारे में तुम्हारी क्या राय है? आखिरी स्लाइड से काफी सार पता चला।" वह फुसफुसाया।

रूपेश सकते में आ गया सवाल से और सवाल पूछने के अंदाज से भी। उसे लगा था कि वह पूरी मीटिंग अपना व्हाट्सएप देखते हुए बिता देगा और कोई ध्यान तक नहीं देगा। वह हकलाया हुआ-सा कोई जवाब खोजने लगा। "मुझे इसके लिए थोड़ा और विस्तार में जाना होगा।" वह बोला और फिर जल्दी से विषय बदल दिया। "हम लोग ताज के लिए कब निकल रहे हैं?" उसने पूछा। मिहिर मुसकराया और पीछे की ओर होते हुए अपनी पसंदीदा मुद्रा में आ गया। फिर उसने सामने रखी प्लेट से एक कुकीज उठा ली।

एक स्टूअर्ड कोट टेल्स पहने हुए था। उसने प्लेटें लीं और झट से रसोई से बाहर निकला। वह उन्हें अपनी बाजू पर संतुलित करना चाह रहा था, जिस पर पहले से ही एक प्लेट में हॉर्स डि ओवरेस रखे हुए थे। वेटर और स्टूअर्ड

इधर-उधर घूम रहे थे। उस खुले गलियारे के कोने पर पहुँचने के बाद स्टूअर्ड घूमा और अपनी कमर के धक्के से बॉलरूम के कलात्मक दरवाजे को खोल दिया। अब वह पूरी तरह से एक अलग ही दुनिया में था।

एक सदी पुराना ताज बॉलरूम देखने लायक है। राज के जमाने की शानो-शौकत को इसकी थीम रखा गया है और इस जगह फानूस से लेकर परदे, मेजपोश तथा लिनन वगैरह राज के दिनों की याद दिलाते हैं। बस, हाथियों की ही कमी है। इस हॉल में 70 गोल मेजें आ सकती हैं। वह अपनी पूरी क्षमता तक भरा हुआ है, जैसे हर मेज पर एक छोटे देश की सामूहिक जी.डी.पी. मौजूद है।

ज्यों ही कोठारियों ने कदम रखा, पूरे बॉलरूम में चुप्पी छा गई। मेहमान उनका अभिवादन करने के लिए आगे लपके, मानो भीड़ अपने आप ही परिवार के आसपास व्यवस्थित हो गई। जल्दी ही कोठारी छितरा गए। वे अपने साथ अपनी सुविधानुसार अपने मेहमानों को भी खींच ले गए। मिहिर और रूपेश टाइकूनों के साथ व्यस्त थे; मीराबेन और वृंदा बॉलीवुड दिवा एवं डिजाइनरों के साथ थीं; सुभद्रा और रोहन मुंबई राजवंशों के वंशजों तथा भावी अरबपतियों के साथ थे; और नीलिमा ने कामकाजी पेशेवरों एवं पत्रिका के संपादकों को लुभा रखा था; नेशनल जिओग्राफिक, वॉग और उनके बीच में आने वाला सारा मीडिया। बॉलरूम की चहल-पहल वापस आ गई। जोड़े जैज म्यूजिक पर थिरकने लगे। काँटों से शैंपेन के गिलास खनकाए गए, भाषण दिए गए और केक काटा गया।

कोठारी टेबल पर सबसे ज्यादा शोर है। घराने के जवान बच्चे मिहिर से एक रोमांटिक-सा गीत गाने का इसरार कर रहे हैं। उसके विनम्रता से मना करते ही हर ओर से हौसला बढ़ाने की आवाजें आने लगीं। तभी उसने मेज पर मीठा व्यंजन आता देखा और वह सुकून से मुसकराया, "आह, यह सही समय पर आ गया!"

यह तो सिग्नेचर सूफ्ले है। मिहिर ने उसे प्रशंसा भरी निगाहों से देखा। वह पहले भी कई बार इसका स्वाद ले चुका है, पर हर नए मौके पर इसका स्वाद नया ही लगता है। उसने राजीव के बारे में पूछा। पर इससे पहले कि कोई और जवाब देता, वह स्वयं ही इसका उत्तर जानता है। राजीव जिस कार्यक्रम में जिम्मेदारी सँभालता है, उसमें सार्वजनिक तौर पर शामिल नहीं होता। वह किसी

फिल्म डायरेक्टर या डिजाइनर की तरह दूर से ही अपने रचनात्मक मास्टरपीस को देखता है, और इस समय भी वह यही कर रहा है। वह ऑर्केस्ट्रा मंच के मोटे रेशमी परदों के पीछे से अपने चाहने वालों की एक-एक हरकत और भावों को देख रहा है; जबकि वे कुछ नहीं जानते। मिहिर ने अनुपस्थित राजीव के नाम टोस्ट किया। वह जोर से बोला, "ये जाम राजीव के नाम!" पूरे बॉलरूम में राजीव का नाम गूँज गया। मिहिर ने धीरे से एक चम्मच सूफ्ले लिया, उसे होंठों तक ले गया और उसकी गंध लेने के बाद उसे अपने मुँह में डाल लिया।

मेज पर बैठे दूसरे लोगों ने भी यही किया। क्रॉकरी पर चम्मचों की खन-खन सुनाई देने लगी। पूरी मेज पर तारीफ से भरी आह और ओह सुनाई दे रही हैं। कोठारियों ने एक-दूसरे को देखना और बात करना बंद कर दिया, मानो सभी किसी पशु वृत्ति के अधीन हो गए हों! राजीव दूर से ही मुसकराते हुए उनका यह व्यवहार देख रहा है। उसकी निगाहें मिहिर कोठारी पर लगी हैं, जो हमेशा की तरह अपनी कुरसी पर तनकर बैठा हुआ है और हाथ में चम्मच पकड़ी हुई है, जो मीठे की प्लेट पर है। पर उसके बरताव में कुछ अजीब-सा लगा। उसके चेहरे पर कोई भाव नहीं है, शरीर में अकड़न है और आँखें पूरी तरह से खुली हैं। वह पलक झपकाए बिना सुदूर देख रहा है। उसके भिंचे हुए होंठों से खून भरे झाग निकल आए हैं, मानो मरने के बाद शरीर अकड़ रहा हो। वह मर चुका है।

बॉलरूम में चीखने-चिल्लाने की आवाजें आने लगीं। मेहमान झटके से अपनी कुरसियों से उठे और भागकर कोठारी की मेज पर जाने लगे। मिहिर आराम से जमीन पर गिरा और परिवार के सदस्य उसे सँभालने भागे। कोई डॉक्टर को बुलाने लगा तो कोई चीख-चीखकर सबको सूफ्ले खाने से रोकने लगा। मेहमानों में एक डॉक्टर भी था, जो मिहिर को देखने आगे आ गया। उसने सिर उठाकर हिलाते हुए कहा, "साइनाइड का जहर।" वह इतना धीरे से बोला कि सुनाई भी नहीं दिया। एक सेकंड बीता। फिर एक और सेकंड बीता। किसी को समझ नहीं आ रहा कि क्या कहना है, कैसे पेश आना है? वे सभी दिशाओं में देखने लगे। किसी ने राजीव को परदे के पीछे से निकलते देखा और वह चिल्लाया। उसने अविश्वास से राजीव को दोषी ठहराया। रोशनी अब भी धीमी है और मेहमान राजीव को सही तरह से देख नहीं पा रहे। पर राजीव समझ गया।

वह वहीं जड़ हो गया। एक मोटे से पहरेदार ने उसे बाजू से पकड़ लिया। एक मेहमान ने उसे कहा कि वह ऐसा न करे। उनके बीच बहस होने लगी। होटल का मेडिकल और एंबुलेंस स्टाफ आ गया था। इसके बाद पुलिस भी आ गई। इंस्पेक्टर ने राजीव को साथ चलने को कहा। उसने एक शब्द भी नहीं कहा। उसने धीरे से हामी भरी। वे बॉलरूम से बाहर आ गए। बाहर, राजीव को देखते ही भीड़ में खुसुर-पुसुर शांत होने लगी, मानो पुलिसवाले और राजीव किसी के अंतिम संस्कार में आए हुए हों!

"मुझे कहाँ ले जा रहे हैं?" जब वे लिफ्ट की ओर बढ़े तो राजीव ने पूछा। उस भीड़ की धीमी रोशनी में इंस्पेक्टर अच्छी तरह पहचान में भी नहीं आ रहा था। आज के लिए सारी लॉबी, गलियारे और बरामदे मोमबत्तियों की रोशनी में नहाए हुए थे, मानो कोई कुब्रिक की 'बैरी लिंडन' को दृश्य-दर-दृश्य फिल्मा रहा हो!

"पहले पुलिस स्टेशन।" आप्टे ने आँखें सिकोड़ीं। उसे भी कम रोशनी से खीझ हो रही थी।

राजीव ने हामी भरी। "क्या मैं अपने कमरे से रात की दवाएँ और इंसुलिन के इंजेक्शन ले सकता हूँ?"

इंस्पेक्टर आप्टे ने हामी भरी। "ठीक है।" उसने राजीव से कहा।

राजीव ने लिफ्ट की ओर इशारा किया। "शुक्रिया। चौथी मंजिल, महाराजा सुइट।"

वह थोड़ा सा रास्ता चुप्पी के बीच तय हुआ। पुलिसवाले ने राजीव का दायाँ हाथ कसकर पकड़ा हुआ था। वह चौथी मंजिल पर पुलिसवालों को महाराजा सुइट की ओर ले गया। फिर वह कमरे के लॉक हैंडल पर कार्ड स्वाइप करके अंदर चला गया। उसका डफल बैग पलंग पर रखा है। वह उसे खँगालने लगा। फिर वह इंस्पेक्टर आप्टे की ओर मुड़ा। "दवाएँ तो टॉयलेट में हैं। क्या मैं ला सकता हूँ?"

"जल्दी करो।" इंस्पेक्टर ने सिर हिलाया। वह वहीं सोफे पर बैठ गया। उसके साथी आलीशान सुइट को घूम-घूमकर देखने लगे।

राजीव टॉयलेट में घुसा और उसे अंदर से बंद कर लिया। वह तेजी से बाथटब वाले हिस्से की ओर बढ़ा। उसमें एक आदमी पड़ा हुआ कराह रहा

है। उसे अपनी सुध नहीं है। वह राजीव मेहरा है। उसके पास खड़े आदमी ने अपने चेहरे से हाइपर रियल लेटेक्स मास्क खींचकर उतार दिया, जो दिखने में राजीव के चेहरे की तरह था। उसने उसे मोड़कर बैकपैक में रख लिया, जो उसने वॉशबेसिन से लिया था। फिर उसी गति से उसने अपनी नीले डायल वाली रॉलेक्स सबमैरीनर घड़ी निकाली और कलाई पर पहन ली। समय बहुत कम है।

उसने राजीव को बाथटब से उठाया और उसकी बेल्ट उतार ली। उसने उसी बेल्ट से फंदा-सा कसा और उसे राजीव की गरदन में डालकर कसने लगा। उसने उस बेल्ट का दूसरा हिस्सा दरवाजे से बाँध दिया। इसके बाद बैकपैक से नींद की गोलियाँ निकालीं, कुछ गोलियों को नीचे बिखेर दिया और कुछ बेसिन में गिराने के बाद खुली बोतल बाथटब के पास रख दी। फिर उसने रेजर ब्लेड को कागज से निकाला और राजीव के पास झुककर उसकी कलाई चीर दी तथा ब्लेड को वहीं टब में उछाल दिया। फिर वह बैकपैक को पीठ पर लादे बाथरूम की खिड़की की ओर बढ़ा। राजीव बेहोशी में जाने क्या बुदबुदाता रहा! वह आदमी खिड़की खोलकर बाहर निकल गया।

महाराजा सुइट के बाहर इंस्पेक्टर आप्टे और उसके साथी बेचैन हो रहे हैं। आप्टे ने घड़ी देखी और अपने साथियों को काररवाई करने का इशारा किया। उनमें से एक टॉयलेट के पास गया और दरवाजा खटखटाया। कोई जवाब नहीं आया। उसने दरवाजे का हैंडल खोलना चाहा, पर उसमें ताला लगा था। उसने उसे कंधे से धकेला। दूसरे लोग भी मदद के लिए आगे आ गए। अब वे घबरा गए थे। कुछ ही कोशिशों के बाद दरवाजा खुला और झटके से अंदर जा गिरा। वह जगह खाली थी। वे लोग बाथरूम की ओर भागे। राजीव के मुँह से झाग निकल रहे थे, उसकी आँखें झटके से खुल-बंद हो रही थीं। कलाई से खून रिस रहा था। उसके बार-बार सिर हिलाने से गरदन का फंदा कसता जा रहा था, जिससे मुँह से और झाग निकल रहे थे। पुलिसवालों ने चिल्लाते एवं गालियाँ बकते हुए फंदे को सावधानी से हटाया और राजीव को बाजुओं से पकड़कर बाथटब से बाहर निकाल लिया। उन्होंने उसे वहीं लिटाया और मदद लेने भागे। वे बार-बार राजीव के गालों पर थप्पड़ बरसाते हुए उसे होश में लाने की कोशिश करने लगे।

लॉबी में पिछले आधे घंटे में भारी भीड़ जमा हो चुकी थी। राजीव के चेहरे

पर ऑक्सीजन मास्क लगा दिया गया और साथ ही ड्रिप चल रही थी। एंबुलेंस सहायक ने पाउच पकड़ा हुआ था और साथ-साथ भाग रहा था। इसके साथ ही, मिहिर की लाश को भी बाहर लाया जा रहा है। मेहमान और परिवार के सदस्य साथ ही हैं। होटल में प्रवेश द्वार खुला और एंबुलेंस तथा पुलिस की गाड़ियों के सायरन गूँजने लगे। बाहर पत्रकारों और टी.वी. क्रू की भीड़ उमड़ आई है। एंबुलेंस पैपाराजी के समंदर को चीरते हुए अँधेरे में आगे चल दी और सबकुछ पहले की तरह शांत हो गया।

□

2

अस्पताल के कमरे में मॉनीटर्स की 'बीप' की आवाज के अलावा शांति छाई है। राजीव एडजस्ट होने वाले पलंग पर बिना हिले पड़ा है। उसका सिर ऊँचा किया गया है और मुँह पर ऑक्सीजन मास्क लगाया गया है। कलाई पर पट्टी बँधी है, पर उसके ऊपर खून की एक बूँद छलक आई है। इंस्पेक्टर आप्टे राजीव के पास ही खड़ा उसे घूर रहा है, पर अपनी ही सोच में खोया है। डॉक्टर ने कमरे में आकर राजीव के पलंग के पास लटका हुआ डाटा चार्ट देखा।

"यह बात कब कर सकेगा, डॉक्टर?" इंस्पेक्टर आप्टे ने पूछा।

"कम-से-कम कुछ घंटों तक तो नहीं। काफी खून निकल गया है। आत्महत्या की कोशिश में कोमा में भी जा सकता था। नींद की आधी शीशी गोलियाँ निगल लीं और फिर बेल्ट की जकड़ से दिमाग को ऑक्सीजन की सप्लाई भी लगभग बंद हो गई थी। इसका बचना भी किसी करिश्मे से कम नहीं है।" डॉक्टर ने कहा।

आप्टे ने सिर हिलाया। "ज्यों ही यह अपना मुँह खोलने लायक होगा, हम यहाँ पहुँच जाएँगे।"

"इतना तो बता ही सकता हूँ कि कल सुबह तक नहीं हो सकेगा।" डॉक्टर बोला।

तभी राजीव को दौरा-सा पड़ा। उसका पूरा शरीर काँपने लगा। उसके हाथों में लगी नलियाँ अपनी जगह से हिल गईं। डॉक्टर गिरती हुई ड्रिप को सँभालने भागा। उसने चिल्लाकर नर्सों को बुलाया। आप्टे एक कदम पीछे हो गया और

दूसरे डॉक्टरों ने राजीव के आसपास घेरा-सा बना लिया। अलग-अलग मॉनीटरों की बीप के बीच उनके चिल्लाने के तेज स्वर शामिल हो गए थे।

आप्टे को समझ नहीं आया कि वह कैसे पेश आए? वह परदा हटाकर खिड़की से बाहर देखने लगा। ऑटोप्सी के बाद मिहिर कोठारी की लाश को शव वाहन में रखा गया है और लोग चुपचाप देख रहे हैं। वह पीछे हट गया। कमरा अब शांत हो गया है। राजीव अब स्थिर हो चुका है। आप्टे ने एक साथी को अपने साथ चलने को कहा और दूसरे साथी से कहा कि वहीं रहकर राजीव पर नजर रखे।

□

कोठारी मेंशन में गंभीरता छाई है। घर के आगे की जो जगह कुछ देर पहले लाखों फूलों और जगमग करती एल.ई.डी. झालरों से सजी हुई थी, अब दिन निकलते ही सीमेंट के सलेटी रंग के बीच मनहूस लग रही है। अंदर बड़े से हॉल में मिहिर के शव को अंतिम दर्शनों के लिए रखा गया है। वातानुकूलित ताबूत को फूलों, मालाओं और सेहरों से सजाया गया है। उसके चारों ओर शोक प्रकट करने वालों की भीड़ है। वे ताबूत और लकड़ी के काँच को हाथों से छूकर अपने हाथ हृदय से स्पर्श करते हैं और फिर आगे चल देते हैं। कुछ ही फीट की दूरी पर कोठारी खानदान के लोग सफेद कपड़ों में बैठे हैं। सबके चेहरों पर काले चश्मे दिखाई दे रहे हैं। उनसे परे, दूर तक जा रही कतारों में वही शोक प्रकट करने वाले बैठे हैं, जो कल रात जन्मदिन के डिनर में मेहमान बनकर आए थे। वे लोग आलथी-पालथी लगाए सुदूर ताक रहे हैं। उनकी उदासी और गम जैसे आसपास की हवा में भी घुल-से गए हैं। पुलिस कमिश्नर हॉल में आए और अपनी श्रद्धांजलि देने के बाद कोठारियों के पास शोक प्रकट करने चल दिए। रूपेश उन्हें एक ओर ले गया और नीलिमा भी वहीं आ गई।

"ऑटोप्सी यानी पोस्टमार्टम की रिपोर्ट से पुष्टि हो गई है कि उनकी मौत साइनाइड से ही हुई है।" कमिश्नर ने रूपेश को बताया।

रूपेश ने आँखें बंद करते हुए नीलिमा को गले से लगा लिया, "मैं उसे फाँसी पर लटका हुआ देखना चाहता हूँ। कमिश्नर, आप सुन रहे हो न?"

"चिंता न करें, सर! केस पूरी तरह से साफ और वाटरटाइट है। उसे कड़ी सजा मिलनी तय है।"

"अब वह हरामी कहाँ है?"

"हिंदुजा अस्पताल में। उसे तब से होश नहीं आया। हमने नजर रखी हुई है।"

"वाटरटाइट से तुम्हारा क्या मतलब है?"

"चश्मदीद गवाहों के अलावा हमारे पास सी.सी.टी.वी. फुटेज भी हैं, जिनमें वह सूफ्ले में जहर मिलाता हुआ दिख रहा है। वह तो पक्का गया। आप मेरा यकीन करें, सर!"

रूपेश ने साँस छोड़ी, पर कमिश्नर को ही ताकता रहा। वह तभी हटा, जब कमिश्नर शर्मिंदा-सा होकर दूसरी ओर देखने लगा। "मैं उसे किसी भी हाल में छूटने नहीं देना चाहता। उसे मरना होगा। मुझे रोज की खबर देते रहना।"

"जी, सर! अब मैं चलूँ?"

रूपेश ने खीझकर कमिश्नर का आगे बढ़ा हुआ हाथ मिलाया। उसे पता है कि कमिश्नर जान-बूझकर लोगों के बीच कोठारियों के साथ अपनी जान-पहचान का दिखावा करना चाहता है। पर कई बार यह दिखावा भी करना ही पड़ता है। उसने नीलिमा को लिया और शोक के लिए आए लोगों के बीच से होते हुए आगे चल दिया। वह खिड़की के काँच से अंदर आती सूरज की किरणों को देख रहा था, जिन्होंने सारे माहौल को रँग दिया था।

□

सूरज में नहाया हुआ हॉल इस समय पूरी तरह से शांत था। उरा जगह इंस्पेक्टर आप्टे के खर्राटों और कभी-कभार उस जगह से निकलने वाले मेडिकल स्टाफ एवं नर्सों के पैरों की आहट के सिवा कुछ सुनाई नहीं दे रहा था।

आप्टे का साथी कांस्टेबल गणेश उसके लिए चाय लाया और उसे कोहनी से टहोका देकर जगा दिया। इंस्पेक्टर झटके से सोफे से उठा और अपने हाथों से पूरा चेहरा पोंछ लिया।

गणेश ने मुसकान दबाते हुए टी.वी. ऑन कर दिया। हर चैनल पर मिहिर कोठारी के अंतिम संस्कार को ही दिखाया जा रहा है। दिल्ली से प्रधानमंत्री और राष्ट्रपति भी पधारे हैं। अभी शव को अंतिम संस्कार के लिए लाया नहीं गया है। वह अब भी कोठारी मैंशन में शोक प्रकट करने वालों के लिए रखा है, ताकि

वे अंतिम दर्शन कर सकें। पर कोलाबा श्मशान घाट पर भी भारी भीड़ जमा है और लोगों ने अपनी सुविधा के अनुसार आसपास की छतों एवं इमारतों पर अपने लिए जगह बना ली है। चारों ओर संजीदगी छाई हुई है। लोग अब भी सदमे में हैं। फाइनेंशियल गुरुओं को बंबई स्टॉक एक्सचेंज की चिंता सता रही है। कोठारी ग्रुप ऑफ कंपनीज इस झटके को झेलने के लिए तैयार है। कहा जा रहा है कि जब तक अंतरिम चेयरमैन की घोषणा नहीं होती, तब तक काम को बंद रखा जा सकता है, ताकि बाजार में भी थोड़ा ठहराव आ जाए।

गणेश लगातार चैनल बदलते हुए ऐसे चैनल पर आया, जो पिछली रात की दुःखद घटनाओं को नए सिरे से दिखा रहा है। 'खूनी बावर्ची' शीर्षक के साथ ही पृष्ठभूमि में ऐसा संगीत बजाया जा रहा है, जिसे सुनकर रामसे ब्रदर्स भी शरमा जाएँ! वे लोग राजीव के पीछे हाथ धोकर पड़े हैं। उसके अतीत के सारे गड़े मुर्दे उखाड़े जा रहे हैं, बेरहमी से हर ट्वीट एवं सोशल मीडिया पोस्ट को घसीटा जा रहा है और उनका मकसद साफ दिखने लगा है। वे उसे आई.एस.आई. का एजेंट साबित करना चाहते हैं। इस दौरान, उन्होंने अपने आप ही उसे फाँसी की सजा सुना दी है। मुंबई बार एसोसिएशन ने वकीलों को चेताया है कि कोई भी राजीव के बचाव पक्ष से खड़ा न हो। 'इससे पहले कि राजीव को फाँसी हो, हम तुम्हें लटका देंगे।' वे चिल्ला रहे हैं। आप्टे ने गणेश के हाथ से रिमोट ले लिया। उसने टी.वी. बंद कर रिमोट पटक दिया। फिर वह उठा और टाँगें सीधी कीं। उसका दिन अभी शुरू हुआ है, जो बहुत लंबा और थकाने वाला होने वाला है। उसे ऊपर से भी बहुत सारी मिस्ड कॉल्स आई हुई हैं, जिनमें कमिश्नर से लेकर मंत्रियों के सहायक तक शामिल हैं। तभी एक नर्स ने आकर राजीव के होश में आने की खबर दी।

"चलो, काम पर चलें।" आप्टे ने मेज पर रखी टोपी उठाकर झाड़ते हुए अपने साथी से कहा।

इंस्पेक्टर आप्टे ने राजीव के कमरे में कदम रखा तो वह पूरी तरह से होश में और जागा हुआ था। हालाँकि, उसके एकटक ताकने को देखकर आप्टे चौंका, पर शायद यह दवाओं का असर था। एक नर्स ने उसके सिर को और ऊँचा कर दिया था, और वह उसे किसी तरह थोड़ा-बहुत हिलाने की कोशिश कर रहा था।

ऑक्सीजन मास्क आई वी स्टैंड पर टँगा है। डॉक्टर ने आप्टे से कहा कि वह दस मिनट से ज्यादा सवाल-जवाब न करें।

"क्या किसी ने इससे बात की है, या उसे बताया कि क्या हुआ था ? क्या इसने अखबार देखा या टी.वी. देखा ?" आप्टे ने पूछा।

डॉक्टर ने सिर हिलाया। "इसे पाँच मिनट पहले ही होश आया है। आप ही सबसे पहले अंदर आए हैं। अभी तबीयत टिकी हुई है, पर दवाओं का भारी असर है। आप आराम से बात करें।"

आप्टे ने आगे आकर राजीव के पास एक कुरसी खींच ली और बैठ गया। दोनों के बीच बहुत देर तक बात नहीं हुई और वे एक-दूसरे को ताकते रहे। आप्टे ने बात शुरू की, "हमें सबकुछ अपने शब्दों में बता दो।"

"इंस्पेक्टर, यह सवाल तो मुझे आपसे करना चाहिए!" राजीव ने किसी तरह कहा।

यह सुनकर आप्टे चिढ़ गया। "नहीं, हम पूछेंगे, जवाब तुम दोगे।"

"पूछने के लिए क्या है ? मैं नहीं समझा।" राजीव बोला, "मैं अस्पताल में क्यों हूँ ? इस जगह कैसे आया ? मेरा किस बात का इलाज हो रहा है ? मेरी कलाई पर बैंडेज क्यों लगा है ? मेरी आवाज क्यों भर्रा रही है ? ऐसा क्यों लग रहा है कि मेरा सिर किसी ट्रक के नीचे आकर कुचला गया है ? यह क्यों ?"

"मैं इस लंबी लिस्ट में दो और सवाल शामिल कर देता हूँ।" आप्टे बोला, "तुमने मिहिर कोठारी को क्यों मारा ? फिर तुमने अपनी जान लेने की कोशिश क्यों की ?"

राजीव दंग रह गया। "आप क्या कह रहे हो ? क्या मतलब है आपका ? मैंने मिहिर की जान ली ? क्या यह कोई मजाक है ? क्यों, मिहिर को क्या हुआ ? और आत्महत्या ? मैंने आत्महत्या करनी चाही ? मैं ऐसा क्यों करूँगा ? यह सब हो क्या रहा है ?"

आप्टे के साथी यह पूछताछ कैमरे में रिकॉर्ड कर रहे थे। उन्होंने मुँह बिचकाया। वे जानते हैं कि आप्टे का धैर्य चुक रहा है।

"मि. मेहरा ! मैं यह सब कैमरे के लिए कह रहा हूँ।" आप्टे ने किसी तरह गुस्से को काबू में करते हुए अपने दाँत पीसे। "कल रात तुम हमें बेहोश मिले।

तुमने आधी शीशी नींद की गोलियाँ निगल ली थीं। तुमने अपनी कलाई काट ली। आपने अपनी ही बेल्ट से अपना गला घोंटना चाहा। तुमने अपनी जान लेने के लिए तीन कोशिशें एक साथ कीं। मैंने पहली बार किसी को ऐसा करते देखा है और फिर भी तुम मेरे आगे बैठे साँस ले रहे हो! मिहिर कोठारी के लिए ऐसा नहीं कह सकते। वे मर चुके हैं। आज उनका अंतिम संस्कार होना है। तुमने उनकी जान ले ली। बस, इतना ही। अब तुम बताओ।"

राजीव मारे पीड़ा के कराह उठा। "दिमाग खराब हो गया है क्या ? मैं अपनी जान क्यों लेने लगा ? मैं मिहिर की जान क्यों लेने लगा ? मैं तो उसे प्यार करता हूँ, उसे सराहता हूँ। क्यों ? कैसे ?"

इंस्पेक्टर ने अपनी हथेली पर अपना बेंत फटकारा। "बस, बहुत हो गया, भैन···। कल रात की हरकतों के चश्मदीद गवाह भी हैं। उन्होंने तुम्हें आत्महत्या करते देखा। तुमने मिहिर को साइनाइड देकर मारा। मैंने पोस्टमार्टम की रिपोर्ट देखी है। तुम ही उसके टेस्टर थे। उसने तुम पर भरोसा किया और अब वह इस दुनिया में नहीं है।"

राजीव ने अपना चेहरा हाथों में थाम लिया। "इंस्पेक्टर, मुझे कुछ समझ नहीं आ रहा। मैं तो कोठारी परिवार को बहुत चाहता हूँ। मैं उन्हें क्यों मारने लगा ? आप ऐसा क्यों कह रहे हैं ? मुझे सुनने में भी शर्मिंदगी हो रही है।"

"चिंता मत करो। हम जल्द ही तह तक पहुँच जाएँगे।" इंस्पेक्टर आप्टे बोला, "तब तक तुम अस्पताल से सीधा आर्थर रोड जेल जाओगे।"

"मिहिर मर गया···" राजीव बुदबुदाया, "क्यों ? कोई भला उसे क्यों···"

"मेहरा साहब! तुम बताओ। तुमने उसे मरते देखा है।" आप्टे बोला। "तुमने उसे परदे के पीछे से मरते देखा और फिर भागना चाहा। बताओ, ऐसा क्यों किया ?"

"यह हो ही नहीं सकता।" राजीव बोला, "मैं तो सारे समय रसोई में ही था। किसी से भी पूछ लो। शेफ से पूछो, कुक्स से पूछो। सारे वेटर और नौकर—किसी से भी पूछ लो।"

"किस समय ?"

"शाम को। उनसे पूछो मैं झूठ क्यों कहूँगा ?"

"किस समय ?"

"पता नहीं। पर डिनर हो गया था। हम अगले कोर्स की तैयारी कर रहे थे, लास्ट कोर्स।" राजीव बोला।

"फिर क्या हुआ ?" आप्टे ने पूछा।

"मैं लास्ट कोर्स बना रहा था। किसी से भी पूछ लो। इमैनुएल तारदेली से पूछो। वही शेफ मेरी मदद कर रहा था। हम लोग ग्लेजिंग को सही तरह से तैयार करने के बारे में बात कर रहे थे। इसके बाद तो सीधा खुद को आपसे बात करते पाया। मैं इस जगह पर हूँ। कलाई पर बैंडेज है। सिर फटने को आ रहा है। बस, इतना ही। मुझे यही याद है।"

"मि. मेहरा, क्या कोई मजाक हो रहा है ?" आप्टे बोला, "सैकड़ों लोगों ने कल तुम्हें मिहिर कोठारी की भयानक मौत के बाद परदे के पीछे से बचकर भागते देखा है। सैकड़ों लोगों ने तुम्हें लॉबी में देखा, जब हम तुम्हें पुलिस स्टेशन ले जा रहे थे। दर्जनों लोगों ने सुना कि तुमने हमसे विनती की कि तुम्हें तुम्हारे कमरे से दवा और इंसुलिन लेने दिए जाएँ। फिर दर्जनों ने देखा कि तुम हमारे साथ अपने सुइट की ओर गए। चौथे तल पर हाउसकीपिंग स्टाफ ने तुम्हें हमारे साथ कमरे में जाते देखा। कमरे में हम तीनों ने तुम्हें टॉयलेट में जाते देखा।"

इंस्पेक्टर राजीव के और पास आकर गुर्राया, "हमने जबरदस्ती टॉयलेट का दरवाजा खोला। हमने तुम्हें बेहोश पाया। तुमने अपनी कलाई काट ली थी। चारों ओर खून था। और ये···" आप्टे ने राजीव का गाउन खींचा, "तुम्हारी गरदन पर निशान ? ये तुम्हारी अपनी ही बेल्ट के निशान हैं।"

राजीव मारे डर के सिहर गया।

आप्टे ने आदतन अपने एक हाथ से दूसरी कलाई मली और बहन की गाली देते हुए बोला, "मजाक है क्या ? क्या समझ रखा है हमें ? तू कह रहा है कि यह सब झूठ है !"

इससे पहले कि राजीव कुछ कहता, दरवाजा झट से खुला और एक आदमी भागते हुए अंदर आया।

"राजीव, एक शब्द भी मत कहना।"

इंस्पेक्टर अपना आपा खो बैठा। "और तुम कौन हो ?" वह चिल्लाया।

एक ही पल में वह उस व्यक्ति को पहचान गया। वह जाना-माना क्रिमिनल लॉयर अजय बंसल था।

"तुम परवाह मत करो कि मैं कौन हूँ ? पहले यह बताओ कि तुम कौन हो ?" अजय ने पलटवार किया।

आप्टे सब समझता है। उसने अपना गुस्सा थूका और शांति से बोला, "इंस्पेक्टर आप्टे।"

"तुम जो भी हो और ये दोनों जो भी हैं।" उसने गणेश व तुकाराम की ओर इशारा किया।

"कल से तीनों सस्पेंडिड समझो।"

गणेश व तुकाराम ने झट से कैमरा बंद किया और सामान समेटने लगे।

"राजीव।" अजय बोला, "क्या ये लोग तुम्हारा इंटरव्यू ले रहे थे ? क्या कहा तुमने ?"

राजीव कुछ नहीं बोला। उसके चेहरे पर सदमा साफ झलक रहा था।

आप्टे ने किसी तरह खुद को सँभाला। "बंसलजी, हम इन्हें आर्थर रोड ले जा रहे हैं।"

"किस हक से ?" अजय ने पूछा, "और क्या आपने मेरे क्लाइंट का इंटरव्यू लिया ? क्या आप रिकॉर्ड कर रहे थे ?"

इंस्पेक्टर आप्टे दूसरी ओर देखने लगा। "हम इंटरव्यू नहीं ले रहे थे, सर! हमने इसकी जान बचाई है। हम बस, हाल-चाल पूछने आए थे।"

"बस, बहुत हो गई तुम्हारी चिंता।" अजय झपटा, "मुझे रिकॉर्डिंग की कॉपी चाहिए। मैं ही देखूँगा कि तुमने हाल-चाल पूछा या इंटरव्यू लिया है ? अब तुम जा सकते हो!"

इंस्पेक्टर आप्टे जानता है कि कब उसे पीछे हटना है। हर पुलिसवाला जानता है। उसने किसी तरह अपनी इज्जत बचानी चाही। "हम वारंट लेकर आएँगे। यह तो ओपन एंड शट केस है। हम शाम तक चार्जशीट फाइल कर देंगे।"

"ऐसा तुम्हें लगता है।" अजय बोला, "अगर मेरे पाँच गिनने तक तीनों कमरे से बाहर नहीं निकले तो तुम्हारे खिलाफ चार्जशीट तैयार हो जाएगी। एक, दो, तीन…"

इस बार बाहर जाने के बाद आप्टे ने आराम से दरवाजा बंद किया और बाहर आकर आग उगलते हुए दीवार पर घूँसा दे मारा। फिर वह आगे चल दिया। गणेश व तुकाराम ने तय किया कि उससे सुरक्षित दूरी बनाकर चलना ही सही होगा।

"औकात दिखा दी बंसल ने, भै···" आप्टे बोला, "सुन रहे हो, गणेश! एक महीने के अंदर इस राजीव को लटकाया नहीं तो मेरा नाम बदल देना।" उसने अपना सिर मोड़े बिना ही कहा। वह हवा से बातें कर रहा था।

गणेश व तुकाराम समझ गए। "सर, यह तो ओपन एंड शट् केस है।" वे एक साथ बोले।

कोलाबा के श्मशान में शोक मनाने वालों की भारी भीड़ थी। इस प्यार और अपनेपन की वजह यही थी कि लाखों भारतीयों ने मिहिर को मोहनबाई कोठारी की धरोहर के सच्चे उत्तराधिकारी एवं संरक्षक के तौर पर देखा था और अब वे उस व्यक्ति को विदाई दे रहे थे, जिसने उन्हें उनकी सोच से भी कहीं परे अमीर बनाया था। बाहरी सड़क पर दूर तक भीड़ देखी जा सकती थी। वे शव-यात्रा की खुली गाड़ी पर पंखुड़ियाँ बरसा रहे थे, जिसमें कोठारी परिवार के लोग भी बैठे थे। ज्यों ही श्मशान का दरवाजा आया तो उन्होंने ताबूत को गाड़ी से उतारा और भीतर ले गए। श्मशान में चिता जलाने वाले मंच के आसपास बॉलीवुड सितारों, नेताओं और बिजनेस टाइकूनों की भीड़ जमा थी। जब शव को चिता पर रखा गया तो चारों ओर गाढ़ा धुआँ छा गया। वह धुआँ ढलते सूरज की पृष्ठभूमि में आकाश की ओर उठने लगा।

राजीव मेहरा कमरे में टी.वी. पर अंतिम संस्कार का सीधा प्रसारण देख रहा था। जब कैमरा जार-जार रो रही सुभद्रा कोठारी के चेहरे पर आया तो राजीव भी अपने आँसू नहीं रोक सका। वह अब भी यकीन नहीं कर सका। वह अपनी ही सोच में खोया दूसरी ओर देखने लगा। एक ही क्षण बाद उसने अपना फोन उठाया और एक पुरानी क्लिप देखने लगा। वह सुभद्रा की शादी के जश्न की थी।

फुकेट में, एक चाँदनी रात में, समंदर किनारे डिनर रखा गया था। राजीव ने आवाज तेज कर दी। हर कोई हँस रहा है, खुशी मना रहा है। समंदर किनारे आलीशान शामियाने लगे हैं। पानी के पास उनके खंभों पर फूल सजाए गए हैं।

पास ही लाइव म्यूजिक चल रहा है। क्लिप बनाने वाले का ध्यान आवाज से टूटा और उसने उसी दिशा में फोन घुमा दिया।

बैंड के सदस्य मुसकराए और हाथ हिलाकर अभिवादन किया। एक वेटर अचानक वाइन के गिलास लिये सामने आया और राजीव पर रेड वाइन गिरा दी। शूटिंग करने वाला खिलखिलाकर हँस दिया। कैमरा वेटर पर, फिर मिहिर और राजीव पर आ गया, जो वाइन से भीगी लिनन जैकेट को रूमाल से साफ कर रहा है। "देखो, राजीव!" वीडियो बनाने वाली ने कहा। राजीव ने किसी तरह उसे देखा और शर्मसार-सा होकर फ्रेम से बाहर हो गया। कैमरा किसी और शिकार की तलाश में दूसरे शामियानों की ओर चल दिया। मेहमान गोल मेजों के आसपास बैठे हैं। चहल-पहल के बीच वेटर आ-जा रहे हैं। वे अलग-अलग कोर्स परोसने में मग्न हैं। बार-बार शामियाने में उनका पैर फिसल जाता है। वे मेहमानों के नंगे पैरों पर पैर रख बैठते हैं और अचानक ही ऊह-आह सुनाई देने लगती है। सुभद्रा एवं रोहित शादी का केक काटते हैं और मिहिर उन्हें देख रहा है। राजीव क्लिप रोककर हँसती हुई सुभद्रा को देखने लगा।

फिर उसने टी.वी. में उसे रोते हुए देखा। उससे यह सब सहन नहीं हुआ। वह भी बेकाबू होकर रोने लगा। उसने अपनी सुबकियों की आवाज दबाने के लिए मुँह पर मुट्ठी दबा ली।

कमरे के बाहर पुलिसवालों ने यह देखकर भी अनदेखा कर दिया। उन्हें अपना जरूरी काम करना है। वे अपनी ड्यूटी पर तैनात हैं। दरवाजा अचानक खुला और इंस्पेक्टर आप्टे अंदर आया। उसके साथ ही अजय भी है, जो मायूस-सा लगा। आप्टे ने वारंट और पुलिस कस्टडी ऑर्डर को राजीव के पलंग पर पटक दिया। फिर उसने राजीव, टी.वी. और वकील को देखते हुए चिल्लाकर कहा, "तुकाराम, इसका फोन जब्त करो। सारा सामान बैग में डालो। यह हमारे साथ अभी आर्थर रोड जेल चल रहा है।"

□

कोठारी ग्रुप के कर्मचारी और स्टाफ ऑफिस गलियारे में 19वीं मंजिल पर कतार बनाकर खड़े हो गए थे। एक हजार पुरुष और स्त्रियाँ कंधे-से-कंधा लगाए चुपचाप खड़े थे। न कोई शोर, न कोई आहट। वे रूपेश और कोठारी

परिवार के अन्य सदस्यों के मुख्यालय आने के इंतजार में हैं। यह इंतजार एक घंटे से अधिक समय तक चला। इस दौरान, एक मील से भी कम की दूरी पर, कोठारी परिवार भी छह फोल्डिंग कुरसियों पर बैठा इंतजार कर रहा है। रूपेश, नीलिमा, वृंदा, रोहन, सुभद्रा, मीराबेन और विरमानी सुदूर सुलगती चिता को देख रहे हैं। हालाँकि, अब उस जगह राख के सिवा कुछ नहीं बचा। छह पंडित जली हुई चिता के आसपास घूमते हुए मंत्र-पाठ कर रहे हैं। चिता के पूरी तरह जलने के बाद उन्होंने फूल चुने और एक पात्र में डाल दिए। ज्यों ही सूरज की पहली किरण चिता के अवशेषों पर पड़ी तो चारों ओर से पक्षियों के चहचहाने की आवाजें भी सुनाई देने लगीं।

पंडितजी ने कोठारी घराने के लोगों के पास आकर एक बेंच पर फूलों से भरा पात्र रख दिया। वृंदा सबसे पहले अपनी जगह से उठी और बाकी लोग भी उठकर उसके पीछे आने लगे। वृंदा ने राख का ढेर देखा और उसमें रखी आठ अँगूठियाँ दिखीं। वह बुरी तरह से बिखरकर गिरने लगी थी कि नीलिमा ने उसे बीच में ही सँभाल लिया। वह उसका सिर थपथपाते हुए बाल सहलाने लगी। रूपेश ने आगे आकर दोनों को गले से लगा लिया। उसकी आँखें नम थीं, पर राख में पड़ी अँगूठियों को देखते ही आँखों में उदासी तथा दुःख के सिवा कुछ और झलक उठा। रूपेश बहुत गुस्से में था। उसने पंडितों से कहा कि वे फूलों को एक कलश में डाल दें।

□

जब रूपेश अस्थि-कलश लिये ऑफिस में पहुँचा तो कर्मचारी एक-एक कर कलश के पास आते गए और उसे छूकर उससे अपने माथे का स्पर्श करने लगे। उनका काफिला चुपचाप हर मंजिल पर इसी तरह चलता रहा। इस तरह वे उस मंजिल पर आ गए, जिस जगह मिहिर बैठता था। अब वह जगह रूपेश की थी। तब तक उस जगह भारी भीड़ जमा हो चुकी थी। रूपेश ने ऑफिस में कदम रखा और अस्थि-कलश को मिहिर की तसवीर के आगे रख दिया। उसने आदर से शीश नवाया और पीछे हट गया। वृंदा नीलिमा के साथ आगे आई और उस जगह एक अगरबत्ती जला दी।

फिर से भीड़ छितरा गई। कोठारी परिवार मिहिर के ऑफिस में जमा था।

वे लोग चुपचाप उस अस्थि-कलश और तसवीर को ताक रहे थे। कलश के पास ही आठ अँगूठियाँ और जलती हुई अगरबत्ती रखी थी। रूपेश के कहने पर कोठारी परिवार के लोग साथ वाले कमरे में चले गए, जिस जगह उनके नाश्ते की व्यवस्था की गई थी। उनमें से किसी को भूख नहीं थी। किसी ने खाने को हाथ तक नहीं लगाया। सैंडविच, सलाद और पेस्ट्रीज—वह सब बड़ी-सी महोगनी की मेज पर रखा था। भव्य भोज निर्जीव जान पड़ रहा था।

□

एगप्लांट मीटबॉल्स का तो कहना ही क्या! उबले हुए एगप्लांट। भीगी हुई ब्रेड, लहसुन और बहुत सारा पेकोरीनो। डीप फ्राइड! उसने चबाना बंद किया और उसका स्वाद लेने लगा। वह चाहता था कि कुरकुरा स्वाद देर तक बना रहे। फिर उसे बेमन से सब निगलना पड़ा। आँखें अब भी बंद ही थीं।

इसके बाद मेन कोर्स की बारी आई, ऑक्टोपस और कैलेमरी, फ्राइड एगप्लांट, ग्रेनीटा ऑफ लेमन, ऑरेंज और जिंजर। इसके साथ फ्यूडो ग्रिलो, व्हाइट और आखिर में केनोअली।

उसने पूरा समय लिया। आराम से, क्योंकि अब समय का कोई मोल ही नहीं था। दूर से आती बातों की आहट से शाम का जादू और परवान चढ़ रहा था। रोशनी धीमी है और हलका संगीत बज रहा है।

फिर एक चाँटा आया।

राजीव एक झटके से सीलन से भरी दीवार से अलग हुआ। कोठरी में साथी कैदियों का ठहाका गूँजने लगा।

"खाओ।" गार्ड ने बूट से राजीव की ओर थाली खिसकाई। उसमें पतली पीली दाल और एक जली हुई रोटी थी।

"पर मैंने तो डिनर अभी कर लिया।" राजीव झट से बोला। उसने कहा और फिर से दीवार की टेक लगा ली। धातु का दरवाजा फटाक से बंद हुआ और कोठरी की आवाजें लौट आईं—डकार, पाद, खर्राटे और मल के टपकने की आवाज।

समय के साथ-साथ निजता का भी कोई मोल नहीं रहा था। यह विचित्र रूप से आजाद कर देने वाला था। पर इसका आदी होने के बाद ही इसे महसूस किया जा सकता है।

राजीव ने पूरे एक सप्ताह से जेल के खाने को हाथ नहीं लगाया था। याददाश्त ही उसका पेट भरती आ रही थी। पुरानी बातें ही उसके लिए कैलोरी बनी हुई थीं और मेहनत से हर काम करना उसकी आदत में शुमार था। पहली रात जब कोठरी के साथियों ने जली हुई चपाती और गंधाती दाल खिलानी चाही तो राजीव टैंगी मोस्टार्डा फलों के साथ पोर्क शोल्डर और स्मोक्ड पोटैटो प्यूरी खा चुका था। बस, उसे अपनी पीठ दीवार से टिकाकर, अपने मुड़े हुए घुटनों को हाथों से लपेटकर आँखें बंद करनी थीं। संगीत चालू होते ही वे डिश सामने आ जातीं, जो उसने सप्ताह, महीने और यहाँ तक कि कई साल पहले बनाई थीं। स्मृति का मानवीकरण! जैसे पूरस्ट के लिए मेडलिन थीं, उसी तरह राजीव के लिए तोर्तेलिनी जिनोवेज हैं। पहला दिन—चियानीना स्टीक के साथ बारोलो और गिनी फाउल टार्कोन्स; दूसरा दिन—ब्रायोश के साथ फोय ग्रास और पोच्ड सेब, रास्पबैरी सॉस और पिस्ता चढ़ी फोय ग्रास पैटी का छोटा सा बॉल; तीसरा दिन—सन् 1998 एमेरॉन दि वॉलपोलिसेला, टार्ट टार्टिन विद वनीला क्रीम फ्रैशे, उसके साथ गाजर की मसालेदार प्यूरी के साथ परोसा गया रैबिट पोलपैटे; चौथा दिन—फिओर दि लाते, ब्लांच और ग्रिल्ड सब्जियाँ, चावल का सलाद, पोर्क मीटबॉल्स, पोर्क ट्राइप और आलुओं की कमाल की डिश एवं पोच्ड वील; पाँचवाँ दिन—एंचोवी आइसक्रीम और सार्डिंस, पाइन नट्स, रेजिन और मार्साला व एंचोवी डेमीग्लेस के साथ तैयार स्टीक।

आज छठा दिन था और राजीव अपना भोजन करने के बाद होंठ चाट चुका था। पर वह चिंता में था। अब याददाश्त साथ देना बंद कर रही थी। शायद दिन भर अपने दिमाग में अपने ही साथ शतरंज खेलने की वजह से ऐसा हो रहा था। वे सारे व्यंजन, चालें और बाजियाँ; दिमाग में लगातार चालें चली जा रही थीं। जब वह खाने की मेज पर डिशेज नहीं लगाता था तो उसका दिमाग उसके लिए यही काम कर रहा था। उसके पास बहुत सारी आलीशान यादें थीं और आज उसे डर इसलिए लगा, क्योंकि डिनर के लिए कुछ याद नहीं आ रहा था। यह किसी मुसीबत से कम नहीं था। उसने खुद से कहा—'सोचो', फिर उसने अपने सिर पर थप्पड़ मारा। 'सोचो राजीव', वह जोर से बोला, 'वरना आज रात भूखे सोना होगा'।

"क्या तुम इसे खाना चाहते हो ?"

एक मोटा सा आदमी राजीव पर झुका था। वह संकोच से सिमट गया।

"मैं ? क्या मैं खा लूँ ?" उस आदमी ने थाली की ओर इशारा किया।

राजीव ने हामी भरी। उस आदमी ने थाली ली और इस तरह रोटी निगलने लगा कि कहीं राजीव अपनी बात से मुकर न जाए! इसके बाद उसने दाल का कटोरा लिया और एक ही झटके में सारी दाल पी गया।

उसने अपना मुँह पोंछा और उस ओर चल दिया, जहाँ कोठरी के दूसरे पाँच साथी पत्ते खेल रहे थे। उन्होंने उसके बैठने के लिए जगह बना दी।

बत्ती चली गई और उन्होंने गालियाँ बकते हुए मोमबत्ती जला दी।

'एसोर्टिड आरनसिनी और पेंजेरोट्टी के साथ पिंक जिन और टॉनिक।' राजीव ने आह भरते हुए आँखें बंद कर लीं। 'नहीं।' उसने खुद से कहा, 'यह कल के लिए सही नहीं होगा। कुछ और सोचो!'

इनसानी शरीर की माँगें बहुत कम होती हैं। इन्हें प्रशिक्षित किया जा सकता है। दिमाग को वश में किया जा सकता है। सोच को व्यवस्थित कर सकते हैं। संबंधों को तोड़ा जा सकता है। दोस्ती भुलाई जा सकती है। साँस लेना और नहाना-धोना बस, यही जीवन है। और जेल ऐसी जगह है, जिसमें इनसानी चोले की इन बुनियादी चीजों के लिए भी कैदी तरस जाता है।

आँखें। सबसे पहले देखने का नशा जाता है, इसके बाद बाकी इंद्रियों से मिलने वाला आनंद भी नहीं रहता—आवाज, गंध, स्वाद, स्पर्श। काम करने वाले अंगों को अवशेषों में बदलना कितना आसान होता है! बस, जेल की एक कोठरी चाहिए। निर्देशित विकास, बस, यह यही है। इनसान को पिंजरे में डाल दो और वह अपनी जड़ों पर वापस आ जाता है। यह प्रशिक्षण जिस गति से होता है, वह डरावना हो सकता है। पहला दिन कठिन होता है, क्योंकि उस दिन कोई संदेह नहीं होता। वहीं से, बाकी सब आप पर है। अगर कोई संबंध न हो तो कोई पीड़ा नहीं होती। मैं कपड़ों में हूँ, पर खुद को नंगा रहने का प्रशिक्षण दे सकता हूँ। अगर उम्मीद नहीं रही तो मैं खुश रह सकता हूँ। उम्मीद घटती है तो शांति भी कम होती है। जीवन नए सिरे से आरंभ होता है।

राजीव मुसकराया। वह अपने दोस्तों, उनके साथ होने वाली झड़पों,

रेसिपीज तथा डेडलाइंस और रोजमर्रा की अंतहीन चक्की के बारे में सोचने लगा। ओह, वह सब कितना क्षणभंगुर था! उन्हें बासी अखबार की तरह मोड़-तोड़कर कितनी आसानी से कंधे के पीछे उछाला जा सकता है! कितनी आसानी से! पर क्या उन यादों से उम्मीद नहीं जुड़ी होती? यादें भौतिक उपस्थिति के लिए खराब विकल्प हैं, परंतु फिर भी, यह है तो। क्या इस समय यादें ही मेरी दोस्त नहीं? ये मुझे खिला रही हैं, सहारा दे रही हैं, मेरे समय को काटने में मदद कर रही हैं। मैं इन्हें कैसे छोड़ सकता हूँ? स्लेट को पूरी तरह से पोंछकर कैसे साफ कर सकता हूँ? स्पेगटी अला सीराकुसाना विद पाइन नट्स। सार्डिंस, रेजिंस, ब्रेडक्रंबस, केपर्स और आखिर में रिसोट्टा एंड पिस्टेचियो केक। हद है, ये हालात कितने मुश्किल हैं! सोचो, राजीव, सोचो!

□

क्विल्ट की जैकेट और कैप लगाए एक युवक तुसाद म्यूजियम में दाखिल हुआ। लंदन में हमेशा की तरह भीगा हुआ दिन है। उसने अपनी घड़ी देखी, रॉलेक्स सबमैरीनर और नेवी ब्लू डायल। हॉल में मेहमानों व पर्यटकों की भीड़ जमा है। उस जगह उनके उत्साहित स्वर गूँज रहे हैं।

जब वह भारतीय अभिनेताओं, नेताओं और हस्तियों के मोम से बने पुतलों के पास से निकला तो उसने अपनी गति धीमी कर ली। उनमें से एक मुसकराता हुआ चेहरा राजीव मेहरा का है, जो अपने ट्रेड मार्क शेफ एप्रेन में हाथ में बेलन लिये खड़ा है। पर्यटक उसके आसपास खड़े होकर सेल्फियाँ ले रहे हैं।

वह आदमी भीड़ को चीरते हुए लंबे से गलियारे में दाखिल हुआ, जो म्युजियम के बेसमेंट में ले जाता है। एक बार वहाँ पहुँचने के बाद उसने एक कोने में रखी सफाई कर्मचारी की ट्रॉली ली और उसे ऑफिस की कतारों के पास ले जाने लगा। उसने अपनी जींस की जेब से आई.डी. कार्ड निकाला और अपनी जैकेट पर लगाकर चल दिया। वह अपनी भूमिका निभाने के लिए तैयार है। उसने दोहरे दरवाजे के पास आते ही ट्रॉली को रोका और टोपी को सिर के आगे की ओर लाते हुए काँच के पैनल वाले दरवाजे से दाखिल हो गया।

कम रोशनी वाला वह कमरा एक स्टोरेज एरिया और वर्कशॉप का काम करता है। उसमें बहुत सारे मोम के पुतले और नकलें रखी हैं। दूसरे कोने में बैठा

एक बूढ़ा अपने ब्रश से मोम के पुतले को पूरा कर रहा है, वह बहुत सावधानी से स्ट्रोक लगा रहा है और आँख पर मैग्नीफाइंग टेबल लेंस लगा है। पास ही रेडियो पर क्लासिक ऑपेरा चल रहा है। उसने लेंस पीछे किया और कमर सीधी करते हुए, सिर झुकाकर अपने किए गए काम को सराहा। 'यह चल सकता है। बढ़िया काम! मि. एप्पलबॉय!' उसने खुद को ही शाबाशी देते हुए और फिर अपना कॉफी मग उठा लिया।

बाहर गलियारे में क्विल्ट जैकेट में खड़ा आदमी अपनी ट्रॉली को वहीं छोड़कर सीढ़ियों के रास्ते बाहर निकल गया।

मि. एप्पलबॉय म्यूजियम के आगे वाले दरवाजे से बाहर आए तो बूँदाबाँदी होने लगी थी। वे एक दुकान पर सैंडविच और सिगरेट पैक लेने के लिए रुके। सड़क के उस ओर जैकेटवाला आदमी उनके इंतजार में खड़ा है। उसने अपनी सिगरेट फेंकी और एक सुरक्षित दूरी रखते हुए उनका पीछा करने लगा। मि. एप्पलबॉय को कहीं जाने की जल्दी नहीं है। वे धीरे-धीरे चलते हुए अपना सैंडविच खा रहे हैं।

उन्होंने एक बस स्टैंड आते ही उसमें बैठने की जगह खोजी और अपने चमड़े के बैग से एक किताब निकाल ली। जैकेटवाले आदमी ने उन्हें ऐसा करते देखा तो वह दस गज की दूरी पर एक दुकान में चला गया। कुछ ही पलों के बाद एक डबल डेकर बस आ गई और मि. एप्पलबॉय ने उसमें जाकर खिड़की के पास वाली जगह ले ली। ज्यों ही बस अपनी लेन से निकलने वाली थी, दूसरी दुकान पर खड़ा आदमी भी उसमें सवार हो गया।

ट्रैफिक बहुत ज्यादा है। पंद्रह मिनट बीत गए हैं। डबल डेकर बस किसी तरह डाउनटाउन से निकली और बाहरी इलाकों की ओर बढ़ी। जैकेटवाला आदमी बेचैन हो रहा है। उसे कई जगहों पर उतरने वाले हर मुसाफिर को देखना पड़ रहा है, क्योंकि एप्पलबॉय उसे सामने से दिखाई नहीं दे रहे। अंततः, बस बूढ़े आदमी के स्टॉप पर पहुँची। जैकेटवाला आदमी भी उनके पीछे ही उतर गया। वे लोग दूरी बनाकर चलते रहे। फिर से बरसात होने लगी। जैकेटवाले आदमी ने बरसात को कोसते हुए अपना कॉलर ऊँचा कर लिया।

मि. एप्पलबॉय का घर सुनसान-सी सड़क पर ऐसी जगह है, जो मेन हिस्से

से काफी अलग है। जब उन्होंने दरवाजा खोला तो एक कार बाहर निकल गई। उन्होंने अपना चमड़े का बैग सोफे पर पटका, लिविंग रूम के बाहर रखे स्टैंड पर ओवरकोट टाँगा और नहाने के लिए ऊपर बने बाथरूम में चले गए।

क्विल्ट जैकेटवाला आदमी चोरी से घर में दाखिल हो गया। उसने हौले से मेन गेट खोला। ज्यों ही वह अंदर आया तो बिल्ली हरकत में आ गई। चारों ओर क्लॉसिकल ओपेरा की आवाज सुनाई दे रही थी। वह आदमी आराम से सीढ़ियों से ऊपर चला गया। वह पहली मंजिल पर पहुँचा तो संगीत की आवाज और तेज हो गई थी।

उसने सोने के कमरे में कदम रखा। उसमें बहुत सारे पुतले, मास्क और साँचे रखे हुए थे। वह बाथटब में पानी के चलने की आवाज सुन सकता था। वह धीरे से आगे बढ़ा और बाथरूम के खुले हुए दरवाजे से अंदर झाँका।

मि. एप्पलबॉय बाथटब में आँखें बंद किए सीधे लेटे हैं। वहीं पास में एक सुगंधित मोमबत्ती जल रही है और ऐश-ट्रे में एक जली हुई सिगरेट है। टब के पास ही जमीन पर शराब का गिलास रखा है। क्विल्ट जैकेटवाले आदमी को अपने लिए सही मौके का इंतजार करना है। संगीत और गहराता जा रहा है।

फिर वह आगे की ओर बढ़ा और बूढ़े आदमी पर झपट्टा मार दिया। मि. एप्पलबॉय किसी तरह की प्रतिक्रिया देने की स्थिति में नहीं हैं। उन्होंने हाथ पटकते हुए सिर हिलाकर चिल्लाना चाहा, पर सब बेकार रहा। एक ही सेकंड बाद उनका निर्जीव शरीर बाथटब के पानी में डूब गया। चारों ओर खामोशी छा गई।

क्विल्ट जैकेटवाले आदमी ने बाथटब के आसपास शराब उड़ेल दी। फिर सिगरेट उठाकर खुली हुई किताब पर डाल दी। उसने मोमबत्ती उठाकर परदे में आग लगा दी। ज्यों ही परदे ने आग पकड़ी, वह आदमी बाथरूम से बाहर आ गया। बाहर के कमरे में उसका सामना बिल्ली की वीरान नजरों से हुआ, जो पलंग के तकिए पर बैठी थी। उस आदमी ने परवाह न करते हुए आगे की काररवाई पूरी की। वह अलमारी के पास गया और उसका सारा सामान वहीं ढेर कर दिया। वह कुछ खोज रहा है।

आखिरकार, उसे वह मिल ही गया। सौ पाउंड करेंसी नोटों की तीन

गड्डियाँ! उसने उन्हें जैकेट की अंदर वाली जेब में रखा और भागकर सीढ़ियों से होते हुए घर से बाहर निकल गया। वह तेज चाल से उस इलाके को पार करने लगा। पड़ोसियों ने मि. एप्पलबॉय के बाथरूम की खिड़की से निकलते धुएँ को देख लिया था। उस आदमी ने अपनी चाल और तेज की तथा सड़क से मुड़ते ही ओझल हो गया। वह दो सौ गज नीचे बने बस स्टॉप पर जाकर रुका। उसके सामने से फायर इंजन निकले, जिनके सायरन हवा में गूँज रहे थे।

उसने अपनी रॉलेक्स में समय देखा और कैब को हाथ के इशारे से रुकवा लिया।

□

3

लीवर के एक झटके से बत्तियाँ जल गईं। कोठरी के धातु के दरवाजों पर बेंत घसीटने की आवाज आने लगी। हॉल में सीटियों की गूँज सुनाई दे रही थी। गलियारे में बूटों की ठक-ठक की आवाज आ रही थी। उन आवाजों का कुल प्रभाव बहुत ही डरावना था।

राजीव एक झटके से जाग गया। उसके साथी पहले ही तैयार हो चुके थे। वे सब एक लाइन बना चुके थे। राजीव अपने पलंग से उतरा और उनके पीछे लाइन में लग गया। ताले में चाबी घूमने की आवाज आई और उनका दरवाजा खोल दिया गया। गार्ड ने सभी कैदियों को कोठरी के बाहर जमा होने का आदेश दिया। कुछ ही मिनटों में गलियारों में आँखें मलते, अपने गुप्तांग खुजलाते पुरुषों की भीड़ दिखाई देने लगी। सुबह के 5 बजे थे।

"सावधान!", विंग ऑफिरार चिल्लाया और कदम-ताल शुरू करवा दी। कैदी दलों में विभक्त थे। वे अपनी बारी आते ही उस जुलूस का हिस्सा बन जाते और फिर वे गलियारों एवं हॉलों से होते हुए शौचालयों के पास आकर रुकते। यह सारा काम घड़ी की सुइयों के अनुसार हो रहा था। हर कैदी को एक-चौथाई साबुन, दातुन और तौलिया दिया जाता। राजीव ने अपना सामान लिया और मुँह में दातुन डालकर आगे चल दिया। फिर वह पंचायती सिंक पर पहुँचा। ग्रेनाइट से बने उस खुले से हिस्से में पानी पर गंदगी और काई तैर रही थी। उसने कड़वे थूक को बाहर उछाला और नहाने के लिए चल दिया। नहाने के लिए बने हिस्सों में दरवाजे नहीं हैं और न ही फव्वारे हैं। एक ही पाइप हर बूथ में जा रहा है और वह दीवारों को इस तरह भेदता है, मानो कोई तीर छोड़ा गया हो! पाइप से हर बूथ

में प्लास्टिक का एक नल लगा है। नल को बंद या चालू नहीं कर सकते। इस समय उससे पूरी तेजी और गति से पानी आ रहा है, जिससे टूटी हुई, बिना हैंडल की बाल्टियों में पानी भर रहा है। यही हर बूथ की कहानी है। उनमें प्लास्टिक का डिब्बा डूबता-उतराता रहता है। हर कैदी को नहाने के लिए तीन मिनट मिलते हैं, जिसके बाद उसे बूथ खाली करके बाहर आना होता है। पर नल लगातार चलते रहते हैं। जब नल बंद होते हैं तो नहाना वहीं बंद हो जाता है, चाहे कितने भी कैदी साबुन में लिपटे क्यों न रह जाएँ!

राजीव ने झुककर ठंडे पानी से भरा मग उठा लिया। उसने उसे सिर पर डाला। शरीर काँपने लगे, दाँत किटकिटाने लगे और होंठ भी काँप रहे थे; पर उसने सिलसिला जारी रखा। वह साबुन लगा रहा है। आँखें बंद ही थीं कि एक आदमी अचानक चुपके से उसके बूथ में घुसा और उसके कंधे में पेचकस घोंप दिया।

राजीव दर्द के मारे बिलबिलाकर पलट गया। पेचकस उसके कंधे से बाहर निकला हुआ है, पर वह उसे देख नहीं सकता। उसका सिर अचानक नल के नीचे आ गया, क्योंकि बालटी खिसक गई थी। उसका हमलावर बीस से भी कम उम्र का एक सींकिया पहलवान था। उसने राजीव को कसकर पीछे से पकड़ लिया। वह उसे छोड़ ही नहीं रहा था। राजीव के कंधे से खून निकल रहा है। उसने किसी तरह आँखें खोलीं। उसने खुद को हमलावर की पकड़ से छुड़ाया। फिर उसने उठना चाहा, पर फिसल गया। यह देखकर हमलावर ने पकड़ ढीली कर दी। उसने कंधे से पेचकस निकालकर दोबारा कंधे पर वार करना चाहा, पर इस बार वह निशाना चूक गया।

राजीव असहाय है। वह खून से लथपथ फर्श पर पड़ा तड़प रहा है। चेहरे पर अब भी साबुन है और वह अपने पैर से आगे नहीं देख पा रहा। अब पेचकस नीचे की ओर आया और जाँघ पर हमला हुआ। राजीव पूरा जोर लगाकर चिल्लाया। वह होश खोने वाला है। पर ज्यों ही हमलावर उसकी आँख पर वार करने वाला थाँ, एक गार्ड बूथ में आया और उसे गरदन से दबोचकर राजीव से अलग कर दिया। गार्ड मजबूत और हट्टा-कट्टा है। उसने हमलावर को उठाकर दीवार पर दे मारा। उसकी हड्डियों के टूटने की आवाज से राजीव को कुछ दिलासा मिली कि अब वह सुरक्षित था। पर हमलावर किसी से कम नहीं था। वह किसी

तरह फिर से उठा और राजीव पर दोबारा झपटा! "मैं तेरी जान ले लूँगा, हरामी!" वह चिल्लाया। "मैं तेरी जान ले लूँगा! तूने मेरे परिवार को बरबाद कर दिया!"

उसकी बदकिस्मती से इस बार गार्ड तैयार था और उसके इंतजार में था। उसने उसे कसकर थप्पड़ दे मारा। "तू कोठारी है के, भैन···" उसने पूछा। यह सुनते ही जमा हो गई भीड़ के बीच ठहाके लगने लगे। इसी दौरान शोरगुल सुनकर अन्य गार्ड भी आ गए। वे हमलावर को निकाल ले गए। शायद उसे एक-दो सप्ताह तक काल-कोठरी में डाल देंगे। राजीव को क्लीनिक भेजा गया। डॉक्टर ने उसे टाँके लगाने के बाद अधिकारी को बताया कि राजीव को जेल के अस्पताल में रात को रहना होगा, क्योंकि उसके कोठरी में जाने पर इन्फेक्शन होने का डर था। अधिकारी ने बेमन से हामी भर दी। गार्ड ने आगे आकर राजीव का हाथ पलंग से बाँध दिया। राजीव थका हुआ है और बुरी तरह से दर्द में है। पर उसके चेहरे पर छोटी सी मुसकान खेल गई। "मैं भागकर कहाँ जाऊँगा?"

"यह तुम्हारी सुरक्षा के लिए है।" उसे जवाब मिला।

अधिकारी राजीव के पास आया। "क्या तुम्हें पता है कि उसने तुम्हारी जान क्यों लेनी चाही?" उसने पूछा।

"मुझे कुछ पता नहीं है।"

"वह एक शिक्षित बेरोजगार आदमी है। छोटी-मोटी चोरी की सजा काट रहा है। वह निम्न-मध्यम वर्गीय परिवार से है। बाप टी.टी.ई. रिटायर हुआ और माँ म्यूजिक की ट्यूशनें देती है। बहन थोड़ी-बहुत सिलाई कर लेती है। उन्होंने अपनी सारी बचत कोठारी के शेयरों में लगाई थी। उम्मीद यही थी कि बेटी की शादी तक पैसा डबल हो जाएगा। फिर तुम सामने आ गए और मिहिर कोठारी को मार दिया। शेयर डूब गए। परिवार का नुकसान हो गया। यह खबर बेटे तक पहुँची और उसके पास तुम पर वार करने के लिए एक पेचकस निकल आया।"

□

"उसे सच बता दो, कुछ मत छिपाओ।" पुलिस कमिश्नर सत्यप्रकाश सिंह ने हौले से कहा।

"जी सर!" इंस्पेक्टर आप्टे बोला।

"मेरे अनुभव से, उन्हें सच बताने से वे शर्मिंदा होंगे, उन्हें असुविधा होगी।

और फिर बाद में, जब वे तुम्हें उसे छिपाने को कहेंगे तो तुम्हारे अहसान तले दब जाएँगे, और तुम जानते हो कि मेरा मतलब क्या है!" कमिश्नर ने कहा।

"जी सर!" आप्टे मुसकराया। वे दोनों कोलाबा में कोठारी की कंपनी के मुख्यालय में लॉबी में इंतजार कर रहे हैं। आप्टे बड़ी सी खिड़की के बाहर देखने लगा, जो लॉबी की पूरी दीवार बना रही थी। "नजारा तो कमाल का है।" वे लोग 19वीं मंजिल पर हैं। मुंबई आकाश से रहने लायक लगती है।

सेक्रेटरी ने आकर कहा कि रूपेश कोठारी पाँच मिनट में आकर मिलेंगे। कमिश्नर फिर से आप्टे की ओर मुड़ा। "तुम सारे फैक्ट्स बता देना। वे ही तय करेंगे कि इसके बाद क्या करना है ? ठीक ?"

लकड़ी का भारी दरवाजा खुला और पुलिसवाले अंदर चले गए। रूपेश कोठारी अपनी कुरसी से उठा और आगे आकर कमिश्नर से हाथ मिलाया, जिसने उसका परिचय आप्टे से करवाया, "इंस्पेक्टर आप्टे! यही इस केस की छानबीन कर रहे हैं। सर, हम लोग आपसे कुछ बातें करना चाहते हैं।"

"प्लीज, आप लोग बैठें।" रूपेश ने कहा। उसने एक सप्ताह पहले ही कोठारी ग्रुप के चेयरमैन का पद सँभाला है। मिहिर की हत्या के बाद बाजार और ग्रुप में होने वाली परेशानी पहले से कम हो गई थी। शेयर के दाम स्थिर हो गए थे। सबकुछ सामान्य होता जा रहा था या उन हालात में जितना सामान्य हो सकता था। मिहिर की मौत खबरों में रही, पर थोड़े से दक्ष मीडिया प्रबंधन का मतलब था कि रूपेश, जिसे कई वर्षों से मिहिर के प्लेबॉय कुँवारे भाई की तरह अपमानित किया जाता रहा, उसका एक विचारवान् व्यवसायी के तौर पर नया जन्म हुआ था, जो कोठारी ग्रुप को सँभालने की पूरी लियाकत रखता था।

मिहिर की बड़ी सी तसवीर मोहनभाई कोठारी के साथ लगी थी। पुलिसवाले उसे ही आदर से ताक रहे थे।

"क्या हम शुरू करें ?" रूपेश ने पूछा।

इंस्पेक्टर आप्टे अपने बॉस से स्वीकृति आने के इंतजार में था।

"बोलो, आप्टे!" कमिश्नर ने कहा।

"छानबीन पूरी हो गई है, सर!" आप्टे ने कहा, "केस तो पूरी तरह से साफ है। हमारे पास आँखों-देखे गवाह हैं। हमारे पास सी.सी.टी.वी. फुटेज है। हमारे

पास मेडिकल राय है। इसमें कोई शक नहीं कि राजीव को फाँसी की सजा ही मिलेगी। बस, उसके मकसद का ही सवाल रह गया है।"

रूपेश अपनी कुरसी में कसमसाया।

"यही वजह है कि हम आपसे मिलने आए हैं। हम चाहते हैं कि आप ही इसे तय करें। हम आपके आगे सारी बातें रख देंगे।"

रूपेश ने हैरानी जताई। "एक मिनट। आपने कहा कि केस पूरी तरह से साफ है और अभी आपके पास मकसद नहीं है, तो फिर ?"

"सर, मेरी बात समझिए।" कमिश्नर ने कहा, "यह कोठारी ग्रुप और परिवार के लिए बेहतर होगा कि आप ही तय करें कि हमें आगे क्या करना है ? हमारे पास तीन संभावित कारण हैं—राजीव का कोठारी परिवार के किसी सदस्य से प्रेम संबंध था, कोठारियों ने इंटरनेशनल रेस्तराँ चेन खोलने का वादा करके पूरा नहीं किया और तीसरे, वह चाइना टेलीकॉम के आदेश पर काम कर रहा था।"

रूपेश दंग रह गया।

"चाइना वाली वजह के लिए हमारे पास सबूत नहीं हैं।" कमिश्नर ने कहा, "पर अगर आपको यही रास्ता सही लगे तो हम इसे वजह बना सकते हैं।"

रूपेश ने सिर हिलाया। "नहीं, इसे रहने दें। अगर इस मामले में चीन को बीच में लाए तो उससे देश में हमारे निवेश को नुकसान पहुँच सकता है। और वह टेलीकॉम तक ही सीमित नहीं है, यह ध्यान रहे। इस तरह, हमारे तेल पर्यवेक्षण और खनन उपक्रमों पर भी आँच आएगी। मुझे बाकी दो संभावनाओं के बारे में बताएँ।"

"मि. कोठारी, मैं आपसे साफ बात करना चाहूँगा। वे सबसे बेहतर अनुमान हैं।"

"अनुमान ?"

"जी, पर तथ्यों पर आधारित हैं।"

"तथ्यों पर आधारित अनुमान! आगे बोलें। मैं सुन रहा हूँ।"

कमिश्नर ने आप्टे को आगे बोलने को उकसाया। वह फाइल का फीता खोलकर कॉल रिकॉर्ड की कॉपियों को सँजोने लगा। कमिश्नर ने उसे रोकना चाहा, पर वह अपना समय ले चुका था। उसने बाजू आगे करते हुए आप्टे को

फाइल में ज्यादा समय लगाने से रोका। "आप्टे, इसकी जरूरत नहीं है। बस, मि. कोठारी को संक्षेप में बता दो।"

"जी, सर!" आप्टे अकबकाकर बोला, "राजीव मेहरा ने पिछले तीन सालों में कोठारी परिवार को जितनी भी कॉल्स कीं, उनमें से 15 प्रतिशत मि. मिहिर कोठारी के लिए, 5 प्रतिशत रोहित कोठारी के लिए, 2 प्रतिशत आपके लिए और बाकी..."

"आगे बोलो!" रूपेश ने कहा।

"और बाकी 78 प्रतिशत मिसेज नीलिमा कोठारी थापर, आपकी बहन के नाम थीं।"

रूपेश ने आप्टे और कमिश्नर को घूरा। "यह क्या बकवास है? आप कहना क्या चाहते हैं?"

कमिश्नर ने झट से दखल दिया, "कुछ नहीं, मि. कोठारी! ये तो बस, फैक्ट्स हैं। चीन का एंगल काम नहीं आ सकता। हम किसी ठोस वजह के बिना अपना दावा नहीं कर सकते। उम्मीद करता हूँ कि आपको समझ आएगा।"

"हाँ, पर मैं नहीं चाहता कि खबरों में खानदान का नाम उछाला जाए—एक कुक के साथ चक्कर! नीलिमा मेरी प्यारी बहन है। हो सकता है कि वह इसी वजह से उसे ज्यादा कॉल करता हो!"

"पर किसलिए?" आप्टे बोल गया, पर किसी तरह खुद को सँभालकर सिर नीचे कर लिया।

रूपेश ने कमिश्नर को देखकर मुँह बनाया। "चक्कर वाले दावे का तो सवाल ही नहीं पैदा होता। कोठारी ग्रुप अभी परेशानी से निकला है। हम इतना बड़ा विवाद नहीं सह सकते; और मैं अपनी बहन के नाम पर दाग नहीं आने दूँगा।"

कमिश्नर ने सिर हिलाया। "फिर तो एक ही कारण बचता है। यही कहा जाए कि राजीव को नाराजगी थी कि उससे रेस्तराँ बनवाने वाला वादा पूरा नहीं किया गया।"

"हाँ, वही ठीक रहेगा।" रूपेश बोला।

"हमें इस मामले में दस्तावेज चाहिए होंगे—इ-मेल्स, पेपर्स वगैरह।"

"इसमें कोई दिक्कत नहीं होगी। विरमानी आपकी मदद करेगा।" रूपेश ने अपने सहायक की ओर संकेत किया।

"हमें ये सब दस्तावेज कल चाहिए, सर!" कमिश्नर बोला।

"आज रात तक सब मिल जाएँगे।" विरमानी ने कहा।

"अगर बात पूरी हो गई हो तो मुझे एक जरूरी मीटिंग के लिए जाना है!" रूपेश बोला।

"जरूर, सर!" कमिश्नर और आप्टे उठ गए।

रूपेश ने अपनेपन से हाथ मिलाया। "आपका बहुत-बहुत शुक्रिया।"

"ऐसी क्या बात है, सर! हम इतना तो कर ही सकते हैं!"

विरमानी उन दोनों को कमरे से बाहर ले गया।

कमिश्नर ने लिफ्ट में आप्टे को देखा। "आप्टे, देखो और सीखो। देखो और सीखो।" वह मुसकराया।

"हमेशा, सर!" आप्टे ने कहा, "पर सर, एक सवाल पूछ सकता हूँ?"

"बोलो।"

"आपके हिसाब से, राजीव का मकसद क्या रहा होगा?"

कमिश्नर ने कहा, "किसे परवाह पड़ी है! जज जो देखेगा, वही मान लेगा। पर वह जो देखेगा, वह उसे हम ही तो दिखाते हैं और वह वही देखता है, जिस पर हम विश्वास करते हैं।" कमिश्नर ने आगे देखते हुए कहा।

"और हम वह देखते हैं, जिस पर रूपेश को भरोसा है।" आप्टे मुसकराया।

कमिश्नर ने रुककर आप्टे को घूरा। उस एक क्षण में आप्टे बेचैन हो गया और फिर अचानक कमिश्नर खिलखिलाने लगे।

□

सूरज अभी निकला नहीं है। इतालवी मैदानों की हरियाली के बीच कुछ गायें चर रही हैं और उनके गले में पड़ी घंटियाँ आलस से टुनटुना रही हैं।

वह कोर्टिना डि एंपेजो शहर के बाहरी इलाके में है। वह रास्ता जंगल से होकर निकलता है। वह अलसुबह की ओस को सूँघ और चख सकता है। उसने गति बढ़ाई और फौरन ऐसे मैदान में आ गया, जिसके दूसरी ओर जंगल पड़ता था। उस जगह एक नाले की आवाज सुनाई दे रही थी, जो आगे जाकर बोइट नदी में मिलता था।

वह इमैनुएल तारदेली को देख सकता है। वह पानी में टखने भिगोए मछली

पकड़ने के लिए बैठा है। उसने अपने सिर पर फिशरमैन हैट पहना है। टाँगें थोड़ी सी खुली हैं और वह पीछे की ओर पीठ मोड़े मछली के फँसने के इंतजार में है।

वह जानता था कि इमैनुएल सुबह मछली पकड़ने आता था। वह रेस्त्राँ में परोसी जाने वाली मछली यहीं से पकड़ता था। वह इमैनुएल के पीछे गया और एक बड़ा सा पत्थर उठा लिया। जब भी इमैनुएल मछली पकड़ने की घिरनी घुमाता तो वह उससे होने वाली आवाज से कदम-ताल करते हुए आगे बढ़ता।

फिर वह सीधा इमैनुएल के पास गया और उसके सिर पर भारी पत्थर दे मारा। यह हमला अचानक और बहुत ही जानलेवा साबित हुआ। इमैनुएल के हाथ से घिरनी छूटी और वह वहीं पानी में ही ढेर हो गया।

उसने इमैनुएल के मरने तक पूरा एक मिनट इंतजार किया। फिर उसने नदी के उथले किनारे पर लाश को इस तरह रखा, मानो यही लगे कि इमैनुएल मछली पकड़ते हुए दिल का दौरा पड़ने से मारा गया। उसने उसका सिर पानी की ओर कर दिया और घिरनी को हाथों के पास इस तरह रखा, मानो वह उसके हाथ से छूटी हो। फिर उसने मृतक के हैट को कुछ दूरी पर उछाल दिया और अपनी रॉलेक्स देखी। हो सकता है कि उसे बोलजानो जाने वाली बस मिल जाए!

□

पुलिस वैन आर्थर रोड जेल के गेट से होते हुए थोड़ी ही दूरी पर एक बरामदे में आकर रुकी। राजीव बाहर आया और उसे जेल में ले जाया गया। उसे कपड़े उतारने का हुक्म दिया गया। उसने ऐसा ही किया। उसके शरीर की पूरी छानबीन एवं स्क्रीनिंग की गई और फिर उसे बदलने के लिए कपड़े दिए गए। उसके सामान में एक घड़ी व पेन थे। उन्हें रजिस्टर करने के बाद उससे ले लिया गया। उसे दूसरे कैदियों के साथ मुख्य कंपाउंड में ले जाया गया।

अब राजीव को सारा रुटीन याद हो गया था। आज कोर्ट में जाने का पाँचवाँ दिन था। जीवन नरक से कम नहीं था। पर यह तो अभी शुरुआत थी। उनका वकील अजय बंसल अपनी ओर से हर पैंतरा आजमा चुका था, पर कोई लाभ नहीं हुआ। कोई नेता या जज मदद करने को तैयार नहीं था। जब मिहिर कोठारी के कत्ल का आरोप लगता है तो भगवान् भी मदद का हाथ बढ़ाने से पहले दो बार सोचते हैं। केस को फास्ट ट्रैक कोर्ट में भेज दिया गया था। जज ने दिलासा

दी थी कि एक महीने में ही फैसला सुना दिया जाएगा। सुनवाई रोज हो रही थी। आज कोर्ट में सबूत पेश किए गए। जब इंस्पेक्टर आप्टे ने जज को विस्तार से सबकुछ बताया तो राजीव बिना कुछ कहे बेलाग बैठा रहा। वह जानता था कि बंसल और उसकी टीम कोई मदद नहीं कर सकेंगे। इंस्पेक्टर आप्टे डिफेंस की ओर से बिछाए जाने वाले जाल अच्छी तरह पहँचानता था—सबूतों की चेन को तोड़ना, गवाहों को खिलाफ करना, बिना समय और तारीख के सी.सी.टी.वी. फुटेज; ऐसा कुछ नहीं था कि बंसल कहीं से भी कमी निकाल पाता। राजीव मुकदमे की गति के लिए निश्चिंत था। जिस तरह सारी कारवाई चल रही थी, उसे देखकर लगता था कि जज को फैसला देने में एक महीने से भी कम समय लगेगा। वह जानता है कि उसे क्या सजा होने वाली है!

"बत्ती बंद करो!" गार्ड चिल्लाया।

राजीव की कोठरी के एक साथी ने उठकर लाइट बंद कर दी। राजीव छह दूसरे कैदियों के साथ एक कोठरी में था। गवर्नर ने सुसाइड-वॉच केस से निपटने के लिए यह व्यवस्था की थी। इस तरह कोई कैदी आत्महत्या नहीं कर सकता था।

कोठरी में बदबू आ रही थी। कोने में बना देसी शौचालय दो दिन से साफ नहीं हुआ था और उसमें से गंदगी बाहर आ रही थी। कमरे में कोई पंखा नहीं है। वजह सब जानते ही हैं। रोशनदान कसकर बंद कर दिया गया है। उस जगह बहुत गरमी और उमस है। कैदी नंगी छाती रहते हैं। हवा में उस गंदी बदबू के साथ पसीने की गंध भी मिल चुकी है। राजीव के पास छत से कुछ फीट की दूरी पर ऊपर वाला पलंग है। वह अपने पलंग पर बैठ नहीं सकता। उस पर कलॉस्ट्रोफोबिया हावी हो रहा है।

वे लोग आपस में सिगरेट पी रहे हैं। राजीव को सिगरेट दी गई तो उसने भी सुट्टा ले लिया। बस, इस समय मन और शरीर को दूसरी ओर लगाना जरूरी था। कोठरी में अँधेरा उनके तनाव को और बढ़ा रहा था। वे आपस में एक-दूसरे को देख तक नहीं सकते और शायद इसलिए, यही दिन का सबसे बेहतर समय होता है।

राजीव ने एक कश लिया और दूसरे कैदी की ओर हाथ बढ़ा दिया। उस आदमी ने सुट्टा पकड़ा और बोला, "खबर सुनी आज मैंने। तू तो लटकेगा,

पक्का !" जाने क्यों, यह सुनते ही दूसरे कैदी दिल खोलकर हँसने लगे। "लटकेगा पक्का !" उन्होंने दोहराया।

राजीव एक पल के लिए अँधेरे को ताकता रहा और फिर उनके साथ हँसने लगा। उसे बड़ा सुकून मिला। वह दूसरे कैदियों को देख नहीं सकता। बस, उनके ठहाके सुने जा सकते हैं। इसी बात से उसे सुकून मिला। "लटकूँगा, पक्का!" उसने खिलखिलाते हुए अँधेरे में कहा।

जब सब शांत हुए तो एक कैदी ने पूछा, "वकील नहीं है तेरे पास कोई अच्छा ?"

"है न।" राजीव ने कहा, "मुंबई का सबसे महँगा वकील।"

अँधेरे में हँसी लौट आई। "लूट रहा है तुझे वो, भाई!"

राजीव ने मुसकराकर सुट्टे के लिए हाथ बढ़ा दिया।

किसी ने पूछा, "तुझसे कोई मिलने नहीं आता ? कोई परिवार नहीं है हमारे अलावा ?" फिर से ठहाका गूँजा।

"नहीं, कोई नहीं है।" राजीव बोला, "इतना कोई प्यारा नहीं कि जेल में मिलने आ जाए।"

"न माँ, न बाप ?"

"अब कोई नहीं।"

"क्या हुआ उनको ?"

"वे मर गए, जब मैं दस साल का था।"

"साइनाइड से मरे ?"

यह सुनकर राजीव का दिल दुःखी हो गया, पर उसने कुछ नहीं कहा। वह अँधेरा उसकी तारीफों के लिए नहीं बना था। वह एक दर्पण था—सबकुछ नंगा और साफ दिखता था। वह उन लोगों से दिल की बातें कर रहा था, जिन्हें उससे कोई लेना-देना नहीं था। वह अपने जीवन से यही तो चाहता था। वह भी उनमें शामिल हो गया।

"नहीं।" उसने ऐसी बनावटी हँसी के साथ कहा, जिसे कोई नहीं देख सका। "मुझे उस समय मिला ही नहीं।"

"हमें अपनी कहानी बताओ।" अँधेरे में कोई बोला। पहले एक कैदी ने

कहा और फिर सभी आग्रह करने लगे। "हमें ग्रेट राजीव मेहरा की कहानी जाननी है। हो सकता है कि तुम्हारे मरने के बाद हम में से कोई तुम्हारी कहानी लिखकर लखपति बन जाए!"

किसी ने इस सुझाव को गरियाया, "तू अपना नाम तक तो लिख नहीं सकता, किताब लिखेगा तू ?"

फिर से सभी ठहाके लगाने लगे। "इसने तो टैटू में भी नाम गलत लिखवा रखा है!"

राजीव दिल खोलकर हँसा। "क्या जानना चाहते हो ?" उसने अँधेरे से पूछा।

"सबकुछ। अपने माता-पिता से चालू करो—क्या हुआ था उन्हें ?"

राजीव ने एक लंबा सा कश लिया, फिर धुआँ उगलकर सुट्टा वापस करते हुए बोला, "चार धाम। यह सब चार धाम से चालू हुआ था।"

अँधेरा राजीव को सुन रहा है। वह शांत है और इंतजार कर रहा है। कोई ताना नहीं मार रहा या मजाक नहीं उड़ा रहा। कोई फब्ती नहीं कस रहा। बस, खामोशी और इंतजार!

राजीव आगे बोला, "7 अक्तूबर, 1991। हम—मेरे माता-पिता, दादा-दादी, मेरी बहन, छोटा भाई और मैं—चार-धाम यात्रा पर थे। हम गौरीकुंड पर थे और बदरीनाथ के लिए पैदल यात्रा शुरू करने ही वाले थे कि हम लैंडस्लाइड की चपेट में आ गए। वह सब अचानक हुआ। आज भी सोचता हूँ तो रूह काँप जाती है। मैं दस साल का था। मेरे माता-पिता, दादा-दादी और भाई-बहन—सभी पानी के रेले में बह गए। मैं एक पेड़ की जड़ पकड़कर बच गया। इस तरह मेरी जान बची। एक सप्ताह बाद उनकी लाशें मिलीं। बस, पलक झपकते मैंने अपना सबकुछ खो दिया। हम संयुक्त परिवार में रहते थे। मेरे पिताजी और उनके बड़े भाई, मेरे ताऊजी ने मेरी माँ और उनकी सगी बहन से शादी की थी। मेरी ताई ही मेरी मौसी भी थीं। हमारा खानदानी घर चाँदनी चौक की मुमताज सराय में था। ताऊजी मेरा ध्यान रखने लगे। परिवार बिखरा हुआ था। ताऊजी अधिकतर नशे में रहते और मौसी सारा दिन मूसल कूटते हुए कोई-न-कोई योजना बनाती रहती।

"अगले कुछ महीने किसी डरावनी कहानी से कम नहीं थे। ताऊजी मुझे रोज पीटते और अपने लिए काम करने को मजबूर करते। मुझे स्कूल जाने के

समय भी उनके काम करने पड़ते, और इसी वजह से मुझे स्कूल से भी निकाल दिया गया। जब भी मौका मिलता तो मैं अपने उस दु:खदायी वजूद से घबराकर सीसगंज गुरुद्वारे की रसोई में जा बैठता और उस जगह हो रही काररवाई को देखता रहता। वह दुनिया मेरे कड़ी मेहनत वाले जीवन से कितनी शांत थी! मैं घंटों उसी जगह बैठा लोगों को खाना बनाते और खाते देखता। बरसों बाद मुझे अहसास हुआ कि किसी को खाते देखने का भी अपना एक आनंद है। शायद इसमें खुद खाने से भी ज्यादा आनंद आता है। कई बार मैं लंगर घर में जाकर अपनी ओर से मदद करने की कोशिश करता। खाना बनाने वाले कुक दयालु थे। वे जल्दी ही मुझे जान गए। अगर मैं कभी न जा पाता तो वे मुझे याद करते।

"जल्दी ही वह जगह मेरे लिए परिवार की तरह हो गई। मेरा ज्यादातर समय वहीं बीतने लगा। छह महीने में ही मुझे गुरुद्वारे के रसोईघर में औपचारिक तौर पर शामिल कर लिया गया। वे मुझे थोड़ा जेब-खर्च भी देने लगे। बेशक, खाना तो मुफ्त ही था। और वहीं मैंने खाना बनाना सीखा। वाहे गुरु पाल सिंहजी बड़े रसोइए थे। वे मेरे दादाजी की उम्र के थे। उन्हें मुझे खाना बनाना सिखाना पसंद था। वे कई तरह के प्रयोग करके खाना तैयार करते। वे पेशावर से आए एक शरणार्थी थे और उनके खानदान में पाँचवीं पीढ़ी के रसोइए; उन्हें बहुत सारी कमाल की व्यंजन विधियाँ मालूम थीं। लंगर हमेशा शाकाहारी होता था; पर वे मुझे सप्ताहांत पर मांसाहारी व्यंजन पकाना भी सिखाते। उनका कहना था कि दरियागंज का जाना-माना रेस्त्राँ 'मोतीमहल' बटर चिकन की खोज का दावा करता था। उनके बड़े भाई वहीं काम करते थे और वह रेसिपी उनकी ही थी। खैर, कई साल बीत गए। मैं सोलह साल का हो गया। मैं अपने जीवन से खुश था; हालाँकि, मेरे हाथ में हजार रुपए से ज्यादा की बचत नहीं थी। एक दिन एक एन.आर.आई. सिख परिवार गुरुद्वारे में आया। गुरप्रीत सिंह के साथ उनकी पत्नी और दो बच्चे भी थे। वे लोग शाम के लंगर के लिए रुके। उस दिन हमारे बड़े रसोइए की छुट्टी थी, इसलिए मैंने बड़े प्यार से उनके लिए खाना बनाया। गुरुप्रीत सिंहजी कनाडा में बहुत सारे होटलों के मालिक थे। वैसे, वे पटियाला के रहने वाले थे। उन्होंने इस काम से कनाडा में बहुत पैसा कमाया था। अगले दिन उनकी और वाहे गुरु पाल सिंहजी की बातचीत हुई; और इससे पहले कि मैं जान

पाता कि क्या हो रहा था, मैं ओटावा जाने वाले विमान में सवार था। मैं एक छोटे से सूटकेस और एक जोड़ी कपड़ों के साथ कनाडा पहुँच गया।

"जब मैंने दस साल बाद कनाडा छोड़ा तो मैं डेविड बैकहम के प्राइवेट जेट पर था। मेरा उस जगह से दुबई जाना हुआ। भगवान् दयालु रहे, या यूँ कहूँ कि दोनों वाहे गुरु दयालु रहे।

"मैं कनाडा में बिताए जीवन की कहानी सुनाकर बोर नहीं करूँगा; पर तुम अंदाजा लगा सकते हो। दस आलीशान साल, दो मिशलेन स्टार, तीन रेस्त्राँ, मेरे नाम पर नौ व्यंजन, ओटावा की चाबियाँ और कनाडा सरकार की ओर से एक गॉन्ग—और मैं बस, छब्बीस साल का था। मैंने अगले चार साल दुबई में बिताए। मैं ऐसे आलीशान होटलों की शेफ सेनाओं का संचालन कर रहा था, जिनकी तुम कल्पना तक नहीं कर सकते थे और फिर, दस साल अलग-अलग जगहों पर बीते। मैं पूरी दुनिया का नागरिक हो गया, तुम यह कह सकते हो। और यह सब यहीं, एक महीने में समाप्त होने वाला है।"

"या शायद इससे भी कम समय में?"

"हाँ, शायद और भी कम समय में, मैं उसके लिए तैयार हूँ।"

"भाई, इसके लिए कोई तैयार नहीं होता, कोई नहीं। तुम्हें लगता है कि तुम तैयार हो, पर जब तुम्हारे गले में फाँसी का फंदा डाला जाता है तो···"

"खैर, यह थी मेरी कहानी!"

एक खामोशी-सी छा गई और इसके बाद तालियों की आवाज सुनाई दी। फिर जैसे सबके दिल की बात एक साथ सामने आई। "हमें एक और बात पूछनी है; हालाँकि, हम जानते हैं कि तुम क्या कहने वाले हो! जब हमसे पूछा जाता है तो हम यही कहते हैं।"

राजीव जानता है कि वे क्या पूछने वाले हैं! "मुझे पता है कि तुम लोग क्या पूछने वाले हो; और मैं सच ही कहूँगा। मुझे सच क्यों नहीं कहना चाहिए? सच तो यही है कि मैं सच में नहीं जानता कि क्या मैंने उसकी जान ली है?"

"यह कैसे हो सकता है? मैंने तो कभी किसी को ऐसे बोलते नहीं सुना!"

"यही सच है। मेरे लिए यह कहना आसान है कि मैंने मिहिर कोठारी को नहीं मारा। असल में, मेरा वकील हर सुनवाई में जज को यही कहता रहा है। पर

तुम लोगों से ऐसे नहीं कह सकता। तुम्हें सच जानने का हक है, क्योंकि अजनबी सबसे सच्चे दोस्त होते हैं। वे बदले में कुछ नहीं चाहते। जैसे हमें रेल के सफर में लोग मिल जाते हैं। वे सारी बातें सुनते हैं, और अगर आपको परखते भी हैं तो इससे कोई फर्क नहीं पड़ता क्योंकि वे अगले स्टेशन पर उतर जाने वाले हैं और आप उनसे फिर कभी नहीं मिलेंगे। तो यह सब आप लोगों पर है। इससे कोई अंतर नहीं पड़ता कि आप लोग मेरे बारे में क्या सोचते हो? और मेरे जीवन की कहानी का आपसे इतना सा भी लेना-देना नहीं है। हम लोग तो बस, समय काट रहे हैं, जो मेरे पास शायद एक महीने से भी कम रह गया है।"

"बस कर पगले, अब रुलाएगा क्या?" अँधेरे में किसी ने कहा और सब खिलखिलाने लगे।

"सच है।" किसी और ने कहा! "मैं तो तब भी इतना नहीं रोया था, जब मेरी पत्नी छोड़कर चली गई।" वे लोग और ज्यादा हँसने लगे। बाहर के दरवाजे पर बेंत से सलाखों को पीटने और फर्श पर जूतों की 'ठक-ठक' की आवाज सुनाई देते ही उन्हें विवश होकर चुप होना पड़ा। कोई सुबह दूर निकलने की तैयारी में है और उसके साथ के बेरहम रिवाज पूरे किए जा रहे हैं।

□

इंस्पेक्टर आप्टे का मुंबई पुलिस मुख्यालय में साझा ऑफिस बहुत सारे अधिकारियों और कांस्टेबलों से भरा है। वे सब टी.वी. से चिपके हुए हैं, क्योंकि राजीव मेहरा केस के लाइव अपडेट दिए जा रहे हैं। किसी भी समय फैसला सुनाया जा सकता है। जैसा कि रिवाज है, कई अधिकारियों के बीच शर्तें लग गई हैं और एक अधिकारी रकम के आगे सबके नाम लिख रहा है। थाने में भारी चहल-पहल है। वे लोग केस की जीत या हार के बाद अपनी-अपनी रकम के दावे कर रहे हैं। हालाँकि, मामला बहुत हद तक आप्टे और उसकी कोशिशों के पक्ष में नहीं लग रहा, पर उसके साथी उत्साहित हैं। आप्टे चाय पीते हुए अपनी डेस्क सँभालने में लगा है और वे लोग उससे हँसी-मजाक कर रहे हैं। आज ऑफिस में उसका आखिरी दिन है।

"आप्टे सर, आप आखिरी दिन भी काम कैसे कर सकते हैं?" एक कांस्टेबल ने पूछा।

"पर ये काम तो नहीं कर रहे।" किसी दूसरे ने कहा। "मेज साफ करना कोई काम नहीं होता। वैसे, आप्टे, इस केस मैटीरियल का क्या करने वाले हो?"

"शिंदे से पूछो।" आप्टे ने खुशी-खुशी कहा, "ये सारी फाइलें इसके पास ही जाने वाली हैं। अगले पचास साल तक वहीं पड़ी सड़ेंगी।"

शिंदे हँसने लगा। "सर, इसके बाद आपको क्या करना है? मुझे तो नहीं लगता कि आप खाली बैठने वालों में से हो!"

इससे पहले कि आप्टे कुछ कहता, एक और सहकर्मी आगे आ गया। "तुझे क्या लगता है, हमारे आप्टे साहब ने खाली रहने के सिवा सारी जिंदगी किया क्या है!" यह सुनते ही सबके बीच ठहाके लगने लगे।

"चुप करो!" एक अधिकारी चिल्लाया, "फैसला सुनाया जा रहा है।"

सबकी आँखें टी.वी. स्क्रीन की ओर उठ गईं। कोर्ट के बाहर रिपोर्टर और न्यूजवाले उतावले हो गए हैं, क्योंकि कोर्टरूम में कैमरे ले जाने की मनाही है। रिपोर्टर स्वतंत्र पत्रकारों की मदद से ही थोड़ी खबर निकाल पा रहे हैं और इसी वजह से न्यूज स्टूडियो में खासी उलझन पैदा हो गई है। कोई असली खबर नहीं जानता, पर हर किसी को ऐसा दिखावा करना है, मानो उसे सब पता है! जिन लोगों को स्क्रीन पर यह भ्रम बनाए रखना है, वे दिल खोलकर 'मुजरिम', 'गुनहगार', 'दोषी', 'बेगुनाह', फाँसी दी जानी है, जैसे शब्दों का प्रयोग बिना कुछ सोचे-समझे लगातार किए जा रहे हैं।

"अरे, हो क्या रहा है?" एक अधिकारी ने खीझकर गाली बकते हुए कहा।

आप्टे ने उसे चुप करवाते हुए एक चैनल बदल दिया, जिसे वह भरोसेमंद मानता है। भरोसेमंद चाहे हो, पर उस जगह भी यही चीर-फाड़ हो रही है। पत्रकारों और टी.वी. कैमरों की भीड़ के बीच जगह बनाता एक रिपोर्टर चिल्ला रहा है— "फैसला सुनाया जा चुका है।" दूसरा चिल्लाया—"दोषी करार पाया गया। दोषी! दोषी!" देखते-ही-देखते यह शब्द लहर की तरह फैल गया।

"राजीव मेहरा को फर्स्ट डिग्री मर्डर के लिए दोषी पाया गया।" रिपोर्टर बोला, "जज ने ऐसी सजा सुनाई है, जो फैसले के कुछ दिन बाद ही दे दी जाती है। अब यह भी सुनने में आ रहा है···" रिपोर्टर ने सिर झुकाकर ईयरपीस से सुनने का दिखावा किया। "जी, फाँसी की सजा सुनाई गई है। मैं दोहराता हूँ—फाँसी

की सजा। राजीव मेहरा को फाँसी की सजा दी गई है। ब्रेकिंग न्यूज। आपने सबसे पहले इसे यहीं सुना…"

सारे ऑफिस में खुशी की लहर दौड़ गई। आप्टे के सहकर्मी उसे बधाई देने भागे। उन्होंने हाथ मिलाकर उसकी पीठ थपथपाई। आप्टे ने थोड़े संकोच से बधाई स्वीकार की।

उसके साथी पार्टी की माँग करने लगे। "आप्टे, यह तेरा आखिरी केस है। तेरे लिए रिटायरमेंट की जो पार्टी रखी है, उसे कैंसिल करते हैं। पहले तू हमें इसकी पार्टी दे!" एक साथी चिल्लाया।

आप्टे ने हँसते हुए फाइलों का एक बॉक्स बंद कर दिया। उसने उस पर हाथ ठोंका। "सर्विस के पैंतीस साल आज ये इस बॉक्स के साथ बंद हो गए।"

पर किसी ने उसकी बात नहीं सुनी। वे लोग उसे सबके मनपसंद ठिकाने की ओर खींचे ले जा रहे हैं। पार्टी टाइम है ये!

□

वह लगभग आधी रात को मुंबई के यू.डी.सी.टी. (यूनिवर्सिटी डिपार्टमेंट ऑफ केमिकल टेक्नोलॉजी) से बाहर आया। कैंपस की सड़कें खाली हैं। बस, कुछ छात्र इधर-उधर टहलते दिख रहे हैं। किसी ने उसे केमिस्ट्री विभाग की ओर जाते नहीं देखा। उसने वहीं इंतजार किया, ताकि प्रवेश द्वार पूरी तरह से खाली हो जाए और वह अंदर जा सके। उसे पता है कि किस जगह जाना है। सी.सी. टी.वी. सर्विलांस रूम पहले तल, लंबे गलियारे के अंत में है। उसके साथ ही लैब है, जिसमें से उसने पोटैशियम साइनाइड चुराया था।

वह खाली कमरे में अपने काम पर लग गया। सी.डी. उन तारीखों के हिसाब से रखी हैं, जब उन्हें रिकॉर्ड में रखा गया था। उसने सारे ढेर में से अपने काम की सी.डी. ली और अपने लैपटॉप में डाल दी। फिर उसने उस समय और तारीख को निकाल लिया, जब वह आखिरी बार इस जगह आया था।

दरवाजा अचानक खुला। पचास वर्ष पार की उम्र का एक आदमी सामने खड़ा था। दोनों ही आदमी एक-दूसरे को खामोशी से ताक रहे थे। इससे पहले कि बूढ़ा आदमी अंदर आए। "कौन हो तुम? इस जगह अंदर कैसे आए?" उसने पूछा।

"मुझे सेंट्रलाइज्ड सिक्योरिटी ने सी.सी.टी.वी. लिंक की जाँच करने को कहा गया था। उन्होंने कहा कि इसमें कोई दिक्कत आ रही है। पर मुझे तो यह ठीक लग रहा है।" उस आदमी ने अपना लैपटॉप बैग में रखते हुए कहा और सामान्य दिखने की कोशिश की।

बूढ़े आदमी को यकीन-सा नहीं आया। वैसे भी, वह खुले हुए बैकपैक में बंदूक देख चुका था। वह मुड़ा और कमरे से झट से बाहर निकल गया।

शिट! बैकपैकवाला आदमी उसके पीछे भागा। पर बूढ़ा कहीं दिखाई नहीं दे रहा। गलियारा खाली है। वह धूल भरी गोदरेज की अलमारियों और टूटे फर्नीचर से भरा है। वह आदमी चुपके से सीढ़ियों की ओर बढ़ा और बेसमेंट में चला गया। उस जगह एक टूटी हुई खिड़की से हलकी रोशनी आ रही है। उसके सिवा घना अँधेरा है। तभी अचानक ही पैरों की आहट सुनाई दी। बूढ़ा आदमी दिखाई दिया। इससे पहले कि वह भागकर सीढ़ियों से ऊपर जाता, उसके गले में एक तार दिखाई दिया। उसने तार को दोनों हाथों से पकड़कर अपनी गरदन से हटाना चाहा, पर वह कुछ नहीं कर सका। एक ही क्षण बाद उसका शरीर तड़पा और निढाल हो गया। बूढ़ा आदमी मर चुका था।

अब उसके सामने परेशानी खड़ी हो गई। बूढ़े की लाश का क्या किया जाए? यह सब तो योजना का हिस्सा नहीं था! इधर-उधर देखने के बाद एक ड्रम के साथ नायलॉन की रस्सी पड़ी दिखाई दी। उसने रस्सी निकाल ली और उसे उछालकर छत के नीचे बीम पर लटका दिया। फिर उससे एक फंदा बनाकर बूढ़े की लाश को बीम से लटका दिया। फिर वह बेसमेंट से बाहर आया और देखा कि उसके वहाँ होने का कोई निशान तो नहीं दिख रहा था।

फिर उसने सी.सी.टी.वी. कक्ष में आकर बैकपैक खोला। उसने डेस्कटॉप पर छोटा सा सुसाइड नोट लिखकर कंप्यूटर को ऑन ही छोड़ दिया। उसने दरवाजे तक आकर कमरे को अच्छी तरह देखा और फिर धीरे से दरवाजा बंद कर दिया। उसने अपनी घड़ी देखी। धीमी रोशनी में उसकी रॉलेक्स का नेवी ब्लू डायल चमक रहा था।

□

4

रसोई में ज्यों ही शाम का खाना बना और पाली पूरी हुई तो उसे लोगों से खाली कर दिया गया। वह खाली रसोई किसी बड़े हॉल से कम नहीं थी। वह पहरेदारों की हँसी और बातों से गूँज रही थी। यह राजीव के लिए तैयार थी।

सुपरिंटेंडेंट ने पूछा था, "तुम्हारी आखिरी ख्वाहिश क्या है?"

जब से राजीव को फाँसी की सजा सुनाई गई थी, तब से उसके प्रति अधिकारियों और पहरेदारों का रवैया नरम हो गया था। उसे दूसरे वार्ड में भेज दिया गया। उस जगह खुले, हवादार और साफ सेल थे, जिनमें टॉयलेट भी साथ ही बने हुए थे। फाँसी की सजा पाने वाले कैदियों को रोज सुबह पहनने को साफ कपड़े दिए जाते। हर कोठरी में एक कूलर भी था। यह गंदी, भीड़ से भरी, खतरनाक और न रहने लायक हालत वाली जेल की कोठरी से अलग ही दुनिया थी। मौत की निश्चितता से एक समानुभूति पैदा होती थी कि मौत की अनिश्चितता का कभी सामना नहीं किया जा सकता। मानो यह एक अर्ध-धार्मिक वसीयत थी कि इनसान फाँसी की सजा पाए कैदियों के लिए और अधिक मानवीय हो जाते!

"जो तुम कहोगे।" सुपरिंटेंडेंट ने वादा किया था।

"कुछ भी?" राजीव ने मुसकराकर पूछा था।

"ऐसा कुछ भी, जिसे टेंडर से मँगवाया जा सके।" वार्डन ने खिलखिलाहटों के बीच दबी हँसी के साथ कहा।

"ठीक है फिर।" राजीव ने कहा, "मैं अपना आखिरी खाना अपने हाथों से बनाना चाहता हूँ। कोई नई या महँगी चीज नहीं; ऐसा कुछ नहीं, जो आसानी से मिल न सके। ऐसा कुछ नहीं, जिसे आप टेंडर से न मँगा सकें।"

एक गार्ड ने उसके हाथ खोल दिए और बाजू से रसोई की ओर जाने का संकेत किया। राजीव कलाई मलते हुए चूल्हे की ओर बढ़ा। उसने सुपरिंटेंडेंट से जो भी सामान चाहा था, वह गत्ते के एक डिब्बे में काउंटर पर रखा था। इस दौरान गार्ड ने बीड़ी जलाई और कुछ फीट की दूरी पर स्टूल पर बैठ गया।

"क्या बना रहे हो?" उसने पूछा।

"द लास्ट सपर।" उसे पता था कि गार्ड उसकी बात का अर्थ नहीं समझ सकेगा।

उसनें डिब्बे से सारा सामान बाहर निकाला। वह डालडा का टिन देखकर मुसकराया। सुपरिंटेंडेंट को उसके लिए थोड़ी कोशिश करनी पड़ी होगी, क्योंकि कुछ साल पहले डालडा बनना बंद हो चुका था। उसने टिन को खोला और कड़छी भरकर घी कड़ाही में डाल दिया। इसके बाद उसमें गेहूँ का आटा छानकर डालने लगा। इसके साथ ही वह मिश्रण को कड़छी से चलाता भी जा रहा था। यादों का मानवीकरण! इसने ही पिछले महीने से उसे जिंदा रखा था। उन सभी जादुई व्यंजनों की याद और उनकी विधियाँ, जिसमें उसके दिमाग में एक चमकते न्यूरॉन से लेकर उसकी स्वादेंद्रियों तक और फिर उनकी वापसी की यात्रा भी शामिल थी। और आज, अपने जीवन के सबसे महत्त्वपूर्ण भोजन के लिए, उसने वही बनाने का निश्चय किया, जो वह सीसगंज गुरुद्वारे के लंगर में पकाया करता था। आटे का हलवा, वह भी ऐसा कि अगर कोई उँगलियों से उठाता तो वह फिसलकर पत्तल पर गिर जाता; इतने घी और मक्खन से भरपूर मसूर की दाल कि पोषण की जरूरत रखने वाली गर्भवती महिला भी खाने से पहले दो बार सोचे, और उसके साथ खाने के लिए मोटी, पर मुलायम रोटियाँ!

राजीव को लगातार अपने बाएँ हाथ से हलवा चलाते और दूसरे हाथ से मसूर की दाल पर तड़का डालते देख गार्ड भी अपना लालच नहीं रोक सका। वह उठकर पास आ गया। राजीव ने एक कड़छी हलवा उसके लिए परोस दिया। गार्ड उसे निगलते ही मानो किसी और दुनिया में पहुँच गया। "यकीन नहीं होता।" वह बोला, "मैंने कभी सोचा तक नहीं था कि हलवा में भी इतना स्वाद हो सकता है!"

"हलवा हलवा होता है।" वह बोला, "तुमने इसमें ऐसा क्या डाल दिया ?"

"डालडा और यादें।" राजीव बोला।

रात के 10 बज रहे थे। राजीव का खाना तैयार था। उसने गार्ड से कहा कि वह सुपरिंटेंडेंट को खबर कर दे। ज्यों ही अधिकारी अंदर आया तो राजीव बोला, "आपसे एक आग्रह था।"

"कुछ भी; जो चाहे, कहो।"

"क्या आप इस खाने को मेरे कैदी दोस्तों को पहुँचा सकते हैं, जिनके साथ मुझे रखा गया था ?"

वार्डन ने हामी भरी। "तुम नहीं खा रहे ?" उसने पूछा।

"मैंने पहले ही खा लिया है।" राजीव बोला।

"तुमने खा लिया ? कोई जूठे बरतन तो नहीं दिख रहे !"

"उनकी जरूरत नहीं है। मैंने खाना पकाते हुए सारे खाने की कल्पना कर ली थी।"

वार्डन समझ गया। उसने घड़ी देखी और विनम्रता दिखाते हुए कुछ देर इंतजार किया और फिर गार्ड को इशारा किया कि वह राजीव को हथकड़ी पहना दे।

वे चुपचाप रसोई से बाहर आ गए। राजीव अपनी कोठरी में वापस आया तो उसने आँखें बंद कर उस खाने की कल्पना की। अगले ही पल उसका जी मितला गया और वह बाथरूम में जाकर उलटी करने लगा। वार्डन ने उसे पानी से भरा डिब्बा दिया तो उसने शुक्रिया कहा।

"आज बहुत खा लिया।" वह बोला।

□

रोहित के आगे बहुत ही भव्यता के साथ मिल्की वे फैली हुई है। मिल्की वे उसके गैर-मामूली होने और उसके वजूद के नकारा होने का अहसास दिला रही है। वह करीब आधे घंटे तक, मंत्रमुग्ध-सा उस स्वर्गिक दृश्य को देखता रहा। वे गैस जैसे धब्बे, चमकते सितारे, लाखों-करोड़ों तारे—वे मिलकर एक सबसे अधिक शक्तिशाली दृश्य बनाते हैं, जो इनसान या कुदरत की ओर से बनी किसी भी चीज से कहीं ज्यादा अनूठा और अद्वितीय है। पृष्ठभूमि में कहीं कुछ झींगुरों

की आवाज सुनाई दे रही है। वह उस विचित्र मेट्रोनॉमिक गुंजन को तोड़ती है, जो कानों में लगातार बजते हुए व्यक्ति को सचेत रखती है।

वह अपने बाएँ हाथ पर सिर टिकाते हुए फिर से स्टारगेजिंग करने लगा। फिर जैसे एक आवेश में आकर वह दूसरी ओर मुड़ा और अपनी गर्लफ्रेंड का मुँह चूम लिया—एक गहरा व लंबा चुंबन! वह हैरान तो हुई, पर कुछ कह नहीं सकी।

"ऐसा क्या हो गया?" वह मुसकराकर बोली।

"कुछ नहीं।" वह बोला। उस लंबे चुंबन के बाद भी वह उसे हौले-हौले चूमता रहा।

एक और दोस्त और उसकी गर्लफ्रेंड भी कुछ ही दूरी पर साथ लेटे हैं।

"एक और बीयर चलेगी?" रोहित ने गहरा कश भरने के बाद अपने हाथ का सुट्टा उन्हें देते हुए पूछा।

"हाँ।" वे एक साथ बोले।

उसने अपने कपड़ों से धूल झाड़ी और थोड़ी दूरी पर खुली जगह में पार्क की गई लैंड क्रूजर की ओर बढ़ा। जब वह वापस आया तो उसके हाथ में बीयर की दो बोतलें थीं। वह फिर से वहीं लेट गया।

"मैं अपनी पूरी जिंदगी इसी तरह बिताना चाहता हूँ।" उसने एक घूँट भरते हुए कहा।

उसका दोस्त आर्यन हँसा और गाने लगा, 'अकेले हैं तो क्या गम है?'

"सही में, यार! मैं सीरियस हूँ।" रोहित ने आर्यन को बोतल देते हुए कहा।

"बकवास बंद कर!" आर्यन बोला, "तेरे डैड पिछवाड़े पर एक लात देंगे।"

"यार, मैं अठारह का हो गया। अब वे कुछ नहीं कर सकते।"

"क्या तू खुद की भी सुनता है? दारू पी, गाँजा फूँक, मस्त रह और कल डैड की फैक्टरी में टाइम कार्ड पंच कर सुबह-सुबह।"

लड़कियों का ठहाका गूँजने लगा।

रोहित ने गाली बकते हुए आर्यन की ओर एक कंकड़ उछाला। वह वहीं पास बने एक बिल पर जाकर लगा। एक छोटा सा जानवर घबराकर भागा। लड़कियाँ फिर से खिलखिलाईं।

"मैं सीरियस हूँ, भाई!" आर्यन बोला।

"तू सही है, भाई! यह देश मुझे अंदर से खा रहा है। स्टेटस में कोई तुम पर नजर नहीं रखता। तुम अपनी मरजी से जो जी में आए, कर सकते हो।"

"क्या बकवास है! मैं एक इन्वेस्टमेंट बैंक में एड़ियाँ रगड़ रहा हूँ और तू आलीशान ऑफिस में बैठकर दो सौ मर्द-औरतों की टीम की निगरानी करता है, जो हीरे पॉलिश कर रहे हैं। यह शिकायत तो मुझे करनी चाहिए। चल, अपनी जिंदगियाँ बदल लेते हैं।"

"तूने 'जब वी मेट' नहीं देखी? मुझे शाहिद कपूर जैसा महसूस होता है।"

"हद हो गई! क्या तू कहना चाहता है कि हमारी सुनैना करीना है?" उनमें से एक लड़की ने मजाक किया। "अरे, सुनो, भई!" वह बोली, "क्या तुम लोग यही बोर बकवास सुनना चाहते हो या अब हम चल सकते हैं?"

"तुम कहाँ जाना चाहती हो?" रोहित ने उठते हुए पूछा।

"यह सड़क हमें जितनी दूर तक ले जाए। पर तेज।" निहारिका ने कहा।

"यानी कितनी तेज? आज बता ही दो।" आर्यन ने झूमते हुए कहा। उससे खड़ा तक नहीं हुआ जा रहा था।

"इतनी तेज, जितनी तेज तुमने कभी न चलाई हो।" सुनैना चहकी।

"तो इंतजार किस बात का है," रोहित ने कंधों पर चमड़े की जैकेट रखते हुए कहा! "क्रूजर पर सबसे पहले जाने वाला ही उसे चलाएगा।"

□

सुबह के 3 बजे हैं। "समय हो गया है।" गार्ड ने राजीव की कोठरी खोलकर लाइट जला दी। राजीव पलंग पर बैठा है। हाथ गद्दे पर टिके हैं और वह सामने की दीवार को ताक रहा है। वह सिर घुमाकर मुसकराया। गार्ड ने भी उदासी से सिर हिलाया और साफ कपड़े बिस्तर पर रख दिए।

"दस मिनट।" उसने राजीव से आराम से कहा और बाहर चला गया।

गवर्नर ने अलसुबह की चाय की चुस्कियाँ भरते हुए मेज पर पैर फैला रखे थे। दीवार घड़ी और उसके जूतों की ठक-ठक के सिवा कोई आवाज नहीं सुनाई दे रही। उसके पैरों के पास एक टेबलॉयड खुला है और हेडलाइन चमक रही है— 'प्रेसीडेंट से लास्ट मिनट अपील रद्द। राजीव मेहरा को कल तलोजा कारागार में फाँसी की सजा दे दी जाएगी।' लगता है कि आर्थर रोड जेल में

फाँसी देने वाले की तबीयत ठीक नहीं है। गूगल मैप स्नैपशॉट में आर्थर रोड और तलोजा की दूरी दिख रही है। हालाँकि, यात्रा किसी रोमांच से कम नहीं। फाँसी सुबह 5 बजे दी जानी है।

गवर्नर ने घड़ी देखी—3 बजकर 10 मिनट। वह कुरसी से उछला, अपना बेंत लिया और ऑफिस से बाहर आ गया।

राजीव सशस्त्र पहरेदारों से घिरा है। उसके हाथ पीठ पीछे बँधे हैं। वे लंबे गलियारे से होते हुए खुली जगह में आ गए, जहाँ उन्हें ले जाने के लिए गाड़ी तैयार थी। वह दो बार उलटी कर चुका है। पेट में खलबली मची है। पूरे शरीर से जान निकल गई है। वह जमीन पर ही ढेर हो जाना चाहता है। 'इतनी औपचारिकता क्यों? यहीं और अभी मार दो, इतना परेशान क्या होना!' वह सोच रहा है। दिमाग में सौ बातें घूम रही हैं। अतीत आँखों के आगे नाच रहा है। वह कुछ नहीं चाहता। उसका भविष्य इतना सुनिश्चित कभी नहीं रहा। वह इसे जानता है। उसने इसे देखा है। इसे बदला नहीं जा सकता। काश, वह चुटकी बजाकर अपनी जान दे सकता!

गलियारे की कोठरियों में अँधेरा था। कैदी गहरी नींद में हैं। राजीव ने तय किया कि वह चेहरे पर मलाल नहीं आने देगा। वह लाल आँखों से सुदूर ताकता रहा।

बाहर एक स्कॉर्पियो इंतजार में है, उसके आसपास पुलिस वैन हैं। गवर्नर उनके आने की आहट से पलटा। गाड़ियों को स्टार्ट किया गया। दो वैनों के खंजड़ इंजन गरजने लगे। राजीव को गवर्नर के पास रोका गया। उसने ऊपर देखा। गवर्नर ने सिर हिलाया। सशस्त्र जवानों ने गाड़ी में अपनी जगह ली। राजीव को खोलकर फिर से बाँध गया। पर अब उसके हाथ आगे बँधे हैं। उसे स्कॉर्पियो की पिछली सीट पर धकेल दिया गया। दरवाजे बंद होकर लॉक हो गए। बूम बैरियर ऊपर उठा और वे अपने रास्ते पर थे। काफिला मुंबई की खाली सड़कों पर दौड़ने लगा। राजीव के पास इस दुनिया के लिए दो घंटों से भी कम समय बचा था।

□

"वू-हू!" आर्यन चिल्लाया! वह सिओन-पनवेल एक्सप्रेसवे में लैंड क्रूजर की छत पर खुलने वाली खिड़की से मुँह बाहर निकाले खड़ा था। उसने हवा में घूँसा बरसाया और बीयर की बोतल से घूँट भरा। "कमाल है ये तो!" वह बोला

और केबिन में वापस आ गया। उसने गाड़ी चला रहे रोहित को बोतल थमाकर उससे सुट्टा ले लिया। पीछे बैठी दो लड़कियाँ उलाहना देने लगीं कि गाड़ी तेज नहीं चल रही। रोहित ने मुँह बनाते हुए एक्सीलेटर पर पैर रख दिया। क्रूजर खतरनाक तरीके से पहाड़ी मोड़ों पर आगे बढ़ने लगी तो उन लोगों की सीटियों और हो-हल्ले की आवाज चारों ओर गूँजने लगी।

जब से वे लोग आर्थर रोड से चले थे, राजीव एक शब्द भी नहीं बोला था। वह गाड़ी में फैली चुप्पी के लिए शुक्रगुजार था। पुलिसवाले भी जानते थे कि उस माहौल में क्या बेहतर था! काफिला वाशी ब्रिज टोल प्लाजा के पास धीमा हुआ। ड्राइवर ने सिगरेट जलाकर खिड़की नीचे कर दी। राजीव को अंदर आने वाली ताजा हवा से कुछ सुकून मिला।

काफिले ने टोल से निकलते ही फिर से गति पकड़ ली। हाईवे पर कुछ लॉरियों के सिवा कोई नहीं था, जो उनके पास से तेजी से हॉर्न बजाते हुए जा रही थीं। सिओन एक्सप्रेसवे के सँकरा होते ही कारों की गति धीमी हो गई। वे लोग खारघर जंगल से निकल रहे हैं। यातायात एक पंक्ति में आ रहा है और सड़क रेंगते हुए पहाड़ी की ओर जा रही है। राजीव अपनी दाईं ओर खिड़की से बाहर देखने लगा। वादी की बाहरी रूपरेखा और उसमें बिछे पेड़ ही चाँदनी रात में देखे जा सकते हैं। नीचे से जा रही नदी का जगमग करता पानी हेयरपिन मोड़ों पर कार की रोशनी में दिखता है और ओझल हो जाता है। उसने अपनी आँखें बंद कर लीं।

☐

सेटिंग तो वाकई कमाल की है। 236 मीटर लंबा स्काईलोन टावर, गोल घूमने वाला डाइनिंग हॉल—उस जगह से नियाग्रा फॉल दिखाई देता है। डाइनिंग रूम में सबसे जानी-मानी मेहमान मौजूद हैं—द क्वीन ऑफ इंग्लैंड! सुनने में आया है कि क्वीन और प्रिंस फिलिप भारतीय व्यंजनों के दीवाने हैं, जिसके लिए औपचारिक रूप से 'मंत्रमुग्ध' शब्द का प्रयोग किया जाता है। रेस्त्राँ ने उनके सम्मान में बारह कोर्स का डिनर आयोजित किया है और उसे दुनिया के सबसे मशहूर शेफ राजीव मेहरा के सिवा कौन तैयार कर सकता था!

मेहमान गोल घूमने वाले रेस्त्राँ में आ चुके हैं और हलका संगीत बज रहा है। कैनेडियन प्रधानमंत्री ने अपना शैंपेन का गिलास बजाकर लोगों से चुप रहने

की विनती की है। क्वीन को शेफ्स और स्टाफ से मिलवाया जा रहा है। वे तेजी से लाइन को पार करते हुए राजीव से बात करने के लिए ठहरती हैं।

"मैंने आज तक इतना स्वादिष्ट भारतीय खाना नहीं खाया।" उन्होंने कहा और साथ ही प्रिंस फिलिप भी आ गए। "यंग मैन, यह तो वाकई अद्भुत था। बकिंघम पैलेस आकर हमारे लोगों को कुछ टिप्स दे जाओ। हम सब खड़े होकर तुम्हारा स्वागत करेंगे।" उन्होंने मजाक किया।

राजीव ने दोनों को धन्यवाद दिया, और ज्यों ही रानी ने अपना हाथ आगे किया तो उसने अपना एक घुटना जमीन से लगाकर उसका स्पर्श किया। इसके बाद सारे प्रोटोकॉल पूरे करते ही शाही काफिला वापसी के लिए निकल गया। राजीव को साथी शेफ्स और स्टाफ ने घेर लिया। वे सुनना चाहते थे कि क्वीन ने राजीव से क्या बात की?

राजीव थोड़े संकोच और शर्म के साथ कोने में चल दिया, जहाँ वह खुद को सँभाल सके। पर आज की रात यह उम्मीद करना मुश्किल ही है। "बधाई हो, राजीव! तुम तो कमाल हो।" राजीव नियाग्रा के नजारे को छोड़कर पीछे मुड़ा। जूलियट क्रेसन, फ्रेंच मिशलेन स्टार शेफ। राजीव ने सिर झुकाकर प्रशंसा ग्रहण की और 'शुक्रिया' कहा। पर जूलियट बातचीत और अभिवादन के मूड में नहीं है। इससे पहले कि राजीव कुछ कहता, जूलियट ने उसके होंठ चूम लिये। जूलियट पीछे हटी और राजीव की आँखों में एक तड़प के साथ झाँकने लगी। वह फिर से चूमने के लिए आगे आई और इस बार यह चुंबन पहले से और भी लंबा एवं तरसा हुआ था, और राजीव इस मजे को यहीं खत्म नहीं करना चाहता था। उसने जूलियट को काँच की दीवार से सटाते हुए उसके नितंबों से पकड़ लिया और उनके...।

राजीव अचानक काँपते हुए एक झटके से वर्तमान में लौट आया। एक ट्रक तेजी से उनके पास से निकल गया था और सुबह के उस शांत माहौल को उसका तेज हॉर्न भेद गया था। कार के ड्राइवर ने गाली बकी और बाकी लोगों ने ठहाका लगाया। वे उस पर और राजीव पर हँस रहे थे।

"सपना देख रहे थे?" उन्होंने पूछा। राजीव ने सिर हिलाया और घबराकर बाहर देखने लगा।

□

एक लड़के ने गरदन बाहर निकाली और चेहरे पर आती हवा का आनंद लेने लगा। उसके बाल आग की लपटों की तरह पीछे बह रहे थे। उसने एक और सुट्टा मारा और अपने आगे दिखती अँधेरी सड़क को ताकने लगा, जिसे उनकी क्रूजर तेजी से निगलती जा रही थी। सड़क के एक ओर चट्टानी हिस्सा हाई बीम से दमक रहा था। तभी उसने पुलिस की वैन देखी। वह रिफ्लेक्स के मारे चिल्लाया। पर तब तक देर हो चुकी थी।

पुलिस वैन के ड्राइवर ने हॉर्न बजाते हुए वैन को बाईं ओर ले जाने की कोशिश की और सीधा चट्टान से जा टकराया। पीछे से आ रही स्कॉर्पियो दाईं ओर मुड़ी और यात्रियों वाली साइड से टकराई। वह हिस्सा सड़क से थोड़ा ऊपर-सा हो गया। वह दो बार हवा में गोल-सा चक्कर काटने के बाद नीचे घाटी में बह रही नदी में जा गिरी। वह पानी में कुछ इस तरह गिरी, जैसे कोई गोताखोर पानी में गोता लगाता है, और बीतते क्षण के साथ अपनी गति खोते हुए नीचे की ओर जाती रही और फिर नीचे तलहटी में जाकर लंबवत् स्थिर हो गई। वह अलसाई हुई-सी हलकी सी उछली और फिर से नीचे आकर बैठ गई। पर इस बार वह अपने पहियों पर थी। उसे देखकर लगता था, मानो शोरूम में खड़ी हो! बस, अंतर इतना था कि अब उसके आसपास सारा पानी था। केबिन चमत्कारिक तौर पर रोशन है और हेडलाइट्स भी अब तक बंद नहीं हुईं।

तीन पुलिसवाले और चालक वहीं ढेर हो गए। राजीव के माथे से बहुत खून बह रहा है और दो मरे हुए पुलिसवाले उसके ऊपर पड़े हैं। केबिन में पानी आने लगा है। पहले वह धीरे-धीरे आ रहा था और फिर तेजी से आने लगा। राजीव ने डरते हुए आँखें खोलीं। वह उन्हें फिर से बंद करना चाहता था, पर जान बचाने की पशु प्रवृत्ति सामने आ गई। उसने उन शरीरों को पीछे धकेला और एक मरे हुए पुलिसवाले की जेब से हथकड़ी की चाबी निकाल ली। उसने हथकड़ी खोल ली और कोई चीज खोजने लगा, जिससे खिड़की तोड़ी जा सके। समय निकलता जा रहा है। पानी उसकी गरदन तक आ गया है। केबिन की छत और पानी के स्तर में दूरी कम हो रही है; और कुछ ही सेकंड में उसका सिर पानी के अंदर होगा।

राजीव ने फेफड़ों में हवा भरी और आगे वाली सीटों की ओर खिसक

गया। वह पागलों की तरह मरे हुए पुलिसवाले की लाश टटोलने लगा और फिर उसके हाथ में रिवॉल्वर आ गया। उसने होलस्टर खोलकर रिवॉल्वर निकाल लिया। वह उसकी पकड़ से छूट गया। केबिन की लाइट और हेडलाइट बंद हो चुकी थी। राजीव पूरी तरह से अँधेरे में घिरा था। केवल बाहर से पानी बहने की आवाज आ रही थी। खोने के लिए एक पल तक नहीं था। वह नीचे को झुका और दोनों हाथों को फैलाकर बंदूक खोजने लगा। वह आगे वाली सीट के नीचे फँसी हुई थी। उसके मुँह से बुलबुले बनकर हवा बाहर आ रही थी। उसने किसी तरह रिवॉल्वर को उस जगह से निकाल लिया। उसने मजबूती से उस पर अच्छी पकड़ बना ली। अँधेरे से घिरा होने की वजह से वह दरवाजा व खिड़कियाँ नहीं देख पा रहा था। उसने कई बार गोलियाँ चलाईं, जिससे खिड़की टूट गई। राजीव किसी तरह खिड़की को पकड़कर केबिन से बाहर आने में सफल रहा। एक ही क्षण बाद वह पानी से ऊपर था। नदी की गति उसे तेजी से नीचे की ओर ले गई।

उसने बाजू पटके और बहुत सारी हवा अपने अंदर भर ली। वह भाँप सकता था कि नदी मोड़ काट रही थी। उस अँधेरे में उसका सिर ऊपर-नीचे झूल रहा था। अचानक नदी किसी जादू की तरह शांत और समतल हो गई। तूफान ओझल हो गया था। कुछ तो गड़बड़ थी! और फिर, अचानक उसे विशाल पांडवकड़ा जल-प्रपात की आवाज सुनाई देने लगी, जिसमें वह ओझल होने वाला था। इससे पहले कि वह कोई प्रतिक्रिया देता, उसने खुद को उस धारा में तैरते पाया और नीचे नदी में लुढ़कने लगा। उसने किसी चीज को पकड़ना चाहा—चट्टान, पेड़, शाखा, कुछ भी; पर वह ऐसा नहीं कर सका। नदी की गति बहुत तेज थी। राजीव ने असहाय होकर अपने शरीर को ढीला छोड़ दिया। वह बड़ी तेजी से नीचे की ओर जा रहा था कि अचानक ही उसकी गति धीमी हो गई। उसका शरीर करिश्माई ढंग से पानी में खड़ी दो चट्टानों के बीच फँस गया था। अब उसे कोई दर्द महसूस नहीं हो रहा था। बस, यही बहुत था कि साँस चल रही थी। वह किसी तरह तैरकर किनारे आया और नदी के किनारे ढेर हो गया। उसका चेहरा ऊपर की ओर था। वह आकाश में दिखते तारों और तारामंडल को ताकता रहा।

वह जीवित है! उसने अपनी घड़ी देखी। सुबह के 5 बजे हैं। ठीक इसी समय उसे फाँसी की सजा दी जानी थी।

□

क्लिक। अलार्म बजा। इसकी तीखी आवाज कानों को बेहद चुभती है। इंस्पेक्टर आप्टे ने गुस्से में घड़ी को थपड़ाया और बिस्तर पर करवटें लेने लगा। उसकी पत्नी मजे से खर्राटे ले रही है। उसने टेबल लैंप जलाया और लड़खड़ाते हुए कमरे से बाहर आ गया। सुबह होने को है, पर अभी पौ नहीं फटी। उसने बाहर का दरवाजा खोला और दूध की बोतलें व अखबार लेकर अंदर आ गया। उसने रसोई में ले जाकर दूध उबलने के लिए रखा और इस दौरान टी.वी. भी चला दिया।

वह उनींदी आँखों से रसोई में खड़ा दूध उबाल रहा था कि अचानक टी.वी. की आवाज से चौंक गया। सिओन हाईवे पर कोई एक्सीडेंट हो गया था। एंकर जोर-जोर से चिल्लाते हुए सारा विवरण दे रहा था—"राजीव मेहरा नहीं रहा।" उसने कहा। उसने कुछ ज्यादा ही शान से यह बात कही। दृश्यों में गहरी खाई और बहती नदी के सिवा कुछ साफ नहीं दिख रहा था।

पाँच पुलिसवाले भी मारे गए। उनमें से चार उस वाहन में थे, जो राजीव मेहरा को तलोजा ले जा रहा था। गृह मंत्री उस जगह पहुँच गए हैं। पत्रकार ने किसी तेज ढलान पर उतरते हुए अपनी बात पूरी की। वे लोग जिस स्कॉर्पियो में थे, वह नदी में गिर गई और अभी तक कोई लाश बरामद नहीं हुई। गाड़ी का भी पता नहीं चल रहा। खोज और बचाव अभियान जारी है।

इंस्पेक्टर आप्टे दंग रह गया। वह खाली निगाहों से टी.वी. को ताक रहा है। रसोई में उबलता दूध भी भूल गया। वह अपने फोन के डिस्प्ले की लाइट देख सकता है; हालाँकि, वह काफी दूरी पर मेज पर रखा था। उसने किसी तरह आगे जाकर फोन लिया। तुकाराम बोल रहा था।

"आपने सुना, सर ?" तुकाराम ने बच्चों जैसे उत्साह से कहा।

"हाँ। टी.वी. पर देख रहा था।" आप्टे ने किसी तरह कहा।

"कमिश्नर ने सबको मुख्यालय में बुलाया है।"

"तुकाराम, मुझे यह सब क्यों बता रहे हो ? मैं तो रिटायर हो गया, यह तुम्हें पता नहीं है ?"

"सॉरी, सर! मुझे लगा कि…"

"क्या लगा ?"

"यही लगा कि शायद आप जानना चाहेंगे, बस, इतना ही। राजीव मेहरा मर चुका है।"

"उसे तो वैसे भी फाँसी लगाने के लिए ही तलोजा ले जा रहे थे, है न?"

"जी, सर!"

"क्या उसकी लाश मिली?"

"नहीं सर, पर वह मर चुका है।"

"यह तुम कैसे कह सकते हो? तुम भी तो वही चैनल देख रहे हो, जो मैं देख रहा हूँ!"

"गणेश ने कॉल किया था। उसने ही बताया कि राजीव मर गया। तभी तो कमिश्नर ने हमें बुलवाया है।"

"खैर! चलो, रखता हूँ। मेरी शुभकामनाएँ।"

"थैंक्स, सर! अगर कुछ बता सकें तो मेरी मदद होगी। मेरे लिए अच्छा मौका है। शायद प्रमोशन का चांस बन जाए!"

कॉल का कारण स्पष्ट हो गया था। "तुकाराम, अपने हवाई घोड़ों को लगाम दो। कैसी मदद?" उसने पूछा।

"कुछ नहीं, सर! मुझे लगा कि शायद आपको कुछ ऐसा पता हो, जो हमें नहीं पता!"

"मुझे नहीं पता कि तुम कहना क्या चाहते हो, तुकाराम!" आप्टे ने खीझकर कहा। "जिस जगह भी हो, फोन रखो। गैरा गर दूध उबल रहा है, मुझे जाना होगा।"

कॉल डिसकनेक्ट होते ही आप्टे सीधा रसोई की ओर भागा और गैस बंद कर सोचने लगा। 'मैंने पूरे एक महीने कड़ी मेहनत की, ताकि राजीव मेहरा को फाँसी लग सके; पर ये कमीने मेरे लिए इतना भी नहीं कर सके।' वह अपने आप से बुदबुदाया।

□

राजीव लगभग एक घंटे तक पैदल चलता रहा। पैर में चोट लगी थी, टखने घायल थे और सिर के एक ओर खुला हुआ घाव था; पर इसके अलावा वह सही-सलामत था। उसने थोड़ी देर पहले जो जंगल पार किया, वह बहुत ही कड़ा और घना था। कपड़े पूरी तरह से भीगे हुए थे और काँटों,

पत्तियों व टहनियों से बिंधे थे। फिर वह एक खुली जगह में आ गया। सुदूर एक पुराना खँडहर-सा मंदिर दिख रहा था। राजीव उसी ओर लपका और उसकी सीढ़ियों पर जाते-जाते ढेर हो गया।

सूरज की पहली किरण निकली। कितनी शांत और स्थिर! उसने घुटने मोड़कर उनमें अपना सिर रख दिया। यह अंत था। वह सोचने लगा कि उसने खुद को क्यों बचाना चाहा ? उसने सोचा कि शायद इसलिए कि इनसान जीते-जी उम्मीद नहीं छोड़ सकता। आत्महत्या या जीने की आस छोड़ देना···इनसान अचानक ही ऐसा फैसला नहीं ले सकता। इसके पीछे कोई वजह होनी चाहिए। जो राजीव यह मानकर शांत हो गया था कि उससे उसका जीवन छीन लिया गया था, वही राजीव डूबती हुई कार में अपनी जान बचाने की पूरी कोशिश में था। उसने खुद से कहा—'पर अब तो यह बात नहीं है। मेरी सुध वापस आ गई है। अब मैं दिमाग से सोच सकता हूँ। और अब जीने में कुछ नहीं बचा। यही अंत है, मेरे जीवन का अंतिम घंटा!'

अचानक ही मंदिर में तांडव स्तोत्र की गूँज सुनाई देने लगी। राजीव ने सिर उठाकर देखा। नंगी छाती वाले एक पुजारी आकाश की ओर बाँहें उठाए एक विशाल शिवलिंग के आगे खड़े प्रभु को पुकार रहे थे। वह मंत्र-पाठ सम्मोहित कर देने वाला था। राजीव याद नहीं कर सका कि उसने आखिरी बार इतना शक्तिशाली मंत्र-पाठ कब सुना था! साधु की आँखें बंद थीं और ऐसा लग रहा था, मानो वे अपने ही जज हो गए हों—निर्दयी, क्रूर और अपने ही दंभ को नष्ट करने वाले—वे स्वयं जगत् के विनाशकर्ता को पुकार रहे थे। राजीव को हर बार ऐसा लगता कि शिवलिंग अपने सामने की उस आवाज की तरह काँपते और चौंकते हुए जीवित हो जाएगा। वह पाषाण सुन रहा है। ऐसा कैसे हो सकता है कि उसे सुनाई न दे ?

जटाटवी गलज्जल प्रवाहपावितस्थले,
गलेऽवलम्ब्य लम्बितां भुजङ्गतुङ्गमालिकाम्।
डमड्डमड्डमड्डमन्निनाद वड्डमर्वयं,
चकार चण्डताण्डवं तनोतु नः शिवः शिवम्॥

राजीव का पूरा जीवन आँखों के आगे नाच गया। एक क्षण पहले उसकी जो निरर्थकता सामने थी, वह देखते-ही-देखते ओझल हो गई। वह सोच किसी धुएँ की तरह कहीं गायब हो चुकी थी।

जटा कटा हसंभ्रम भ्रमन्निलिम्प निर्झरी
विलो लवी चिवल्लरी विराजमान मूर्धनि।
धगद् धगद् धगज्ज्वलल् ललाट पट्ट पावके
किशोर चन्द्रशेखरे रतिः प्रतिक्षणं ममं॥

राजीव ने पूछा, "अपराध-बोध क्या है ?" राजीव ने पूछा। "कुछ ऐसा, जो तुम पर थोपा गया हो या कुछ ऐसा, जो तुम्हारे अंदर उगता हो। यदि यह बाद वाला है तो क्या यह उस प्यार की तरह नहीं, जो तुम्हें बनाने के साथ-साथ नष्ट भी कर सकता है ? इन दोनों में क्या अंतर है, जब एक भगवान् जो रचता है और उसके साथ दूसरा भगवान् वह है, जो नष्ट करता है ?"

धरा धरेन्द्र नंदिनी विलास बन्धुबन्धुरस्
फुरद् दिगन्त् सन्तति प्रमोद मानमानसे।
कृपा कटाक्ष धोरणी निरुद्ध दुर्धरापदि
क्वचिद् दिगम्बरे मनो विनोदमेतु वस्तुनि॥

"मैं तब तक जीवित क्यों नहीं रहूँ, जब तक मेरे भाग्य में लिखा है ? चेतना क्या है ? क्या इसे मुझ पर थोपा जा सकता है ? क्या मैं दोषी हूँ ? यदि मैं स्वयं नहीं जानता कि मैं दोषी हूँ या नहीं, तो क्या दूसरे मुझे दोषी ठहरा सकते हैं ? जब मैं आसानी से अपना अंतिम श्वास पानी के नीचे ले सकता था, तो मैंने स्वयं को बचाने की कोशिश क्यों की ? मैंने अपने अस्तित्व के हर तंतु के साथ लड़ने की कोशिश क्यों की ?"

लता भुजङ्गपिङ्गलस् फुरत्फणा मणिप्रभा
कम्दब कुंकुमद्रवपरलिप्तदिग्व धूमुखे।
मदान्ध सिन्धुरस् फुरत् त्वगुत्तरीयमे दुरे
मनो विनोदमद्भुतं बिभर्तु भूतभर्तरि॥

साधु की बाजुएँ हवा में ऐसे लहरा रही थीं, मानो वह किसी आवेश में आ गया हो, उसने अपने देवता का आवाहन कर लिया हो! पाषाण उत्तर देने वाला था, राजीव को ऐसा लगा। यही तो! "यही जीवन है। तो मुझे अपने भीतर बसे इस जीवन को नष्ट क्यों करना चाहिए?"

सहस्त्र लोचनप्रभृत्य शेष लेखशेखर
प्रसून धूलिधोरणी विधूसराङ्घ्रि पीठभूः ।
भुजङ्गराजमालया निबद्ध जाटजूटकः
श्रियै चिराय जायतां चकोर बन्धुशेखरः॥

मैंने कोई अपराध नहीं किया। मैंने उस व्यक्ति की हत्या नहीं की, जिसे मैं सराहता और स्नेह देता था। यह सब मेरे पास लौटकर आएगा, मेरा सत्य। मैं विशुद्ध हूँ। राजीव ने इस बार और जोर से कहा। साधु का 'शिव तांडव स्तोत्र' का पाठ अपने चरम पर था। उसकी जटाएँ चारों दिशाओं में उड़ रही हैं। उसकी छाती और चेहरे पर लगी भस्म चारों ओर उड़ रही है। उन कणों पर सूरज की पहली किरणें पड़ने से वे झिलमिला रही हैं, जिससे उसके आसपास एक आभामंडल-सा बन गया है। 'मैं जीना चाहता हूँ', राजीव ने कहा।

ललाट चत्वरजलद् धनञ्जयस्फुलिङ्गभा
निपीतपञ्चसायकं नमन्निलिम्प नायकम्।
सुधा मयूखलेखया विराजमानशेखरं
महाकपालिसम्पदे शिरोज टालमस्तुनः॥

'मैंने मिहिर को नहीं मारा। वे सारे सबूत मेरे लिए एक खबर थे। एक सच से बढ़कर भी कुछ होता है। वह उनका सच था और यह मेरा सच है। मेरा सच कहाँ है ? अगर मैं उसे अभी याद नहीं कर पा रहा तो क्या, मैं उसे खोज निकालूँगा ?'

कराल भाल पट्टिकाद्धग द्ध गज्ज्वलद्
धनञ्जया हुतीकृतप्रचण्डपञ्चसायके
धरा धरेन्द्र नन्दिनी कुचाग्रचित्रपत्रक
प्रकल्पनैकशिल्पिनि त्रिलोचने रतिर्मम॥

'चाहे जो भी हो, मैं उस सच को खोज निकालूँगा। मैं उसके लिए जीऊँगा। मेरा काम अभी पूरा नहीं हुआ। मैं अभी मरा नहीं।'

नवीन मेघ मण्डली निरुद्धदुर्धरस्फुरत्
कुहू निशीथिनीतमः प्रबन्ध बद्ध कन्धरः।
निलिम्प निर्झरी धरस्तनोतु कृत्ति सिन्धुरः
कला निधानबन्धुरः श्रियं जगद्धुरन्धर॥

साधु के शब्द मंदिर में गूँज रहे थे तो एक स्वप्न जैसी अवस्था पैदा हुई। ऐसा लगता था कि श्लोक कई गुना हो गए हों! सम्मोहन पूर्ण होने को था।

प्रफुल्ल नीलपङ्कज प्रपञ्च कालिमप्रभा
वलम्बि कण्ठकन्दली रुचिप्रबद्धकन्धरम्॥
स्मरच्छिदं पुरच्छिदं भवच्छिदं मखच्छिदं
गजच्छि दांध कच्छिदं तमंत कच्छिदं भजे॥

राजीव ने दोनों हाथों से अपना चेहरा पोंछा। वह पूरी तरह से तैयार है।

अखर्व सर्वमङ्गला कला कदम्ब मञ्जरी
रसप्रवाह माधुरी विजृंभणा मधुव्रतम्।
स्मरान्तकं पुरान्तकं भावन्तकं मखान्तकं
गजान्त कान्धकान्त कं तमन्तकान्त कं भजे॥

और फिर, अचानक जैसे साधु ने मंत्र-जाप शुरू किया था, वैसे ही बंद भी कर दिया। उसके मुख से निकला आखिरी शब्द जैसे हमेशा के लिए वहीं टिक गया था। वह हवा में उड़ते हुए लाखों अणुओं में बदल गया था, जो पास की हर सजीव व निर्जीव वस्तु में व्याप्त हो गया था।

एक बार फिर से खामोशी छा गई। साधु ने मुड़कर अपने पैरों में खड़ाऊँ पहन लीं। वह सीढ़ियों से नीचे उतरा और राजीव के पास से निकला, जो वहीं पासवाले पत्थर पर झुका हुआ था। राजीव के मन में आया कि उसे पुकारे, पर वह चुप लगा गया। साधु चलता गया और जंगल में ओझल हो गया।

हवा ने बहना बंद कर दिया था। सूरज निकल आया था। राजीव सँभल चुका था। वह उठ गया। वह जानता था कि अब उसे क्या करना है!

□

5

गुरमुख सिंह तलवार, चेचक के दागों से भरे गालों वाला एक अधेड़ आदमी, की तोंद कमीज के बटन फाड़कर बाहर आने को तैयार दिख रही थी। उसने सिर झुकाए मुंबई पुलिस मुख्यालय में कदम रखा और सीढ़ियों के रास्ते उस कमरे में पहुँच गया, जिस जगह सबूत और दस्तावेजों का विभाग था।

ऑफिस बहुत बड़ा और व्यस्त था। स्टाफ और रिसर्च करने वाले अपने काम में मग्न थे। किसी ने उस पर ध्यान नहीं दिया। ब्यूरो के एक ओर क्यूबिकल है और दूसरी ओर नंबर लगी गोदरेज की अलमारियों का अंबार है। उनके ऊपर रखी फाइलों के ढेर धूल फाँक रहे हैं। ऑफिस बड़ी सी छत वाले हॉल में खुलता है, जो रिसर्च और लाइब्रेरी की जगह है। एक कोने में बड़ी सी जेरॉक्स मशीन और दूसरे कोने में वाटरकूलर रखे हैं। मशीन लगातार आवाजें करते हुए अपना काम करती रहती है।

गुरमुख उस क्यूबिकल को खोजता है, जिसमें सब-इंस्पेक्टर सत्यशिवम नायर बैठता है। पुलिसवाला अखबार पढ़ते हुए चाय पी रहा है। भले ही चारों ओर काम की धूम हो, पर नायर के लिए आज का दिन शांत ही है। उसके लिए हमेशा ऐसे ही होता है। गुरमुख ने खटखटाते हुए कहा, “गुड मॉर्निंग सर, मैं गुरमुख सिंह तलवार। क्या आपसे पाँच मिनट बात हो सकती है?”

नायर ने अखबार के ऊपर से देखा। केवल आधा चेहरा दिख रहा है। और फिर उसने किसी जज की तरह चश्मा नीचे किया। उसने बड़ी मेहनत से यह अदा सीखी है।

“क्या चाहिए आपको?” उसने तलवार को सिर से पैर तक देखा।

"मैं नेटफ्लिक्स की चीफ प्रोडक्शन टीम से हूँ। हम लोग कोठारी मर्डर केस पर एक वेब सीरीज बनाना चाहते हैं। इस सिलसिले में सारी फुटेज चाहिए, खासतौर पर ताज वाली फुटेज।"

नायर ने मुँह बनाया, मानो तलवार ने कुछ गलत कह दिया हो! "आप कई दिनों की फुटेज की बात कर रहे हो। वैसे भी, आपको उसे यहीं देखना होगा और फिर जो हिस्से चाहिए होंगे, हम उनकी कॉपी तैयार करवाकर देंगे।"

"हम कब से शुरू कर सकते हैं, सर ?" तलवार ने पूछा।

यह उत्सुकता देखकर नायर चौंका। पर उस पर असर नहीं हुआ। "अगर आपको फुटेज की कॉपी लेनी है तो उसके लिए फॉर्म भरना होगा। किस्मत अच्छी होगी तो सप्ताह में मंजूरी आ जाएगी। आपको दूसरा फॉर्म भरना होगा, ताकि आपको यहीं बैठकर फुटेज देखने की इजाजत मिल सके। एक या दो सप्ताह का समय लगेगा। मुझे माफ करें, जरा व्यस्त हूँ।"

गुरमुख ने कहा, "शुक्रिया सर! क्या इस सिलसिले को जल्दी पूरा नहीं कर सकते ?" फिर उसने नायर को थोड़ा मक्खन लगाया। "हमें पुलिसवालों का इंटरव्यू भी करना होगा, और अगर आपके पास समय होगा तो आपका भी इंटरव्यू कर लेंगे।"

नायर का चेहरा दमक गया। गुरमुख मुसकराकर बोला, "आप देख सकते हैं कि लोगों को केस में बड़ी दिलचस्पी है। हम जल्दी-से-जल्दी वेब सीरीज बनाकर एयर करना चाहते हैं। यह उसके लिए सही समय है।"

"अच्छा है। अच्छा है।" नायर को बातचीत में रस आने लगा। "पर मेरा केस से कोई लेना-देना नहीं है। पिछले सप्ताह ही चेन्नई से ट्रांसफर होकर आया हूँ। आपको उन लोगों से बात करनी होगी, जो केस में शामिल थे। मैं उनसे मिलवा दूँगा।"

"यह तो और अच्छा होगा, सर! बस, यही तो चाहिए। अगर आप बुरा न मानें तो आपकी मदद के लिए हम कुछ करना चाहेंगे। मानदेय की तरह, अगर आप लेना चाहें तो!"

नायर ने किसी तरह बेलाग दिखते हुए कहा, "इंस्पेक्टर आप्टे केस को देख रहे थे, पर अब वे रिटायर हो गए हैं।"

"ओह, उनसे तो हम मिल चुके हैं। उन्होंने कहा कि वे इंटरव्यू देने को तैयार हैं।" गुरमुख अब बहुत आराम से बात कर रहा था, "हम उनके दोस्त और सहकर्मी होने के नाते आपका भी इंटरव्यू ले सकते हैं, अगर आपकी इजाजत हो तो!"

नायर ने अपनी खुशी छिपानी चाही। "हाँ, मुझे कोई परेशानी नहीं है।"

"ठीक है। हम लोग दस मिनट के इंटरव्यू के लिए एक लाख रुपए देते हैं।" गुरमुख बोला।

नायर मेज पर हाथ पटकना चाहता था, पर किसी तरह अपनी उमंग दबा गया। "पैसे का क्या है! बस, सच सामने आना चाहिए।"

गुरमुख ने किसी तरह मुसकान दबाई। "तो फुटेज देखने कब आ सकते हैं? समय की बड़ी कीमत है। दूसरे प्रोडक्शन हाउस भी मिलता-जुलता कुछ बना रहे हैं, और..."

नायर ने उसकी बात भी पूरी नहीं होने दी, "आप तो यह फॉर्म भरो। चिंता मत करो। दो सप्ताह का समय लगता है आमतौर पर। मैं कुछ करता हूँ। आप दो दिन बाद आकर फुटेज देख लेना और फिर यह दूसरा फॉर्म भर दो। हम लोग कॉपी के लिए भी अर्जी लगा देंगे।"

"शुक्रिया, मि. नायर! यह अच्छा हुआ। आपने कितनी मदद की! मैं दो दिन बाद आता हूँ।"

"जी।" नायर उसे घूरता ही रहा।

गुरमुख समझ गया। "और जब मैं आऊँगा तो इंटरव्यू के साथ-साथ पैसे के लेन-देन की बात भी हो जाएगी। मैं थोड़ा एडवांस भी लेता आऊँगा। आपकी बड़ी मेहरबानी होगी।"

"ओह, कोई बात नहीं। हम लोग उसी दिन मिलते हैं।" नायर ने खीसें निपोरीं।

गुरमुख उसके क्यूबिकल से बाहर आ गया। बाहर जादुई तरीके से सारा ऑफिस खाली था। उसने अपनी रॉलेक्स देखी। शायद लंच टाइम हो गया था।

□

उसका सिर एक खटारा बस की जंग लगी खिड़की से टिका था। हर झटके

के साथ पूरा शरीर हिल जाता। बस कच्चे देहाती इलाकों से निकल रही थी, पर उसे परवाह नहीं थी। उसे किसी बात की परवाह नहीं थी। उसने छाती पर शॉल कसकर लपेटा और धूल भरे सूर्यास्त को ताकता रहा।

राजीव जाने किस जगह जा रहा था! न पैसा, न सामान और न ही कोई उम्मीद। वह मनमरजी से बसों में चढ़ता-उतरता। कभी मन में आता तो पैदल ही चल देता। घने जंगलों को पार करता, कमर तक पानी वाली नदियों को पार करता, मानो वह घड़ी की सुइयों की तरह दुनिया से बेलाग, अकेला ही भटकता जा रहा था! वह पार्क की बेंचों या छोटे शहरों में रेलवे प्लेटफॉर्मों पर सो जाता। जब बारिश होती तो किसी पुल, दुकान या मंदिर के बरामदे में शरण लेता। कई बार बस की सवारी करता, कभी रेल में सवार होता तो कभी कोई लॉरीवाला दया करके साथ बिठा लेता। वह सड़क के किनारे बने ढाबों में खाना खाता और पैसे देने के बजाय उनके बरतन साफ कर देता, या कोई और काम कर देता। उसने एक सप्ताह से अखबार, टी.वी. या रेडियो की शक्ल नहीं देखी थी। उसे नहीं पता था कि उसके आसपास या दुनिया में क्या घट रहा था! उसने अपने वजूद को न्यूनतम बना लिया था। वह सहन कर रहा था। वह किसी तरह जी रहा था। मानो वह कोशिकाओं के उस गुच्छे में तब्दील हो गया था, जो अपने तार्किक अंत—मौत की ओर बढ़ रहा था!

आज अचानक ही उसने वाराणसी जाने की सोची। वह उस प्रभु के धाम जाना चाहता था, जिन्होंने उसे एक सप्ताह पहले अपने जीवन का अंत करने से रोक दिया था। वह एक भीड़ से भरी रेलगाड़ी में सवार था। वह खुले दरवाजे के पास उकड़ूँ बैठा था और उसका पूरा शरीर किसी कार के वाइपर की तरह हिल रहा था। हवा उसके जटाओं जैसे बालों को उड़ा रही थी। चेहरे पर खिचड़ी दाढ़ी के बाल भी मोटे हो चुके थे। उसे समय का पता नहीं था और न ही इस बात की परवाह थी। वह उनकी नगरी में जा रहा था, जो समय से परे हो चुके थे—महाकाल!

गाड़ी वाराणसी जंक्शन पर एक झटके से रुकी। कुली सामने की ओर भागे और भारी धक्का-मुक्की होने लगी। राजीव नीचे उतर आया। वह एक साधु के रूप में था। उसकी चाल किसी ऐसे इनसान जैसी हो गई थी, जिसने सारी

इच्छाओं को त्याग दिया हो। और इससे एक अलग ही आत्मविश्वास आ गया था। लोग उसे रास्ता देते, उसके आगे झुकते और उसके लिए सम्मान प्रकट करते; वह कुछ भी कहे बिना बेलाग-सा निकल जाता। वह स्टेशन से बाहर आया और सड़कों पर चल रही भीड़ का हिस्सा बन गया।

प्यास लगी तो सड़क के किनारे बने प्याऊ से पानी पी लिया। भूख लगी तो वैष्णव ढाबे में चला गया और मालिक को बताया कि उसके पास पैसे नहीं हैं और पूछा कि क्या वह बिल भरने के लिए बरतन साफ कर सकता है? जब मालिक ने हामी भरी तो वह बाहर आ गया, जिस जगह उसका हलवाई कचौड़ी तल रहा था। वह अखबार में छह कचौड़ी लेकर अंदर आ गया। उसने बिना किसी आनंद या उमंग के अपना पेट भरा और पानी से भरा डिब्बा उठाकर पानी गटकने लगा। अचानक उसकी नजरें उस अखबार पर गईं, जिनमें कचौड़ी लपेटी गई थी। हेडलाइन देखकर उसका ध्यान उस ओर गया। वह सियोन दुर्घटना के बारे में थी। रिपोर्ट में बताया गया था कि पुलिस ने स्कॉर्पियो गाड़ी और उसमें से सारी लाशें बरामद कर ली थीं। चार लाशें पुलिसवालों की और पाँचवीं लाश शेफ राजीव मेहरा की थी। पुलिसवाले वरदी में थे और राजीव हथकड़ियों में था। लाशें पहचान से परे थीं, क्योंकि वे पानी में होने की वजह से फूल गई थीं। इसलिए डी.एन.ए. की मदद से उनकी पहचान की गई। उसके साथ एक तसवीर में सफेद चादर से ढँकी लाशें दिख रही थीं और कमिश्नर सिंह ने प्रेस कॉन्फ्रेंस में सारा विवरण देने के बाद बताया कि केस बंद कर दिया गया था।

राजीव को अचानक अहसास हुआ कि उसने हाथ में अब भी डिब्बा पकड़ा हुआ था और उसने उसे नीचे नहीं रखा था। उसकी नजरें अब भी अखबार पर टिकी थीं। उसने झट से डिब्बे को मेज पर रखा और अखबार को तोड़-मरोड़ दिया। इसके बाद वह रसोई में बरतन साफ करने चल दिया।

□

इंस्पेक्टर आप्टे पिछले दस मिनट से दीवार पर लगी अमूर्त पेंटिंग देख रहा था। वह अपनी ओर से उसका मतलब समझने की कोशिश में था; पर बीच में ही उसका ध्यान भटक गया तथा वह कुछ और सोचने लगा। सच कहा जाए तो

वह ऊब गया था। जब से उसने एक बी.पी.ओ. में चीफ सिक्योरिटी ऑफिसर का पद सँभाला था, तब से दो सप्ताह हो गए थे। उसका ऑफिस एक बड़ी सी इमारत के सातवें तल पर था। वह कालीन से लेकर छत तक काँच के पैनल वाली जगह थी, जहाँ से शहर का अद्‌भुत नजारा दिखता था। पर करने के लिए कोई काम नहीं था। वह सुबह आता, शाम तक वहीं रहता और फिर घर चला जाता। वेतन अच्छा था, लोग अच्छे थे और उससे लगभग आधी उम्र के थे। पर उसके जीवन में इस समय केवल इतना ही उत्साह बचा था कि अपने ऑफिस में लगी उस पेंटिंग का मतलब समझ सके। वह दूसरे ऑफिसों का दौरा करते हुए अपने से नीचे काम करने वालों को उनके काम बता चुका था और सी.टी.ओ. से रोजमर्रा की रुटीन बातचीत के बाद अकेले ही अपना लंच कर चुका था और अब तीन कप कॉफी पीने के बाद फिर से पेंटिंग को घूर रहा था। उस जगह की चुप्पी भी किसी सजा से कम नहीं थी; न पंखों की आवाज, न फाइलों के पीछे भागते चूहे और न ही कोई मक्खियाँ। उसे लगता कि काश, वह कहीं और होता!

डेस्क के फोन ने चुप्पी तोड़ी। आप्टे ने लपककर कॉल रिसीव की और अपनी उमंग को काबू किया; हालाँकि, उसे कोई देख नहीं रहा था।

"क्या इंस्पेक्टर आप्टे बोल रहे हैं?" किसी ने भारी स्वर में कहा।

"जी, मैं ही हूँ।" आप्टे ने अपना गला खँखारा।

"मैं सत्यशिवम नायर बोल रहा हूँ।"

आप्टे को सँभलने में कुछ मिनट लगे। "ओह, हैलो नायर! हमें मिले दस साल हो गए।"

"जी, सर!" नायर ने उमंग से भरकर कहा, "अब मैं मुंबई में हूँ। चेन्नई से तबादला हुआ है। अभी पता चला कि आप रिटायर हो गए। सुनकर अच्छा नहीं लगा। अगर साथ बैठते तो अच्छा लगता। एकेडमी के दिन याद करना कितना अच्छा लगता है!"

"हाँ, क्यों नहीं!" इंस्पेक्टर आप्टे नहीं जानता था कि बात का सिरा किस ओर जा रहा था। उसने अपनी विनम्र चुप्पी बनाए रखी, ताकि नायर अपनी बात खुलकर कह सके। यह कोई रस्मी कॉल थी या उसे कोई काम था?

नायर बोला, "अच्छा, सर! सोचा कि आपसे पता कर लूँ। कुछ दिन पहले

आपका नाम भी इसी केस के साथ आ रहा था। मुझे आपको पहले कॉल करनी चाहिए थी, पर मैं इतना व्यस्त रहा कि क्या कहा जाए!"

"नायर, कौन सा विभाग देख रहे हो?"

"एवीडेंस और डॉक्यूमेंटेशन, सर!"

वास्तव में काफी व्यस्त रहते होंगे। आप्टे मन में सोचकर मुसकराया। "अच्छा, अच्छा। सुनो, नायर! किसी दिन मिलेंगे। अभी एक काम आ गया, निकलना पड़ेगा। नई नौकरी में बड़ी मारा-मारी रहती है।" आप्टे फिर से मुसकराया। वह भी तो खाली ही बैठा था।

"क्यों नहीं, सर! मैंने तो आपसे कुछ टिप्स लेने के लिए कॉल की थी।" नायर बोला।

"किस बारे में?"

"नेटफ्लिक्स डॉक्यूमेंट्री के बारे में, सर!"

आप्टे को कौतूहल हुआ, "क्या कहा?"

"जी, नेटफ्लिक्स डॉक्यूमेंट्री।" नायर ने दोहराया, "शायद वे मेरा इंटरव्यू लेंगे।"

आप्टे हैरानी जताना चाहता था; पर बरसों के पुलिसिया अभ्यास और धीरज ने उसका साथ दिया। वह नायर के बात पूरी करने का इंतजार करने लगा।

"पिछले बुधवार को प्रोड्यूसर आया था। वह कोठारी केस की सी.सी. टी.वी. फुटेज देखना चाहता था।" नायर बोला, "वे वेब सीरीज बना रहे हैं। उसने कहा कि आपसे पहले ही बात हो गई है और आप इंटरव्यू देने को भी तैयार हैं। फिर उसने कहा कि शायद मेरा भी इंटरव्यू हो जाए। मैंने पहले कभी ऐसा नहीं किया, इसलिए सोचा कि आपसे कॉल करके टिप्स ले लिये जाएँ।"

"गुड। प्रोड्यूसर का क्या नाम था?" आप्टे ने पूछा।

"गुरमुख सिंह तलवार। असल में, वह अभी यहीं है। सारी फुटेज देख रहा है। काम पूरा होने के बाद वह कुछ हिस्सों की कॉपी तैयार करवा लेगा। मैं ही पेपरवर्क पूरा कर रहा हूँ। मुझे लगा कि काम जल्दी पूरा होना चाहिए, क्योंकि इसमें आप भी शामिल हैं।"

"अरे हाँ, गुरमुख!" आप्टे ने नाम दोहराया, "उसका नंबर कहीं खो गया है। तुम्हारे पास होगा क्या, नायर?"

"एक मिनट, सर!" नायर ने गुरमुख के नंबर वाला कार्ड उठाया और आप्टे को नंबर लिखवा दिया।

"थैंक्स, नायर! और सुनो, बात करके अच्छा लगा। किसी दिन मिलते हैं।" आप्टे ने अच्छी तरह विदा लेते हुए रिसीवर रख दिया। फिर उसने रिसीवर उठाकर गुरमुख का नंबर डायल कर दिया।

"सेंट्रल प्रोडक्शन टीम। नेटफ्लिक्स, इंडिया। मैं आपकी क्या मदद कर सकती हूँ?" किसी युवती ने पूछा।

"जी, मैं गुरमुख सिंह तलवार से बात करना चाहता था।" आप्टे ने औपचारिक स्वर में कहा।

"सॉरी सर, वे तो बाहर गए हैं। शाम तक वापसी नहीं होगी।"

"मुझे उनका मोबाइल नंबर दीजिए।" आप्टे बोला।

युवती भाँप गई कि वह आग्रह नहीं, आदेश था।

"मैं मुंबई पुलिस मुख्यालय से दयानंद आप्टे बोल रहा हूँ। उनका नंबर दें प्लीज! जरूरी काम है।" आप्टे ने कहा।

युवती ने तुरंत नंबर दे दिया।

"थैंक्स!" आप्टे बोला, "क्या मैं जान सकता हूँ कि वे अभी कहाँ हैं?"

"वे यूनिट के साथ शूट लोकेशन पर हैं, मुंबई-पुणे एक्सप्रेस वे पर।" युवती ने बताया।

आप्टे ने फोन काटा और फिर उसी समय गुरमुख का मोबाइल नंबर मिला दिया।

डॉक्यूमेंटेशन विभाग का लाइब्रेरी रिसर्च विंग 'तेरी मिट्टी' रिंगटोन से गूँज उठा। स्टाफ और रिसर्च करने वालों ने चिढ़कर देखा। डेस्कटॉप पर एक तोंदवाला आदमी सी.सी.टी.वी. फुटेज देखते हुए उनकी समय अवधि नोट कर रहा था। उसका भी ध्यान टूटा। उसने देखने के लिए अपना सिर घुमाया। उससे दो मेज की दूरी पर बैठी एक महिला अपना पर्स खँगाल रही थी। वह अपना फोन खोज रही थी। उसने फोन हाथ में लेते ही उसे स्टार्ट किया। उसकी बातचीत

और अंदाज से लगा कि उसका बॉयफ्रेंड बात कर रहा था। सिख सहित बाकी सभी काम करने लगे।

इस दौरान गुरमुख सेट पर आप्टे से बात कर रहा था।

"जी!"

"क्या गुरमुख सिंह तलवार बोल रहे हैं?" आप्टे ने पूछा।

"जी!" गुरमुख ने कहा।

"मैं मुंबई पुलिस इंक्वायरी से बोल रहा हूँ। आप इस समय किस जगह पर हैं?"

गुरमुख ने जवाब देने में देरी की, क्योंकि पास से एक लॉरी निकल रही थी। "मैं एक शूट के बीच हूँ, मुंबई-पुणे एक्सप्रेसवे पर। क्या आप बाद में बात कर सकते हैं?"

"जरूर।" आप्टे ने फोन काट दिया। उसकी हथेलियों में पसीना आ गया था। वह पेंटिंग देखते हुए अपनी अगली चाल के बारे में सोचने लगा। उसने मुंबई पुलिस मुख्यालय में स्विच रूम का नंबर मिला दिया। वह बोला, "आप्टे बोल रहा हूँ। एवीडेंस विभाग के नायर से जल्दी बात करवाओ।"

एवीडेंस विभाग के रिसर्च विंग में सिख अपना सारा सामान समेटकर बैग में रख चुका था। उसका काम हो गया था। वह पिछले एक घंटे से अपने आसपास का मैप बना रहा था। फायर एस्केप किस जगह था। ए.सी. के डक्ट, स्टोर की गई फाइलें और सी.सी.टी.वी. फुटेज किस ओर रखी थी। वह डेस्कटॉप बंद कर, अपनी कुरसी खींचकर उठ गया और उसका बैकपैक कंधे पर झूलने लगा।

आप्टे अपनी कुरसी से उठा और फोन उठाकर नायर से पूछा, "हैलो! क्या गुरमुख अब भी ऑफिस में है?"

"जी सर, वह यहीं है, रिसर्च रूम में। अभी उसे वहीं छोड़ा है।" नायर ने परेशान होते हुए कहा।

"ध्यान रखना कि वह वहीं रहे। असल में, उसे जाकर बोलो कि वह इंतजार करे। मैं उससे मिलना चाहता हूँ। जब उसके पास जाओ तो मुझे मोबाइल से कॉल करना।"

"पर··· ?" नायर ने पूछा।

"बस, यह करो। मैं फोन रखता हूँ।" वह हाँफ रहा है। उसकी गरदन के पिछले हिस्से पर पसीना आ गया है। उसने उसे हथेली से पोंछते हुए मेज ठोंकी। "कमऑन, नायर! कमऑन, नायर।"

ज्यों ही फोन बजा। उसने झट से रिसीवर उठा लिया। नायर ही था, पर कुछ कहने के बजाय एक चुप्पी साधे हुए था। उधर से खाँसी और गला खँखारने की आवाज के सिवा कुछ सुनाई नहीं दिया।

"सॉरी, सर! गुरमुख उधर नहीं है। शायद निकल गया है। मुझे पता ही नहीं चला। मैं तो पिछले एक घंटे से अपने केबिन में ही था। क्या पूछ सकता हूँ कि आपको उससे क्या काम था…सर ? हैलो!"

पर इंस्पेक्टर आप्टे बात करने के लिए मौजूद नहीं था। उसने रिसीवर दीवार पर पटका और कमरे से बाहर निकल गया।

□

राजीव बिना मकसद ही वाराणसी की गलियों में भीड़ और शोर-शराबे के बीच घुल-मिल गया था। मंदिरों की घंटियों के साथ वैदिक मंत्रों का जाप, अजान, हॉर्न और फेरीवालों की आवाजें आपस में मिलकर उसे एक अजीब-सा सुकून दे रही थीं।

वह अनजाने में ही मणिकर्णिका घाट पर आ गया था। नसीब ही उसे उस जगह ले आया था। शाम के समय श्मशान में गहमागहमी थी। बत्तियाँ जलने लगीं। लोग उसके पास से निकलते हुए प्रणाम कर जाते। कोई उसके पैर छू लेता। राजीव अपने आप में मगन चलता रहा। एक गाइड विदेशी पर्यटकों के झुंड को घाटों का इतिहास बता रहा था। राजीव गंगा के घाट पर बैठकर आती-जाती नावों को ताकने लगा। गाइड ने बताया कि वह काशी का सबसे पुराना घाट है। उसे सबसे पवित्र माना जाता है। उस जगह जिंदगी और मौत गले मिलते हैं। मौत का जश्न मनाया जाता है, ताकि फिर से जीवन मिल सके। सती माता ने उसी जगह अपने प्राण दिए और भगवान् शिव क्रोध एवं क्षोभ के मारे उनकी जली हुई देह कैलाश ले गए। भगवान् शिव को उनके दु:ख की कैद से बाहर निकालने के लिए भगवान् विष्णु ने सती के जले हुए शरीर के टुकड़े-टुकड़े कर दिए, जो भारत में अलग-अलग इक्यावन स्थानों पर जाकर गिरे। वे स्थान इक्यावन शक्तिपीठ हैं।

जब तक भगवान् शिव कैलाश पहुँचे तो उनकी बाँहों में सती का सिर ही रह गया था। उन्हें दिलासा देना आसान नहीं था। उनका तीसरा नेत्र खुल गया।

उन्होंने सती का सिर एक चट्टान पर रखा और पहली बार तांडव नृत्य किया। वे पूरी दुनिया और इसके साथ ही अपनी नगरी काशी को भी नष्ट कर देना चाहते थे। भगवान् विष्णु ने उनसे आग्रह किया कि वे काशी को छोड़ दें, क्योंकि यदि यह नगरी नष्ट होती तो समय की प्रकृति भी न रहती। कोई नहीं जान पाता कि जन्म के चक्र में कब प्रवेश करना है और कब उसे छोड़ना है! परंतु भगवान् शिव तो इन दोनों से ही परे थे। उनका तांडव जारी रहा। सूर्य को ग्रहण लग गया। तारामंडल आपस में मिले और विस्फोट होने लगे। धरती जलने लगी। सारा ब्रह्मांड नष्ट होने के कगार पर था। अंत निकट था।

भयभीत भगवान् विष्णु ब्रह्माजी के पास भागे, जो सृष्टि के रचयिता माने जाते हैं। उन्होंने मिलकर एक हल निकाला। उन्होंने भगवान् शिव से कहा कि वे काशी को छोड़ दें, क्योंकि जहाँ सती माता के कान का कुंडल और कान गिरा था, उस जगह जिसका अंतिम संस्कार होगा, वह मोक्ष प्राप्त करेगा। इस तरह, वह विनाश कभी पूरा नहीं हो सकता था। भगवान् शिव शांत हुए। वे ठहरे और इस तरह ब्रह्मांड व काशी की रक्षा संभव हुई।

"आप उसी जगह खड़े हैं, जहाँ माता सती के कान का कुंडल गिरा था।" गाइड ने मंत्रमुग्ध पर्यटकों से कहा। राजीव भी गाइड की बातें सुनकर मगन हो गया था। वह जानता था कि उसे क्या करना था! वह अपना शेष जीवन उसी मणिकर्णिका घाट पर बिताने वाला था। इस दौरान गाइड अपने झुंड को घाट पर बने सतुआ बाबा के आश्रम में ले गया। राजीव उठा, धूल झाड़ी और उनके दल में शामिल हो गया।

□

"कैमरे में सीधा देखो और अपनी बात कहो।" इंस्पेक्टर आप्टे ने सलाह दी। सत्यशिवम नायर ध्यान से सुन रहा है। वे लोग नायर के केबिन में बैठे मसाला चाय व बिस्कुटों के साथ नेटफ्लिक्स डॉक्यूमेंट्री की बातें कर रहे थे। ऑफिस खाली हो गया था। अभी 5.30 ही बजे थे। हालाँकि, रिसर्च और लाइब्रेरी रूम में अब भी कुछ लोग बैठे थे।

इंस्पेक्टर आप्टे के मन में एक योजना थी और वह उसके लिए ही जमीन तैयार कर रहा था। हालाँकि, खुंदक बढ़ती जा रही थी। नायर उस बच्चे की तरह पेश आ रहा था, जो पहली बार चिड़ियाघर आया हो! वह हर बात विस्तार में पूछते हुए उत्साहित था।

"सर, आपके लिए आसान हो सकता है, पर मेरे लिए ऐसा करना आसान नहीं होगा।" नायर बोला, "मैं आज तक कभी कैमरे के आगे नहीं आया।"

"तुम्हारे जैसे चेहरे-मोहरे वाले को तो बॉलीवुड में होना चाहिए।" आप्टे ने कहा। नायर अपना सिर पीछे झटककर हँसा। आप्टे ने इसी मौके का फायदा उठाने की सोची।

"अच्छा, सुनो, नायर!" वह बोला।

नायर ने उसकी ओर चेहरा घुमाया, "जी, सर!"

"हम लोग अभी तक तो तुम्हारी ही बात कर रहे थे, पर मुझे भी तो इंटरव्यू की तैयारी कर लेनी चाहिए। रिटायरमेंट वगैरह से पहले तो मैं इस केस के साथ ही था, पर अब फिर से थोड़ा दोहराना पड़ेगा।"

नायर ने अविश्वास से सिर हिलाया। "सर, आप तो अपने आप में इनसाइक्लोपीडिया हो!"

"नायर, मैं सीरियस हूँ।" आप्टे बोला, "मुझे सबूत फिर से देखने होंगे, और सी.सी.टी.वी. फुटेज से शुरुआत करने से बेहतर क्या होगा! मैं कुछ हिस्सों पर निशान लगाकर उन्हें आराम से देख सकता हूँ। तो मैं कब से शुरू करूँ?"

"सर, आप मुझे बताओ।" आप्टे की पेशेवर दक्षता ने नायर का मन मोह लिया।

"अभी कर सकते हैं, अगर तुम चाहो तो!" आप्टे बोला, "आज रात तो कोई काम नहीं है। कल से थोड़ा मुश्किल होगा। नई नौकरी में काम बहुत रहता है।"

नायर ने सिर हिलाया। "जरूर, सर! रिसर्च रूम आपका ही है। दिक्कत यह है कि आज शाम मुझे वाइफ के साथ कहीं जाना है, वरना आप तो जानते हो··वह मेरी जान ही ले लेगी।"

"तुम निकलो। मुझे वैसे भी अकेले काम करना पसंद है।"

"शुक्रिया, सर! मैं किसी को आपके लिए छोड़ देता हूँ। आप कब तक बैठना चाहेंगे, सर?"

"पता नहीं। पर आज इसके सिवा कोई और काम नहीं है।"

"ठीक है, सर, कोई बात नहीं। राउत से कहता हूँ, वह आपके लिए डिनर ले आएगा।"

"थैंक्स, नायर!" इंस्पेक्टर आप्टे ने उठते हुए कहा, "तुम अपनी वाइफ के साथ जाओ। हम लोग कल मिलते हैं।"

उन्होंने हाथ मिलाए। नायर ने घंटी बजाई। पुलिस की वरदी में एक आदमी आ गया। नायर ने उसे निर्देश दिए, "राउत! इंस्पेक्टर आप्टे का ध्यान रखना। वे अगले कुछ घंटों तक रिसर्च रूम में होंगे।"

यह सब कितनी आसानी से हो गया! इंस्पेक्टर आप्टे मन-ही-मन मुसकराया। वह नायर के केबिन से बाहर आ गया। यह काम करने में मजा आ रहा था।

□

कोठारी खानदान अपने घर में डाइनिंग टेबल के पास जमा था। स्वर्गीय मोहनभाई कोठारी की पत्नी मिहिर व रूपेश की माँ मीराबेन एक कोने में थीं और आसपास परिवार के युवा सदस्य बैठे थे। मेज के दूसरी ओर रूपेश बैठा है। पिछले एक महीने से घर का माहौल गंभीर ही है। नीलिमा थापर दबे स्वर में स्वर्गीय मिहिर कोठारी के बेटे रोहन से बात कर रही हैं। एक कुरसी को जानकर खाली रखा गया है। मिहिर की पत्नी वृंदा उस कुरसी के साथ बैठी है। वह बीच-बीच में सुबकियाँ लेती है और नीलिमा उसका कंधा दबा देती है। खाना खामोशी के बीच ही पूरा हुआ।

मीराबेन कोठारी ने गला खँखारा, अपना प्यार और लगाव दिखाते हुए रोहन का हाथ हौले से दबाया और सबका ध्यान अपनी ओर खींचते हुए बोली, "रूपेश, मैं चाहती हूँ कि रोहन डिफेंस और इंश्योरेंस सँभाले। तुम्हारे सिर पर बहुत काम आ गया। तुम रिफाइनिंग और टेलीकॉम देखो।"

रूपेश ने पहली बार यह बात सुनी। उसकी अपने भतीजे रोहन से खूब बनती है और वह भी यही चाहता था कि रोहन परिवार के धंधे में हाथ बँटाए। पर

वह इतनी जल्दी ऐलान नहीं करना चाहता था। रोहन अभी व्हार्टन से एम.बी.ए. पूरी कर रहा है, पर इस दुःखद घटना के बाद वह पढ़ाई पूरी करने नहीं जा रहा। वैसे भी, उसके सिर इतनी जल्दी जिम्मेदारी डालना ? पर वह माँ के आगे कुछ नहीं कह सका। उसने अपनी चुप्पी बनाए रखी।

मीराबेन ने रोहन का हाथ थपथपाया। फिर उन्होंने नीलिमा को देखा। "नीलिमा को ब्यूटी प्रोडक्ट्स और फैशन सँभालना चाहिए।"

नीलिमा ने सिर हिलाया और यही कोशिश की कि उसकी मायूसी किसी को न दिखे। उसे लगा था कि उसे टेलीकॉम मिलेगा, क्योंकि वही कोठारी ग्रुप का यह काम सँभाल रही थी। पर हमेशा की तरह, जैसे कि कोठारी खानदान में होता आया है, बड़े हुक्म देते हैं और छोटे उसे पूरा करते हैं।

"पिस्टनजी सारी कानूनी काररवाई पूरी कर देंगे।" मीराबेन ने कहा। फिर थोड़ा असंतोष से नीलिमा को देखा। "क्यों नीलिमा, ठीक है न ?"

"हाँ, माँ।" नीलिमा ने कहा और रोने लगी। पिछला महीना इतना दुःखदायी रहा था कि सोचा तक नहीं जा सकता था। वह अपने भाई मिहिर के बहुत निकट थी और मिहिर ही जानता था कि वह राजीव मेहरा के कितने पास थी! या उसे ऐसा लगता था। पुलिस की ओर से की गई कॉल रिकॉर्डस की छानबीन रूपेश और फिर मीराबेन के पास जा चुकी थी।

"हमें बीती बातों को भुलाकर आगे बढ़ना होगा। मिहिर भी यही चाहता था!" फिर मीराबेन ने नीलिमा को देखा। "हमें अपने दोस्त और रिश्ते बहुत सोच-समझ कर चुनने चाहिए।"

डिनर के बाद नीलिमा ड्राइवर के साथ अपने घर आ रही थी। वह कार में बैठी मिहिर, राजीव और अपनी फोटोज देखती रही—उनके जीवन की खुशनुमा यादें!

राजीव की फोटो पर आँसू की एक बूँद आकर गिरी और उसे धुँधला दिया।

□

इंस्पेक्टर आप्टे ने अपनी आँखें मलीं और कॉफी के कप के लिए हाथ आगे किया। आधी रात होने को थी। वह छह घंटे से भी ज्यादा समय से ताज की सी.सी.टी.वी. फुटेज में दिमाग खपा रहा है। पिछले तीन घंटों से रिसर्च विंग में

केवल वही है; बीच-बीच में बाहर ड्यूटी दे रहा राउत झाँक लेता है, ताकि उसका हुक्म बजा सके। राउत ने नायर की डेस्क बेल आप्टे के पास रख दी है। वह तीन बार बजी—पहली बार कॉफी के लिए, दूसरी बार बाहर से वड़ा-पाव लाने के लिए और तीसरी बार एक नोटपैड माँगा गया। राउत का सिर एक ओर लुढ़क गया। वह सोने को तड़प रहा था, पर ऐसी हिमाकत नहीं कर सका। घंटी कभी भी बज सकती थी और अगर उसने अनसुना किया तो उसे अपने बॉस नायर की लताड़ सुननी पड़ेगी।

इस दौरान, अंदर आप्टे बेचैनी से सारी फुटेज में दिमाग लगा रहा है। उसने वे सारे हिस्से फिर से देखे, जिन्हें कोर्ट में कई बार दिखाया जा चुका था। उसमें कुछ नया या असाधारण नहीं दिखा। उसने वह समय नोट किया, जब राजीव एवं इमैनुएल आपस में बात कर रहे थे और फिर एक चैंबर में ओझल हो गए। तब 6.45 बजे थे और उसके बाद यह नहीं पता चला कि चैंबर में क्या हुआ ? फिर वे 7.15 बजे बाहर आए और अपने काम करने लगे। इसके बाद कोर्ट में वह फुटेज दिखाई गई थी, जब राजीव सूफ्ले बना रहा था। डेजर्ट को कतार में सजी प्लेटों में परोसा गया और उन पर मेहमानों के नाम के पहले अक्षर अंकित किए गए। राजीव ने एक बोतल निकाली और 7.27 बजे उसमें रखी चीज को सावधानी से सूफ्ले में मिला दिया। पर जैसा कि इंस्पेक्टर आप्टे ने कोर्ट को भी बताया था, उसने मिहिर कोठारी वाली प्लेट के लिए ही ऐसा किया। आप्टे ने जज को बताया था कि राजीव ने मिहिर की प्लेट में जहर मिलाया, क्योंकि वह उसकी जान लेना चाहता था।

कुछ भी ऐसा नहीं दिखा, जिससे कोई नया एंगल सामने आता। इंस्पेक्टर आप्टे बहुत परेशान होने लगा। उसे बार-बार जम्हाई आ रही थी और वह अँगड़ाई लेने के बाद दोबारा फुटेज को रिवाइंड कर सुबह की फुटेज देखने लगा, जब राजीव होटल में आया था। उसने पैनल के एक अलग सी.सी.टी.वी. कैमरे से देखा। राजीव को 11.35 बजे उसके सुइट में छोड़ा गया और फिर वह 11.41 बजे होटल के मैनेजर के साथ बाहर आया।

इंस्पेक्टर आप्टे ने इसी कैमरे पर फोकस करने का निश्चय किया, जिसमें राजीव के कमरे में जाने वाला गलियारा दिखाया गया था। इसे कोर्ट में नहीं

दिखाया गया था, क्योंकि ऐसा करने की कोई जरूरत नहीं समझी गई थी। उसने टेप को बहुत देर तक चलाकर देखा; हाउसकीपिंग स्टाफ और दूसरे मेहमान गलियारे में आते-जाते दिख रहे हैं। आप्टे क्लिप को फास्ट फॉरवर्ड करता है और ज्यों ही लोग आते दिखते हैं, तो उन्हें सामान्य गति में देखने लगता है। 7.01 बजे गलियारे में हलचल दिखी। एक आदमी की पीठ दिखाई दी। वह हाउसकीपिंग ट्रॉली को घसीटते हुए ले जा रहा है। वह महाराजा सुइट के बाहर रुका, कार्ड से दरवाजा खोला और अंदर चला गया। उस जगह कोई और नहीं है। कुछ सेकंड बीते और फिर वे मिनटों में बदल गए। इंस्पेक्टर आप्टे की नजरें वहीं गड़ी थीं। फिर सात मिनट बाद, 7.08 बजे राजीव मेहरा अपने कमरे से बाहर आया। वह कैमरे की ओर बढ़ा और लिफ्ट लॉबी के पास गया, फिर उसने एस्केलेटर का बटन दबा दिया। दरवाजा थोड़ा सा खुला और उसने अंदर कदम रखा।

आप्टे ने टेप को वहीं रोक दिया। उसने लिफ्ट के अंदर वाला कैमरा सिलेक्ट किया और बार को 7.08 बजे पर ले आया। राजीव लिफ्ट के अंदर था।

आप्टे ने समय नोट कर लिया। उसके हाथ काँप रहे हैं। माथे पर पसीना छलक आया। उसने पिछला सी.सी.टी.वी. पैनल देखा। उसमें राजीव और इमैनुएल बात करते दिख रहे हैं। वे दोनों 7.15 बजे किचन के साथ वाले चैंबर से बाहर आए और अपने-अपने काम करने लगे। 7.27 बजे पर राजीव ने मीठे सूफ्ले के कटोरे में साइनाइड मिलाया।

इंस्पेक्टर आप्टे इस जिग्सॉ पजल के टुकड़े जोड़ने के बहुत पास था। वह अपनी सीट पर पलटा और फिर से महाराजा सुइट कॉरीडोर की फुटेज देखने लगा। वह अगले कुछ घंटों तक उसे चलाता रहा। जब उसने फास्ट फॉरवर्ड किया तो उसे कोई हलचल नहीं दिखी। 10.09 बजे पर राजीव दिखाई दिया। इंस्पेक्टर आप्टे और दो सहकर्मी उसके साथ थे। 10.25 बजे एंबुलेंसकर्मी लिफ्ट से बाहर आए और महाराजा सुइट की ओर चल दिए। 10.30 पर राजीव स्ट्रेचर पर सुइट से बाहर आया। आप्टे और अन्य लोग साथ ही थे। इंस्पेक्टर आप्टे कुरसी पर हिला और पैड पर वे सारे समय नोट करने लगा। राजीव पहले सुबह 11.35 पर कमरे में आया और फिर 11.41 पर बाहर निकला। फिर वह शाम 7.08 पर बाहर निकला। आप्टे के हाथ से पेन छूट गया। उसने अपनी भौंहों पर

आया पसीना पोंछते हुए गाली बकी और उसाँस छोड़ी। 'ऐसा कैसे हो सकता है कि राजीव कमरे में एक ही बार अंदर गया और दो बार बाहर आया?'

उसकी रीढ़ की हड्डी में सिहरन दौड़ गई। 'यह सच नहीं हो सकता। मेरी नजरें धोखा नहीं दे सकतीं।' उसने अपने आप से कहा और बाकी कॉफी एक ही साँस में गटक गया। उसने अपनी आँखें मलीं और चश्मे पर आई भाप को कमीज के कफ से पोंछते हुए सबकुछ फिर से देखने लगा। इस बार उसने सारे दिन की फुटेज को बहुत ही ध्यान से और तरीके से देखा। अब उसे सारी प्रक्रिया अच्छी तरह याद हो गई थी। उसकी काँपती उँगलियों ने सी.सी.टी.वी. पैनल पर क्लिक किया और एक पहेली के सिरे जोड़ने लगा। दिमाग में कहानी आकार ले रही थी।

उसे सबकुछ समझने में एक और घंटा लग गया। आँखें लाल थीं और मुँह सूख गया था। उसने पीठ अकड़ाई और पेन हाथ से छोड़ दिया। यह तो वाकई सच निकला! राजीव कमरे में एक बार गया और दो बार बाहर आया! इस अजीब बात पर यकीन करना मुश्किल था। वह सोच नहीं पा रहा था कि यह कैसे मुमकिन हो सकता था? क्या महाराजा सुइट में जाने का कोई और रास्ता भी था, जो कैमरे में दिखाई नहीं दे रहा था? ऐसा नहीं हो सकता। क्या राजीव फायर एस्केप या खिड़की से अपने कमरे में दाखिल हुआ? नामुमकिन। जब आप्टे सुइट में था तो उसने सारी छानबीन की थी। उस जगह बाहर जाने के लिए कोई दूसरा दरवाजा या खिड़की नहीं थी। बस, एक ही दरवाजा था, जो सी.सी. टी.वी. की हद में आता था।

वह उस शाम की रिकॉर्डिंग के सी.सी.टी.वी. पैनल को देखने लगा। उसने 7.08 बजे की फुटेज को ध्यान से देखा। फिर उसने कमरे से बाहर आते राजीव का चेहरा जूम इन किया। वह राजीव ही था। इसमें कोई शक नहीं था। उसने राजीव के 11.41 पर बाहर जाने वाली फुटेज को भी साथ ही खोला और उन्हें एक साथ रखकर देखा। बेशक, वे चेहरे एक ही आदमी के थे। आप्टे ने खीझकर पेन और पैड पटक दिया। वह इस पहेली को हल नहीं कर सका था; और वह यह जानता था। उसे यह भी पता है कि अब राजीव नहीं रहा। उसे सबकुछ निरर्थक-सा लगने लगा। 'इन सबका क्या फायदा? मैं ऐसा क्यों कर रहा हूँ?'

पर फिर उसे गुरमुख और उसका झूठ याद आया। इस केस में कुछ तो गलत हो रहा है। उसे फिर से पूरी सावधानी के साथ सबकुछ सोचना होगा, ताकि बात का सिरा समझ आ सके। हो सकता है कि कुछ भी हाथ न आए! पर इंस्पेक्टर आप्टे इतनी आसानी से हारने वालों में से नहीं है। वैसे भी, इन दिनों न तो काम की मारा-मारी है और न ही समय की कमी है। यह बदलाव के लिए अच्छा होगा। यही सही है।' उसने अपने आप से कहा। पिछले छह घंटों में इतना रोमांच हुआ, जितना पिछले छह सप्ताह में नहीं हुआ था। वह कुरसी से उठा, अपना सामान लिया और सिक्योरिटी फुटेज सी.डी. अपने बैग में डालकर बाहर आ गया। उसने चौंककर जागे हुए राउत से सैल्यूट लिया, जो किसी तरह रजिस्टर पर साइन करने को कहने के सिवा कुछ नहीं कह पाया।

"नायर से कहना कि सी.डी. साथ ले जा रहा हूँ। सुबह सी.डी. बनाकर वापस भेज दूँगा।" आप्टे ने पीछे मुड़े बगैर कहा।

'राजीव एक बार अंदर आया और दो बार बाहर निकला।' इंस्पेक्टर आप्टे अपने आप में बुदबुदाया और फिर अपनी कार में बैठकर घर की ओर चल दिया। 'राजीव एक बार अंदर आया और दो बार बाहर निकला।'

□

6

राजीव पर्यटकों के दल से छिटककर सतुआ बाबा के आश्रम में घूमने लगा। खुला हुआ बरामदा उस चहल-पहल से भरे शहर में नखलिस्तान की तरह था। मानो सारे शोर को किसी वैक्यूम क्लीनर ने सोख लिया हो! बीच में एक बड़ा सा बरगद का पेड़ खड़ा था। उसकी शाखाओं ने सारा बरामदा घेर लिया था और कुछ शाखाओं की जड़ें तो पहली मंजिल के कमरों से होते हुए सारे चौरस दो-मंजिले को घेर चुकी थीं।

राजीव बरगद के नीचे चौबारे पर जाकर बैठ गया। उसने वहीं रखे मटके से थोड़ा पानी लेकर मुँह पर छींटे मारे। किसी ने कुछ नहीं कहा। कुछ साधु आसपास घूमते दिखे। उसे ध्यान से देखने पर पता चला कि वे विदेशी थे। वह आश्रम के रिसेप्शन की ओर चल दिया।

"नमस्ते!" राजीव ने रिसेप्शन पर बैठे व्यक्ति से कहा। तीसेक साल का वह आदमी गंजा था। उसने सिर पर एक चोटी रखी हुई थी।

उसने अपनेपन से स्वागत किया। "मैं आपकी क्या मदद कर सकता हूँ?" उसने पूछा।

"मैं इस आश्रम में रहना चाहूँगा।" राजीव बोला, "पर मेरे पास पैसे नहीं हैं।"

"कोई बात नहीं। सभी अतिथि किसी-न-किसी तरह मदद करते हैं। आप बच्चों को पढ़ा सकते हैं? खाना बना सकते हैं?"

"जी।"

"तब तो यह आपका घर हुआ। हम आश्रम में हमारी मदद करने वालों को थोड़ी धनराशि भी देते हैं।"

"धन्यवाद।"

"आपका स्वागत है। आप हमारे डॉर्म में सो सकते हैं। मैं किसी को भेजकर आपको स्कूल और रसोई दिखाने को बोल दूँगा। हमारे कुछ नियम हैं। कोई मोबाइल नहीं। आप इधर आकर एस.टी.डी. या आई.एस.डी. कॉल कर सकते हैं, जितनी भी बार आपका मन चाहे। और हर अतिथि इस आश्रम से मिले कपड़े पहनता है।"

"मेरे लिए ठीक रहेगा।"

"बहुत अच्छे। आश्रम में आपका स्वागत है। मोहनजी आपको आपके रहने की जगह दिखा देंगे।" राजीव को साफ धोती व कुरता दे दिया गया। उसने मोहनजी को देखकर सिर हिलाया और वे दोनों उस ओर चल दिए, जहाँ से राजीव के जीवन का नया अध्याय शुरू होने वाला था।

☐

माहौल गंभीर ही था। बरामदे में सफेद कपड़ों में शोक करने वाले बैठे थे। इंस्पेक्टर शरद मुंडे की तेरहवीं हो रही थी। मेज पर रखी तसवीर पर बड़ा सा हार पहनाया गया था। पुलिस अधिकारी उस मंच तक आते, जहाँ मुंडे की विधवा बैठी थी। वे शोक प्रकट करते हुए अपनी ओर से उसे दिलासा देते। आप्टे भी उसी लाइन में था। वह इंस्पेक्टर गणेश के पीछे था। आप्टे ने झुककर मिसेज मुंडे से बात की। उसने अपने साथी की ईमानदारी और बलिदान को याद किया। वह हौले से बोला कि शरद ने खुद और दूसरों को छुड़ाने की पूरी कोशिश की होगी। उसने कहा कि उसने कभी ऐसा बहादुर इनसान नहीं देखा। शरद का जाना सारे पुलिस बल के लिए एक हानि थी और उसकी निजी हानि भी थी, क्योंकि वह शरद का अच्छा जानकार था। मिसेज मुंडे ने पल्लू से अपनी नाक साफ की। आप्टे एक ओर हो गया, ताकि दूसरे लोग आगे आ सकें।

भीड़ छँटने लगी थी, गणेश और आप्टे बरामदे में आ गए। गणेश ने आप्टे को सारी घटना बताई। उसने सिओन हाईवे पर हुई दुर्घटना और उसके बाद होने वाली सारी बात बता दी। वह बोला कि पाँचों में से कोई नहीं बचा।

आप्टे ने पूछा कि क्या उसने पानी से निकली स्कॉर्पियो की जाँच की थी?

"हाँ।" गणेश बोला, "सारी गाड़ी चकनाचूर हो चुकी थी और पहचानी तक

नहीं जा रही थी। वह नदी के नीचे किसी चट्टान से टकरा गई होगी। विंडशील्ड और खिड़कियों के तो टुकड़े हो गए थे। बड़ी भयंकर दुर्घटना थी।"

"हम्म।" आप्टे ने हामी भरी। वे दोनों ही शांति से विचार करने लगे। आप्टे ने बात बदली, "तो कमिश्नर कैसे पेश आ रहा है ? क्या उसका सारा गुस्सा मेरे लिए ही था ?"

गणेश दबी हँसी से बोला, "सर, आपको तो आधा सच पता है। हालात तो बदतर हैं। आपको तो पता ही है, ऊपर से आदेश आता है और हमें सब धाँधलेबाजी करनी पड़ती है। कुछ नहीं बदला। असल में, मैं तो कहूँगा कि आप इस नरक से बच गए।"

"अच्छा, गणेश! मेरा मजाक उड़ा लो।" आप्टे ने ताना कसा।

"मैं सीरियस हूँ, सर! यही केस ले लो आप।" गणेश बोला।

आप्टे के कान खड़े हो गए। "कहना क्या चाहते हो ?" उसने पूछा। "मुझे लगा कि पाँच लाशें मिलने और पहचान होने के बाद केस बंद हो गया होगा।"

"हम्म।" गणेश धीरे से बोला, "औपचारिक तौर पर तो बंद हो गया।"

"मतलब ?"

गणेश ने गला खँखारा और धीरे से कहा, "पाँच लाशें चादर से ढँकी रखी थीं। प्रेस ने आकर फोटो लिये। उन्हें बताया गया कि डी.एन.ए. से सभी लाशों की पहचान हो गई है। वे चार पुलिसवाले और एक राजीव मेहरा थे। उन्हें यह नहीं पता, जो किसी को नहीं पता कि डी.एन.ए. से चार लाशों की पहचान हुई थी। राजीव मेहरा की लाश तो कभी मिली ही नहीं!"

आप्टे दंग रह गया। उसे समझ नहीं आया कि क्या कहे! शब्द नहीं मिल रहे थे। उसने सिर हिलाया। "गणेश, कहना क्या चाहते हो ? साफ कहो न।"

"सर, साफ ही तो बता रहा हूँ। आपको इसलिए बताया कि केस आपके पास ही था। असल में, आपके जाने के बाद सारी जिम्मेदारी मेरे सिर न आती तो शायद आपको वही करने को कहा जाता, जो मुझसे कहा गया था। मुझे राजीव की लाश के बदले में एक और लाश का प्रबंध करना था।"

आप्टे की रीढ़ की हड्डी में सिहरन दौड़ गई।

"हमें सोचने नहीं दिया जाता। फैसला नहीं करने दिया जाता। बस, आदेश

आता है और पूरा करना होता है। मैं आधी रात को किंग जॉर्ज अस्पताल के मुर्दाघर से लाश लाया और उसका हुलिया बिगाड़ा, फिर राजीव की डी.एन.ए. रिपोर्ट को पुलिसवालों की रिपोर्ट के साथ रखा। हमारा मुंडे भी उनमें से एक था। मेरे, कमिश्नर और भोगले के सिवा किसी को कुछ नहीं पता। लाश और डी.एन.ए. के लिए उसने ही मदद की थी, और अब आपको पता है।"

"पर यह तो पागलपन हुआ!" आप्टे ने भौंहें चढ़ाईं। उसके दिमाग में इसके नतीजे घूम रहे थे। वह सोचना तक नहीं चाहता था कि इसका क्या मतलब था! सी.सी.टी.वी. फुटेज को ध्यान में रखते तो बात कुछ और ही थी। उसने खुद को सँभाला, "तो गणेश, तुम कहना चाहते हो कि राजीव मेहरा जीवित हो सकता है?"

गणेश ने सिर हिलाया। "नहीं, सर! सवाल ही पैदा नहीं होता। कमिश्नर साहब केस बंद करना चाहते थे, ताकि खुद और विभाग को सारी खोजबीन और प्रेस से बचा सकें। मैं आपसे सच कहूँगा। मुझे भी लगता है कि राजीव मेहरा मर चुका है। उस कार से कोई जीवित नहीं बच सकता था। असंभव! मेरा विश्वास करें। अगर लाखों में कोई एक ऐसा मौका बना भी होगा तो दो सौ गज का झरना और गहरी नदी नीचे थे। उसमें खड़ी चट्टानें हैं। मेरा मानना है कि राजीव किसी तरह कार से निकल गया होगा, पर जल्दी ही मर गया होगा और लाश किनारे तक आने से पहले ही जीव-जंतु खा गए होंगे।"

"पक्का। मेरा मानना है। पुलिस मैन्युअल में भी लिखा है। राजीव मेहरा जीवित हो सकता है। हो सकता है कि वह कहीं विदेश में अच्छा जीवन जी रहा हो। असल में, बेहतर जीवन जी रहा हो। अब तो उसे भी पता है कि केस बंद हो गया है।"

"पर, सर..."

आप्टे खुंदक में था और वह चाहकर भी इसे छिपा नहीं सका। "हद है! यह मेरा केस था। मैंने इसके लिए दिन-रात एक किए, सबूत जुटाए और फिर अनजाने में ही अपराधी गायब हो गया! मरा हुआ नहीं है, पर मरा हुआ मान लिया गया, क्योंकि कमिश्नर को लगता है कि केस को बंद कर देना चाहिए। यह तो बकवास है, गणेश!"

गणेश ने आप्टे को शांत करना चाहा। "सर, आपकी बात समझता हूँ। पर मेरा विश्वास करें। अगर आपने भी दुर्घटना-स्थल और खटारा कार देखी होती तो आप भी वही कहते, जो मैं कह रहा हूँ। असल में, मुझे नहीं लगता कि राजीव मेहरा कार से निकल पाया होगा। वह उनके साथ ही उसमें मारा गया। फिर उसकी लाश कार से किसी तरह बाहर आई और झरने में बहकर नीचे निकल गई।"

"पक्का। बस, उसकी लाश के साथ ऐसा हुआ ? बाकी सब कार में ही रहे ?" आप्टे फुफकारा।

"ऐसा हो सकता है, सर!" गणेश ने कहा।

सन्नाटा छाया था। पूरा एक मिनट बीत गया। आप्टे ने हामी भरी और गणेश को देखकर कहा, "केस हो गया बंद।"

"केस बंद।" गणेश ने किसी तरह झेंपते हुए कहा। उसने आप्टे से हाथ मिलाया और चला गया। वह वादा कर गया था कि किसी दिन साथ बैठकर पिएगा।

आप्टे धीरे से अपनी कार में जा बैठा। उसने सीट बेल्ट लगाकर कार स्टार्ट की। फिर गहरी साँस ली। 'राजीव नहीं मरा होगा। और हो सकता है कि उसने मिहिर को भी नहीं मारा।'

'मैं क्या कर सकता हूँ ?' आप्टे ने स्टीयरिंग व्हील पर उँगलियों से ठक-ठक करते हुए अपने आप से कहा। वह जानता था कि उसे क्या करना था! उसे इमैनुएल से बात करनी थी और उसके लिए केस के नोट्स व पेपर्स चाहिए थे, जो अब तक मुंबई पुलिस मुख्यालय में चूहों की भेंट चढ़ गए होंगे। उसने कार को गीयर में डाला और तेजी से धूल का बादल उड़ाते हुए निकल गया।

□

वह एक ए.सी. डक्ट के अंदर घुटनों और कुहनियों के बल रेंगते हुए आगे बढ़ रहा था। मारे बदबू के सिर भन्ना रहा था। वह कोसते हुए आगे बढ़ा। कई बरसों से उस जगह सफाई नहीं हुई थी। उसने मोबाइल ऑन किया और मुंबई पुलिस मुख्यालय की सातवीं मंजिल का अमोनिया प्रिंट मैप देखा। उसी जगह पर एविडेंस और रिसर्च रूम था। जब वह दो रात पहले उस जगह पर था तो उसने

उस कमरे का जो स्केच लिया था, उसे भी देखा। अभी उसे सौ गज और जाना था। वह धीरे-धीरे रेंगता रहा। चूहे आसपास घूमते हुए ऐसी आवाजें कर रहे थे, जैसे कोई धातु की चादर को छड़ी से पीट रहा हो। उसने लेस जैसे पतले जालों को तोड़ा। पानी के चहबच्चों पर गंदगी और काई का ढेर था। उसे कोसते हुए भी उसका पूरा ध्यान अपने काम पर था।

फिर उसने अपनी रॉलेक्स घड़ी देखी। रात का 1 बजने वाला था। नया ड्यूटी हवलदार रिसर्च रूम का चार्ज लेने ही वाला होगा। उसे जल्दी करनी चाहिए।

आखिर में, वह डक्ट के दूसरे कोने तक आ ही गया। उसके नीचे एक झिलमिली-सी थी। रिसर्च रूम में गहरा अँधेरा था। उसने वेंट के पेंच खोले और बिना किसी आवाज के अंदर कूद गया। फिर वह दबे पाँव उस ओर गया, जहाँ सी.सी.टी.वी. फुटेज की सी.डी. रखी थी। फोन की टॉर्च की रोशनी तेज थी, इसलिए वह केवल स्क्रीन की रोशनी से काम चला रहा था। उसने सी.डी. के संग्रह में अच्छी तरह देखते हुए नियत तारीख को देखना शुरू किया। तभी आगे वाले कमरे की बत्ती जली और वह नीचे कोने में दुबक गया। दरवाजा एक झटके से खुला। रिसर्च विंग में बाहर से रोशनी आने लगी। दहलीज पर खड़ी परछाईं किसी आहट को सुनने की कोशिश में थी। संतुष्टि होने के बाद कमरे को फिर से बंद कर दिया गया।

उसने चैन की साँस ली और मोबाइल की स्क्रीन की रोशनी में अपना काम करने लगा। उसे महीना और सप्ताह तो मिल गया, पर ताज फुटेज की सी.डी. गायब थी। उसने फिर से सारी दराज देखी कि कहीं कोई गलती तो नहीं हुई; पर उस जगह कुछ नहीं था। उसने दूसरी दराज भी देखी। ताज की सी.डी. उधर भी नहीं थी। पहली बार उसे पसीने-पसीने होने का अहसास हुआ।

नतीजा तो साफ था। कोई और भी वही खोज रहा था, जिसकी खोज में वह था। यह दौड़ शुरू हो चुकी थी। वह किसी तरह डक्ट में दोबारा वापस आया, वेंट को बंद किया और अपनी दर्दनाक यात्रा दोबारा शुरू की।

□

लंच के ठीक बाद आप्टे अपने ऑफिस में था। उसके आगे कोठारी मर्डर केस के नोट्स और कागज फैले थे। उसने इमैनुएल का नंबर मिलाया। एक महिला

ने जवाब दिया। आप्टे ने गला खँखारा। "बुओन गिओर्नो।" उसने पहले ही अभिवादन का अभ्यास कर लिया था। "मैं भारत से बोल रहा हूँ। क्या मि. इमैनुएल तारदेली से बात हो सकेगी ?"

"कौन बोल रहा है ?" महिला ने पूछा।

"क्या आप मिसेज तारदेली हैं ?" आप्टे ने पूछा।

"सी, सी।" जवाब आया।

"मैडम, मैं मुंबई पुलिस से इंस्पेक्टर आप्टे बोल रहा हूँ। क्या इमैनुएल घर पर हैं ? उनसे बात हो सकती है ?"

दूसरी ओर सन्नाटा छा गया। आप्टे जवाब के इंतजार में था। उसने किसी के सुबकने की आवाज सुनी। उसने फिर से कहा, "हैलो!"

"इमैनुएल अब इस दुनिया में नहीं रहे। दो सप्ताह पहले उसकी मृत्यु हो गई है।" महिला सुबकते हुए बोली।

"ओह! आई एम सो सॉरी, मैडम!" आप्टे ने हैरानी से कहा। उसने खुद को किसी तरह सँभाला। "उन्हें क्या..."

"हार्ट अटैक। वे मछली पकड़ने गए थे।" महिला ने उत्तर दिया।

"सॉरी, मिसेज तारदेली! आपको परेशान करने के लिए माफी..." आप्टे ने विनम्रता से विदा ली। उसने रिसीवर को रखते हुए इस नई खबर पर गौर किया। राजीव मेहरा से बात करने वाला आखिरी व्यक्ति जा चुका था। वह अपने आगे लटकी अमूर्त पेंटिंग देखते हुए अपने विकल्पों के बारे में सोचता रहा।

□

वर्सेक का खुला फूलोंवाला हॉल्टर नेक, कॉलरबोंस पर जगमग करता मदर पर्ल हार, आँखों को ढँकने के लिए आर्ट डेको सनग्लास, पैरों की सजावट बने लोबोटिंस, हाथ से उमेठे गए जूड़े में लाख की चॉपस्टिक, नीलिमा कोठारी थापर सुंदरता व भव्यता का जीता-जागता रूप थी। वह ताज के शामियाने में अपने पति कृष्ण थापर के साथ ब्रंच करने आई थी।

कृष्ण को उसके साथ देखकर ही अनुमान लगाया जा सकता था कि उस इनसान ने नीलिमा को किसी ट्रॉफी की तरह पाया होगा। वह अशिष्ट, गंजा और तोंद वाला छोटा सा व्यापारी था, जो डिफेंस डीलर टाइकून बन गया था।

उसके शरीर का ऊपरी हिस्सा एक कसी हुई पोलो टी-शर्ट में था और उसने आठ माँसल उँगलियों में से हरेक में चमचमाते पत्थरों की अँगूठियाँ पहनी हुई थीं। वह अपना सिगार चबाते हुए हर दूसरे मिनट बदतमीजी से अपनी उँगली के इशारे से सबका ध्यान अपनी ओर खींचता। वेटर उसके आसपास मँडरा थे। पर जब वे मेज पर आते तो वह उन्हें अनावश्यक रूप से वहीं खड़ा रखता और ऑर्डर देने में देरी करता। नीलिमा बहुत ही शर्मिंदा और अपमानित महसूस करती रही। पर शुक्र है कि उसने गहरे रंग का चश्मा पहना हुआ था। मेज पर बैठने के बाद से उनके बीच कोई बात नहीं हुई थी। कृष्ण लगातार तब से अपने वर्टू फोन पर था।

नीलिमा ने चाहा कि काश, वह कहीं और होती! असल में, ऐसा ही था। वह अपने मन में पलंग के पास रखे उपन्यास के पन्ने दोबारा पढ़ रही थी। अब उसे ऐसा करने की आदत हो गई थी। अपने पति के साथ रहने पर वह यही करती थी। मिशलेन स्टार शेफ राजीव मेहरा को वेटरों की पूरी फौज के साथ आते देखा तो उसका ध्यान भंग हो गया।

वेटरों ने मेज पर सारा सामान रखा और अगले आदेश का इंतजार करने लगे। राजीव ने थापर दंपती का अभिवादन किया। केवल नीलिमा ने जवाब दिया; कृष्ण अब भी फोन पर था। राजीव उन्हें खाना परोसने को तैयार था। उसने पहले नीलिमा को परोसा। फिर उसने डिश, उसके मूल स्थान और सामग्री के बारे में बताया। पर कृष्ण ने उसे बीच में ही टोक दिया। उसने फोन पर हाथ रखकर नीलिमा से कहा कि उसे एक जरूरी क्लाइंट मीटिंग के लिए जाना होगा। उसने अचानक इस तरह जाने के लिए कोई अफसोस जाहिर नहीं किया, अपनी कुरसी पीछे की तरफ की और उठ गया। राजीव को गुस्सा आया, पर वह छिपा गया। नीलिमा ने उसे देखा। राजीव को अहसास हुआ कि वह चश्मे के अंदर से उसे ही देख रही थी। वह मुसकराया, "एक आदमी के हिसाब से तो खाना बहुत सारा है।"

नीलिमा ने किसी तरह मुसकराकर कहा, "शेफ, क्या आप मुझे कंपनी देना चाहेंगे?"

राजीव यह सुनकर चौंका। वह मुसकराने लगा। कोई उत्तर नहीं मिला।

"अरे, आइए न! बोर मत करिए। वैसे भी, अगर खाना अच्छा नहीं हुआ तो पहले उसे ही खाना चाहिए, जिसने पकाया है।"

राजीव हँसा और कुरसी खींचकर बैठ गया। उसने अपना हैट और एप्रन उतारकर कहा, "थैंक्स!"

नीलिमा उसकी सुंदरता पर मोहित हो गई। वह गले के हार से खेलने लगी। "आप क्या लेंगे—रेड, व्हाइट या शैंपेन?" नीलिमा ने पूछा।

राजीव ने व्हाइट को चुना। "यह स्टार्टर्स के लिए ठीक रहती है।" वह बोला। उन्होंने लंच करना शुरू किया और बातचीत होने लगी। नीलिमा को उसका साथ बेहद पसंद आया। उन्होंने भोजन, यात्रा, कॉरपोरेट कल्चर और आर्ट की बातें कीं। वे हँसे-मुसकराए और चुटकुले सुनाए। राजीव ने उसे अपने जीवन के उतार-चढ़ावों के बारे में बताया। नीलिमा ने उसे बताया कि उसके जीवन में कभी ऐसा मौका नहीं आया। एक घंटा बीत गया, मानो वे एक-दूसरे को बरसों से जानते हों! नीलिमा कई महीनों से इतनी खुश नहीं हुई थी।

"लंच के बाद क्या करना है?" उसने पूछा।

"फिर से रसोई की ओर।" राजीव बोला।

"आप कभी ब्रेक नहीं लेते?"

"शाम के इवेंट की तैयारी करनी है।" राजीव ने आह भरी।

"ओह!"

"आज रात चीफ मिनिस्टर का डिनर है।"

"वे आपके और आपके मास्टरपीस के हकदार नहीं हैं।"

"जो भी पैसे भर सकता है, वह मेरे मास्टरपीस खाने का हक रखता है।"

"भ्रष्ट नेता और अंडरवर्ल्ड डॉन भी?"

"क्यों, क्या उनका पेट नहीं होता? उनके धड़कते हुए दिल तो भ्रष्ट या अपराधी नहीं होते!"

"हर धड़कता हुआ दिल भ्रष्ट और अपराधी होता है।"

"आपने ठीक कहा।" राजीव मुसकराया।

"अच्छा, क्या आप किसी नेत्रहीन को पिकासो उपहार में देते?"

राजीव यह सवाल सुनकर सकते में आ गया। वह उसका उत्तर खोजने लगा और नीलिमा उसकी बेचैनी भाँप गई।

"शेफ, आराम से। मैं आपके साथ बदतमीजी नहीं कर रही। बेशक, हर कोई आपके मास्टरपीस का हकदार है। मैं तो सिर्फ इतना कह रही थी कि हर कोई उन्हें सराह नहीं सकता।"

"हो सकता है। जैसा कि मैंने कहा, जो भी पैसे दे सकता है, वही हकदार है।"

"और आपका समय। क्या उसे भी खरीदा जा सकता है ?"

"निर्भर करता है।"

"यह तो ढोंग हो गया।" नीलिमा मुसकराई।

"ऐसा क्यों ?"

"आप अपना कीमती समय लगाकर मास्टरपीस बनाते हैं और कोई भी पैसे देकर उन्हें खा सकता है। इस तरह, वे आपके समय का ही तो भुगतान कर रहे हैं।"

राजीव के लिए यह बात पूरी तरह से नई थी। असल में, पहले कभी किसी ने उसके साथ इस तरह बात नहीं की थी।

"तो आप क्या कहना चाह रही हैं ? क्या मुझे मास्टरपीस परोसने के बजाय प्लेट में अपना समय परोसना चाहिए, क्योंकि यह एक ही बात है ?"

"खूब ! शेफ ! आप मेरी बात समझ रहे हैं। मैं अपनी बात फिर से कहती हूँ। पिकासो क्या पसंद करते, एक नेत्रहीन को अपना मास्टरपीस बेचना या उसे वह समय देना, जो उन्होंने उस मास्टरपीस को तैयार करने में लगाया ?"

"यह तो गहरी बात है।" राजीव ने माना—"पर मैं इसे दूसरी तरह से कहना चाहूँगा। वह नेत्रहीन व्यक्ति क्या चाहता—पिकासो का मास्टरपीस लेना चाहता या पिकासो का समय लेना चाहता, जो उसने मास्टरपीस बनाने में दिया ?"

"अगर मैं नेत्रहीन होता तो ?"

"हालाँकि, यह अस्थायी होता, पर मास्टरपीस नेत्रहीन के पास हमेशा रहता न!"

"पर नेत्रहीन मास्टरपीस का क्या करता ? वह उसे देख नहीं सकता। वह

उसकी चमक, खूबसूरती, योजना, कोशिश, उसके आइडिया और जीनियस को भाँप नहीं सकता।"

राजीव जानता था कि नीलिमा ने उसे हरा दिया था। उसने अपना गिलास उठा लिया, "आपका नाम—नेत्रहीन या पिकासो ?"

"नेत्रहीन।" नीलिमा मुसकराई। "और मुझे पिकासो का समय चाहिए।"

"यह तो धोखा हुआ! आपने पहले ही उसका मास्टरपीस चख लिया है।"

अब नीलिमा के पास कहने को कुछ नहीं था। पर वह जल्दी ही सँभल गई। उसने कहा, "देखिए, मेरे पास मास्टरपीस था, जो अब नहीं रहा। वह कुछ देर का आनंद था, जो अब मेरे पास नहीं है। जिस तरह नेत्रहीन मास्टरपीस का आनंद नहीं ले सकता, पर फिर भी वह उसका मालिक होता है।"

"यह पूरी तरह से सच नहीं है, पर है भी।" राजीव बोला, "क्या आपके पास मास्टरपीस की यादें नहीं हैं ? हालाँकि, वह आपके पास कुछ समय के लिए ही रहा। उसे याद करें और फिर से खुश हो जाएँ।"

"हाँ, पर क्या किसी चीज को याद करने से वही खुशी मिलती है, जो असली चीज को पाने से मिली थी ? क्या मैं अपनी इंद्रियों को फिर से तरोताजा कर सकती हूँ ? क्या मैं अपनी यादें चख सकती हूँ ? वह तो एक खराब विकल्प होगा।"

"मैं मानता हूँ। यदि आप पिकासो के साथ समय बिताना चाहेंगी तो मैं राजी हूँ।" राजीव ने हँसकर कहा।

"किसी भी दिन। मैं आपसे कीमत पूछ रही हूँ, आपके समय की। इसी समय।"

राजीव चाह रहा था कि काश, नीलिमा चश्मा उतारकर बात करे!

"पिकासो, जवाब दीजिए।" वह बोली।

"यह तो फ्री है।"

वह अपना सिर पीछे झटककर हँस दी। उसने उठते हुए राजीव का हाथ थाम लिया। "तो चलें, पिकासो! अगले कुछ घंटों तक आप हमारे साथ रहेंगे।"

राजीव भी उठते हुए मुसकराया। "क्या हमेशा इसी तरह जीतती हैं ?" उसने पूछा। "मुझे ऐसा क्यों लग रहा है कि यह सब मुझे फँसाने के लिए एक जाल था ?"

नीलिमा ने मुड़कर अपना सिर झुकाया, "पिकासो को काबू करना इतना आसान नहीं होता। जल्दी करो, पाब्लो! टिक-टॉक, टिक-टॉक। हमारे पास पूरा दिन नहीं है।"

और फिर नीलिमा उसे कलाई से पकड़कर घसीटने लगी और रास्ते में आ रहे दूसरे लोगों तथा मेजों से बचने की कोशिश जारी रही। तभी राजीव को उसकी नकली टाँग दिखाई दी।

वे लोग गेटवे ऑफ इंडिया पर हैं। नीलिमा ने राजीव की कलाई नहीं छोड़ी। लोग उन्हें घूर रहे हैं।

"तुम क्या करना चाहते हो?" नीलिमा बोली। उसने औपचारिकता उतार फेंकी।

"तुम बताओ! तुमने ही तो मेरा समय खरीदा है?" राजीव ने भी यही किया।

नीलिमा शरारत से मुसकराई। "चलो, एलिफेंटा चलते हैं।"

राजीव ने हामी भरी। अब वह आसपास की नजरों से सतर्क हो गया है। उसने हाथ ढीला छोड़ा, ताकि नीलिमा कलाई छोड़ दे। पर उसने ऐसा नहीं किया। वे किनारे बनी सीढ़ियों से उतरने लगे। समंदर के पानी और काई ने ग्रेनाइट को चिकना कर दिया था। वह मंदिर के फर्श की तरह चिकना हो गया था। राजीव चिल्लाया, "सँभलकर!" पर नीलिमा कुछ सुनने के मूड में नहीं है। उसे देखकर राजीव को 'गाइड' की वहीदा रहमान की वही 'भाड़ में जाए दुनिया वाली' मुद्रा याद आ गई—'आज फिर जीने की तमन्ना है।' वही सारी अदम्य ऊर्जा और उस ऊर्जा के साथ बह जाने की ख्वाहिश! उसने सिर हिलाया और हँसने लगा।

"मुझे लगा कि यहीं कहीं तुम्हारा यॉट खड़ा होगा।" राजीव ने फेरी पर चढ़ते हुए कहा।

"असल में, ऐसा सच है, पर फेरी में बैठने का मजा कुछ और ही होगा।"

देखते-ही-देखते फेरी में भीड़ आ गई और काफी लोग आसपास बैठ गए। राजीव और नीलिमा फेरी के ऊपर वाले हिस्से में चले गए। मस्त हवा चल रही थी। सूरज बादलों के पीछे छिपा था और देखकर लगता था कि

बरसात होने वाली है। उन्होंने रेलिंग पर अपनी कुहनियाँ टिकाईं और समंदर को देखने लगे। पानी में नीचे बच्चे छलाँगें भर रहे थे, वे चाहते थे कि फेरी में खड़े लोग सिक्के फेंकें। उनके साथ खड़े शादीशुदा जोड़े का ध्यान उस ओर गया। पत्नी के कहने पर उस आदमी ने पानी में सिक्का उछाल दिया। ज्यों ही सिक्का पानी में गिरकर ओझल हुआ, एक बच्चे ने कलाबाजी खाकर पानी में छलाँग लगा दी। वह कुछ ही सेकंड में सिक्का लेकर बाहर आ गया। और जैसा कि नियम है, उसने वह सिक्का अपने पास रख लिया। नीलिमा ने राजीव को भी ऐसा करने के लिए टहोका दिया। राजीव ने जेब से सिक्का निकालकर पानी में उछाल दिया। दो बच्चे उसके लिए दौड़ लगाने लगे। उनमें से एक सिक्का लेकर बाहर आया तो नीलिमा ने ताली बजाई।

"क्या उन्हें इसी तरह सिक्का देना बेहतर न होता ?" राजीव ने मन की बात कही।

"पर वह तो भीख होती। उन्होंने यह सिक्का कमाया है।" नीलिमा बोली।

"यह सब देखकर मन उदास होता है।"

"क्यों ? लोग ऐसे ही कमाई करते हैं। वे पैसे के लिए काम करते हैं। क्या तुम्हें लोगों को पैसा कमाते देख उदासी होती है ?"

"मैं तो इन बच्चों की बात कर रहा था।"

"मुझे तो कोई फर्क नहीं दिखता। वे खुश हैं। वे काम कर रहे हैं। वे अपना पैसा कमा रहे हैं।"

"पर वे ऐसी चीज के लिए संघर्ष कर रहे हैं, जो तुम उन्हें आसानी से दे सकती थीं। तुम क्या चाहतीं, तुम्हें आसानी से पैसा मिलता या तुम्हें उसके लिए अपनी जान जोखिम में डालनी पड़ती ? ईमानदारी से बताना।"

नीलिमा ने दूर देखते हुए कहा, 'सिसिफस का मिथ।' वह अपने आप से बुदबुदाई।

राजीव ने सुन लिया। "क्या चीज ?"

नीलिमा ने मुसकराकर कहा, "केवल एक ही गंभीर दार्शनिक समस्या बची है और वह है—आत्महत्या।"

राजीव ने उसकी बात सुनी और फिर चुप्पी छा गई।

"कामू ने लिखा है।" नीलिमा बोली, "वह सोचता था कि एक इनसान, सिसिफस हर रोज एक चट्टान को लुढ़काकर शीर्ष तक ले जाता है और फिर उसे छोड़ते ही नीचे लुढ़ककर जाते देखता है और फिर उसे धकेलकर ऊपर लेकर आता है। क्यों ? वह ऐसा करने के बजाय आत्महत्या क्यों नहीं कर लेता ? यही तो जीवन की विसंगति है! यह निरर्थक है; इसका कोई मकसद नहीं। तुम भविष्य देख सकते हो। तुम अपनी मौत देख सकते हो। उसे कोई रोक नहीं सकता। और फिर भी तुम आत्महत्या नहीं करते! तुम जीना चाहते हो, इतने दुःख, पीड़ा, बदसूरती और कष्ट के बावजूद। क्यों ?"

"हाँ, क्यों ?"

"क्योंकि केवल संघर्ष ही मनुष्य के हृदय को भरपूर बनाता है और एक इनसान सिसिफस के खुश होने की कल्पना कर सकता है।"

राजीव नीलिमा का हाथ थामना चाहता था, पर किसी तरह खुद को रोक लिया। "तुम कहना चाहती हो कि तुम सबकुछ खो सकती हो और फिर भी वही इनसान बनी रह सकती हो, क्योंकि तुम अंत को जानती हो ?"

"एक हद तक, हाँ।"

राजीव कुछ और बोलना चाहता था, पर कुछ नहीं बोला। वह इसे जानता था, पर पता नहीं अचानक उसे क्या हुआ! उसने नीलिमा के बाजू से उसका फेंडी बैग छीना और उसे हिला-हिलाकर सबकुछ रेलिंग से नीचे पानी में गिरा दिया—पैसे, सिक्के, कार्ड, लिपस्टिक्स, चशमा, वॉलेट, फोन। लड़के तो बौरा गए। वे सारा सामान निकालने लगे। पानी ने सारे सामान को अपने भीतर सँजो लिया। वे बार-बार अंदर से एक-एक चीज निकालकर लाने लगे। एक के पास फोन था, दूसरे के पास वॉलेट, तीसरा चशमा निकाल लाया था और इस उथल-पुथल एवं दीवानगी के बीच नीलिमा के चेहरे के भाव नहीं बदले थे। एक भी मांसपेशी तक नहीं हिली।

"अब यह सब उनका है।" वह मुसकराकर बोली।

राजीव दंग रह गया। वह शर्मिंदा हो गया था। वह माफी माँगना चाहता था। पर जाने क्यों, अभी उसे और आगे तक जाना था। उसने इशारा किया, "यह सारा सामान तुम्हारे लिए जरूरी और महत्त्वपूर्ण नहीं था। शायद इसीलिए तुमने

परवाह भी नहीं की। पर अगर तुम्हें अपने ही किसी हिस्से जैसी प्यारी चीज को फेंकना पड़े तो ?"

इससे पहले कि राजीव की बात पूरी होती, नीलिमा ने अपनी पोशाक को घुटने तक उठाया और अपनी नकली टाँग खोलकर उसी बेलाग तरीके से पानी में उछाल दी।

राजीव हक्का-बक्का रह गया। वह कुछ भी सोचे-समझे बिना पानी में कूद गया। वह टाँग तेजी से आगे जा रही थी, मानो उसमें जान आ गई हो! राजीव उसके साथ नीचे तक चला गया और इससे पहले कि वह तलहटी तक जाती, वह उसे लेकर पानी के ऊपर आ गया। बच्चों ने उसे देखकर तालियाँ बजाईं और फेरी पर खड़े लोगों की हैरानी की सीमा नहीं थी। राजीव ने हथेली से चेहरे का पानी पोंछा। उसने ऊपर देखा। नीलिमा उसे देखकर हाथ हिला रही थी। वह जानता था कि वह मरते दम तक उसका वह भाव नहीं भूलेगा। यह प्रेम है!

फेरी एलिफेंटा पहुँची। राजीव नीलिमा के पास खड़ा है और उसके हाथों ने रेलिंग थामी हुई है। उसके कपड़े गीले हैं और वह पूरी तरह से भीगा हुआ है। वह हौले से बोला, "नीलिमा!" उसने धीरे से सिर घुमाया, जबकि वह अपने खयालों में गुम थी। हवा ने उसके बाल खोल दिए थे।

"समझ नहीं आ रहा कि क्या कहूँ!" वह बोली।

"कुछ मत कहो। बस, मेरे साथ रहो। मेरे साथ इस पल में जिओ। कुछ भी मायने नहीं रखता, कुछ भी नहीं।"

उन्होंने कुछ घंटे वहीं घूमते हुए बिताए। फिर वे लगातार बातें करते रहे। दोनों ने एक-दूसरे को वह सब बताया, जो बताए जाने लायक था। उन्होंने अपने वर्तमान और पिछले जीवन की बातें कीं। वे हँसे। वे गंभीर हो गए। वे रुआँसे हुए; एक-दूसरे को खिझाया, चुटकुले सुनाए, गले मिले, हाथों में हाथ डाले, एक-दूसरे को चूमा। जब वे अलग हुए तो राजीव ने नीलिमा को देखकर कहा, "क्या कुछ पूछ सकता हूँ ?"

उसने हामी भरी।

"हमारे सारे लंच, सैर और फेरी के सफर में तुमने एक बार भी चश्मा नहीं

उतारा। हमने एक-दूसरे के दिलों में भी झाँक लिया, पर अपनी आँखों में क्यों नहीं झाँकने दिया?"

नीलिमा कुछ नहीं बोली।

"क्या मैं···" राजीव के कुछ कहने से पहले ही नीलिमा ने चश्मा हटा दिया।

नीलिमा की एक आँख काली पड़ गई थी। बाईं भौंह पर टाँके थे।

राजीव के हाथ से चश्मा छूट गया। उसके भीतर से गुस्से का उबाल आ गया। वह जानता था कि वह सब किसने किया होगा!

"माफ कर देना मुझे।" वह बोला।

"नहीं, तुम क्यों माफी माँगोगे? अब तुम जानते हो कि मैंने चश्मा क्यों नहीं उतारा था।"

राजीव इस बारे में सोचने लगा। "दरअसल, मैं नहीं जानता। तुम वही इनसान हो, जिसने अपना सारा सामान पानी में फेंके जाने पर भी 'उफ' तक नहीं की। तुमने मेरी बात भी पूरी नहीं होने दी और अपनी कीमती टाँग तक पानी में उछाल दी। पर यह सब नहीं। मैं कुछ नहीं जानता। मैं कुछ नहीं समझा।"

"राजीव मेहरा!" नीलिमा बोली। उसकी आँखों में चमक के साथ-साथ उदासी के साए लहरा रहे थे। "पिछले कुछ घंटों के दौरान तुम्हारे मन में मेरे लिए जो भी भावनाएँ रहीं, वे मेरे, मेरे मन, मेरी सोच के लिए प्रतिक्रिया थीं। तुमने मुझे चूमा, क्योंकि तुम ऐसा करना चाहते थे। तुम मेरे साथ चले, क्योंकि तुम ऐसा करना चाहते थे। मैंने तुम्हें विवश नहीं किया। वे तुम्हारी सहज भावनाएँ थीं। वे विशुद्ध थीं। पर अगर तुमने मेरी यह चोट पहले देख ली होती तो तुम मेरी कल्पना अलग तरह से करते। तब तुम्हारे मन में मेरे लिए दया होती। तुम्हें लगता कि मैं घरेलू हिंसा का शिकार हूँ। मैं बदनसीब हूँ, जिसे सहानुभूति चाहिए। तब तुम्हें लगता कि मैं अपने हालात से बचने के लिए तुम्हारा साथ चाहती हूँ। मैंने तुम्हें उस दिखावे से बचाया।"

क्षितिज पर ढलता सूरज चमक रहा था। नीलिमा के चेहरे पर उसकी आब थी। राजीव ने उसका चेहरा अपने हाथों में थाम लिया। "मैं तुमसे प्यार करता हूँ।" वह हौले से बोला और उसे चूमा। फिर वे हाथ थामे फेरी पर वापस आ गए।

वापसी का सफर सुंदर-सी खामोशी के बीच रहा। जब वे गेटवे पहुँचे तो राजीव ने उसका नंबर माँगा।

नीलिमा मुसकराई, "पहले मेरा फोन फेंक दिया और अब नंबर चाहिए!"

वे दिल खोलकर हँसे। "चलो, फिर एक सेल्फी तो ले लें।" राजीव ने आग्रह किया। नीलिमा मान गई। राजीव ने फोन उठाया और उन्होंने सेल्फी ली।

"तुम्हारा नंबर मिलने के बाद इसे व्हाट्सएप कर दूँगा।" उसने कहा और विदा ली।

नीलिमा अपने घर में सोफे पर लेटी उसी सेल्फी को ताक रही थी। वह राजीव के बारे में सोच रही थी। तभी उसे कामू की बात याद आई और अचानक ही सबकुछ फिट लगने लगा। बस, एक ही गंभीर दार्शनिक समस्या है और वह है—आत्महत्या!

□

7

बूँदाबाँदी हो रही है। राजीव शाम का खाना खा चुका था और वाराणसी की सड़कों की चहल-पहल एवं शोर-शराबे से विरक्त चलता जा रहा है। कुछ फेरीवाले और भिखारी उसके पास आए। कुछ आम लोग साधु समझकर आशीर्वाद लेने आगे आए। पर वह कहीं दूर देखता हुआ, उनकी ओर ध्यान दिए बिना ही चलता रहा। मानो वे उसके लिए कोई वजूद ही न रखते हों! उनका वजूद हो भी कैसे सकता है, जब राजीव का अपना कोई वजूद नहीं है! सबकुछ माया है, महाकाल की कल्पना का अंश, और वही तय करेंगे कि उसे कब नष्ट करना है!

शाम का धुँधलका रात में बदल गया और गीली सड़कें जल रही बत्तियों के बीच पीली रोशनी से जगमगाने लगीं। राजीव एक मोड़ से मुड़ा और अचानक ही सारी भीड़ और शोर से कट-सा गया। अब वह अपने आप में अकेला था। वह इलाका उसके लिए नया है और उसने उसे नहीं पहचाना। वह रुका, मुड़कर देखा और फिर चलने लगा। दूसरे मोड़ से मुड़ते ही उसे अहसास हुआ कि कोई उसका पीछा कर रहा है। वह एक सँकरी गली में घुसा और भागने लगा। कच्ची ईंटों से बने मकानों पर दो लंबी परछाइयाँ गलियों में दिख रही हैं। उनमें से एक राजीव की और दूसरी उसका पीछा कर रहे आदमी की है। राजीव ने एक कोने में आकर अपनी गति धीमी कर ली। गली में आगे मिट्टी का ढेर पड़ा था। सीमेंट के पानी के पाइप आसपास बिखरे हुए थे। उसके आसपास नुकीले तारों से रास्ता बंद था। वह पागलों की तरह उन तारों को पार कर किसी तरह दूसरी ओर निकल गया। उसने फिर से भागना शुरू

कर दिया। उसे नहीं पता कि रास्ता उसे किधर ले जा रहा था या उसका पीछा कौन कर रहा था, पर उसने मुड़कर नहीं देखा।

फिर वह एक वीरान पड़े मंदिर के पास पहुँचा। वह घुटनों पर हाथ टिकाए दम साधने लगा। अचानक बिजली कड़कने की तेज आवाज से उसकी तंद्रा टूटी। उसके बाद बिजली से आकाश जगमगा गया और उसने आकाश की ओर देखा। सलेटी रंग के मनहूस-से बादल किसी भी पल बरस सकते थे। उसने किसी तरह मंदिर के बाहर लगे हैंडपंप के साथ जूझकर पानी निकाला और एक हाथ से पंप चलाते हुए पाइप से मुँह लगाकर पानी पीने लगा। जब उसका पेट भर गया तो वह सीधा हुआ और तभी किसी ने उसे गरदन से पकड़ लिया। वह खुद को छुड़ाने के लिए हाथ-पैर मारने लगा। उसने अपने हाथ झटककर उस आदमी को अपने से दूर करना चाहा, पर वह लाचार था।

"कौन हो तुम ?" वह चिल्लाया।

कोई जवाब नहीं मिला। हमलावर ने उसे बुरी तरह से घेर रखा था। राजीव बेहोश होने ही वाला था। उसने किसी तरह हमलावर की बाजू पर काट खाया। पकड़ ढीली होते ही वह छूटने में कामयाब रहा। अब वह फिर से भागने लगा। अब उसके पीछे हमलावर ही नहीं, बल्कि खूँखार कुत्तों का झुंड भी था। वे गुर्राते और भौंकते हुए उसका पीछा कर रहे थे। राजीव हार गया और वहीं सड़क पर गिरकर ढेर हो गया। कुत्ते उसके पास आ गए। वे उसे फाड़कर खाने को तैयार थे।

जब वह आदमी आगे आया तो कुत्ते इस तरह पीछे हो गए, मानो उसके वश में हों! वह झुका और राजीव को कलाई से पकड़कर घसीटने लगा। तारकोल ने राजीव के हाथ व पैर छील दिए। उनसे खून आने लगा। राजीव को बहुत दर्द हो रहा था। वह मदद के लिए चिल्लाने लगा, पर किसी ने नहीं सुना। बचने के लिए कोई उपाय नहीं था। उसके शरीर को घसीटकर मणिकर्णिका घाट तक लाया गया और इस दौरान कुत्ते लगातार उसे घेरे हुए गुर्राते रहे। उस जगह कुछ लोग राजीव की प्रतीक्षा में थे, पर वह उनके चेहरे नहीं देख सका। अँधेरा घना था। उस आदमी ने राजीव की कलाई छोड़ दी और सब चुप हो गए। कुत्ते भी शांत हो गए थे। बस, गंगा के उस ओर से ही घाट पर आवाजें आ रही थीं। सीटी-सी बजाती हवा की गूँज गहरी होती जा रही थी।

उस आदमी ने राजीव को धरती से उठाया और एक तैयार चिता पर रख दिया। राजीव ने विरोध जताया। उसने उठकर कूदना चाहा, पर उसमें ताकत ही नहीं बची थी। बस, चेहरे की मांसपेशियों में जान बाकी थी, जिन पर डर के साए लहरा रहे थे। वह आदमी और उसके कुत्तों का झुंड वापस लौट गए। एक पंडित चिता के पास आया। उसकी छाती नंगी थी और सिर पर एक चोटी दिखाई दे रही थी। देह पर एक जनेऊ भी पहना हुआ था। राजीव को उसका चेहरा नहीं दिखा, पर वह कंधे पर मिट्टी का घड़ा लिये चिता का चक्कर लगाने लगा। उस मटके से पानी निकल रहा था। सात चक्कर लगाने के बाद पंडित ने उस मटके को अपने कंधे से नीचे गिरा दिया। नीचे गिरते ही उसके कई टुकड़े हो गए। जो आदमी राजीव को घसीटकर लाया था, वह लोगों के बीच से दोबारा आगे आया और पंडित को जलती हुई मशाल थमा दी। पंडित ने राजीव को घूरा और फिर चिता को आग दे दी। लकड़ी आग पकड़कर चटकने लगीं और चिनगारियाँ निकलने लगीं। राजीव चिल्लाने लगा, पर कोई उसकी मदद के लिए आगे नहीं आया। अब चिता की लपटें सारी लकड़ियों को लीलने के लिए तैयार थीं।

राजीव जानता था कि यह उसका अंत था। उसने अपनी आँखें बंद कीं और खुद को टस्कनी के एक विला में पहुँचा दिया। वह उसके दोस्त का था—नेत्रहीन ऑपेरा टेनोर आंद्रे बोसेली। आज उसका जन्मदिन है। राजीव और इमैनुएल ने आलीशान भोज तैयार किया है। आंद्रे का घर बच्चों से गुलजार है, जो लॉन में खेल रहे हैं। अलाव के आसपास परिवार के लोग और दोस्त-यार जश्न मना रहे हैं। राजीव विला की खूबसूरती याद करने लगा। वह कितना भव्य और सुंदर था! हर चीज बोसेली ने अपने हाथों से चुनी थी। और फिर मरणासन्न राजीव को अहसास हुआ कि बोसेली नेत्रहीन होने की वजह से अपने घर की उस सुंदरता को कभी नहीं देख सकेगा। वह केवल उसकी कल्पना कर सकता है। और अगर बोसेली सुंदरता की कल्पना ही कर सकता है तो उसके घर को असल में सुंदर क्यों होना चाहिए? यह एक टूटा-फूटा, पुराना और सीलन से भरा घर भी हो सकता था। तो क्या सुंदरता असली होती है या काल्पनिक? क्या यह देखने वाले की आँखों में है या मन में? और अगर इसका आनंद लेने के लिए इसका असली होना जरूरी नहीं तो क्या आनंद भी काल्पनिक नहीं हुआ? और अगर

आनंद कल्पना की देन है तो फिर दुःख, शोक, पीड़ा और मौत भी कल्पना से ही उपजे हैं न ? राजीव अंतिम घड़ियाँ गिन रहा है। वह महसूस कर सकता है कि आग उसकी टाँगें निगल रही है। अब ज्यादा समय नहीं है।

उसने आखिरी बार आँखें खोलकर देखा। अब वह आसपास खड़े लोगों के चेहरे देख सकता है, जो उसे घूर रहे हैं। वे सुभद्रा, ताज का मैनेजर, क्राउन प्रिंस, रूपेश, नीलिमा, इमैनुएल, इंस्पेक्टर आप्टे और जज हैं। राजीव चिल्लाकर अपना सिर इधर-उधर पटकने लगा, पर उसमें उठने की ताकत नहीं है। फिर मांसपेशियों ने साथ छोड़ दिया। हिम्मत टूट गई। प्राण शरीर का त्याग करने वाले हैं। सिर एक ओर झूल गया और फिर उसे पंडित का चेहरा दिखा। वह तो मिहिर है। राजीव ने दाँत पीसते हुए एक और साँस लेनी चाही। तभी गंगा का पानी गरजने लगा और लहरें उठने लगीं। मानो उस एक सत्ता में हर अणु की शक्ति समा गई हो! नावें माचिस की तीलियों की तरह पलटने लगीं। पानी की लहरें उठ रही थीं और हवा बहने से गर्जना हो रही थी। नजारा देखने लायक था। राजीव ने चिता से हलका-सा उठकर एक नजर देखा। एक बड़ी-सी लहर तेजी से मणिकर्णिका घाट की ओर आ रही थी। वह आँखें बंद कर उस पल का इंतजार करने लगा। फिर वह सामने आ गई। लहर किसी आणविक विस्फोट की तरह घाट से टकराई और चिता एवं आसपास खड़े लोगों को लील लिया। वह धरती और उसके आसपास सबकुछ पानी में समा गया। राजीव नीचे उतर रहा है। चिता की जलती लकड़ियाँ उसके आसपास फैली हुई हैं। हर ओर लाशें दिख रही हैं; जब वह चिता से नीचे उतरा तो लाशें उससे टकराने लगीं। उसने अपने हाथ-पैर चलाकर तैरना चाहा, पर वह तैर नहीं सका। उसका पूरा शरीर घूम रहा है। जल्दी ही वह नदी के किनारे पर था। उसे एक बंदूक दिखी और वह उसे उठाकर तब तक फायर करता रहा, जब तक बंदूक से खाली 'क्लिक' की आवाज नहीं आने लगी। पर वह सब बेकार था। उसके मुँह से बुलबुले निकलने लगे और आखिरी तो काफी तेज आवाज के साथ आया। वह अंत था।

□

राजीव अपने पलंग से उठ बैठा। वह पसीने से तर-बतर था और बुरी तरह से हाँफ रहा था। चेहरे और गरदन से पसीना टपक रहा था। तंद्रा में होने की वजह

से कोई प्रतिक्रिया नहीं दे पा रहा था। उसने आसपास देखा तो थोड़ा चैन आया। उसके आश्रम के साथी पासवाले पलंगों पर बेखबर खर्राटे भर रहे थे। राजीव खुद को किसी तरह वाटर कूलर तक घसीट ले गया और जग भरकर पानी पी गया। उसने अपनी हथेली में थोड़ा पानी लेकर चेहरे पर छींटे मारे। ओह! ये बुरे सपने तो पीछा ही नहीं छोड़ते! आश्रम में आने के बाद भी मनचाही शांति नहीं मिल सकी। कुछ तो कमी थी। उसे कुछ करना होगा, कोई कदम उठाना होगा। उसे लगा था कि दुनिया के लिए मरा हुआ घोषित होने के बाद वह मनचाहे तरीके से जी सकेगा, जैसा कि वह हमेशा चाहता आया था। पर अब उसे अहसास हुआ कि यह नया जीवन तो कल्पना की देन था। यह असली नहीं हो सकता था। वह अपने ही विजन से अंधा हो रहा था।

राजीव किसी तरह फिर से पलंग पर ढेर हो गया। 'मैं अंधा नहीं।' वह अपने आप से बोला। 'मुझे अपनी असलियत, अतीत और वर्तमान का दावा करना होगा; अपने भविष्य की कल्पना नहीं करनी।' उसने उठकर दीवार घड़ी को देखा, आधी रात से ज्यादा हो चुकी थी। रिसेप्शन से हलकी रोशनी आ रही थी। वह उठकर उसी ओर चल दिया। डेस्क पर सिक्योरिटी गार्ड बैठा है। वह नींद में है। राजीव ने हौले से उसका कंधा हिला दिया। उसने झटके से आँखें खोल दीं।

"मुझे एक इंटरनेशनल कॉल करनी है।" राजीव बोला, "आप मेरे खाते से पैसे काट लेना।"

"फोन काम नहीं कर रहा। जाओ, जाकर सो जाओ।" वह उनींदे स्वर में बोला।

राजीव ने सौ का नोट निकालकर उसकी जेब में डाल दिया। उसने झट से फोन अपनी ओर खींचा और नंबर डायल कर दिया। उधर से किसी युवती का स्वर आया।

"क्या मारिया बोल रही है ?" राजीव ने पूछा।

"जी।" युवती बोली, "आप कौन हैं ?"

"क्या इमैनुएल है ? आपके उधर तो 8 बजे होंगे! या वह रेस्त्राँ चला गया है ?" राजीव ने पूछा।

"कौन बोल रहा है ?" युवती ने दोहराया।

"मैं इमैनुएल का इंडियन दोस्त। मारिया, हम पहले कभी नहीं मिले, पर

मैं तुम्हारे बारे में सब जानता हूँ। इमैनुएल हमेशा तुम्हारी ही बातें करता है। वह किधर है? उसे फोन दो।" राजीव ने कहा।

"इमैनुएल नहीं रहा। मेरा इमैनुएल नहीं रहा।" मारिया ने किसी तरह बात पूरी की।

राजीव दंग रह गया। "कब? यह कैसे हुआ? मारिया, सॉरी! यह कैसे हो गया?"

"दो सप्ताह पहले। दिल का दौरा आया था। वह सुबह मछली पकड़ने गया था, वहीं यह सब हुआ।" मारिया बोली।

"सॉरी। समझ नहीं आ रहा कि क्या कहूँ! वह कितना अच्छा इनसान था! मेरा प्यारा दोस्त था।" राजीव बोला।

"शुक्रिया! उसे भारत पसंद था।" मारिया बोली और फिर अचानक जैसे कुछ याद आया हो। "अजीब बात है, तुम एक ही सप्ताह में भारत से उसे याद करने वाले दूसरे व्यक्ति हो!"

"ओह, उसके कई भारतीय दोस्त थे क्या?" राजीव बोला, "उसकी बहुत याद आएगी। क्या पूछ सकता हूँ कि दूसरा भारतीय कौन था? शायद मेरा कोई जानकार हो!"

"कोई पुलिस वाला था।" मारिया ने कुछ सोचते हुए कहा। उसने याद करना चाहा। "कोई मुंबई से था··· हम्म, दयानंद आप्टे नाम था उसका। पाँच दिन पहले फोन आया था। उसे इमैनुएल से बात करनी थी।"

राजीव की रीढ़ की हड्डी में सिहरन दौड़ गई। 'दयानंद आप्टे।' उसने मारिया को ओ.के. कहा और फोन रख दिया। वह पलंग पर आया और कंबल ओढ़ लिया। पर आँखों से नींद कोसों दूर है। दिमाग में कई बातें चक्कर काट रही हैं। यही चिंता सता रही है कि केस बंद होने के बाद भी आप्टे इमैनुएल के बारे में पूछताछ क्यों कर रहा था?

□

"आखिरकार, हम मिल ही गए।" रूपेश कोठारी ने कहा।

"सर, बड़ी ही खुशी हुई।" सिद्धार्थ ने घबराहट भरी मुसकान के साथ कहा। कोठारी फंडेड थिंक टैंक मॉरफस रिसर्च फाउंडेशन का सी.ई.ओ. सिद्धार्थ

पाटनकर टेलीकॉम नीति के बारे में वह सब जानता है, जितना कोई जान सकता है। वह रूपेश और उसके निजी सहायक जगत विरमानी के साथ कोठारी के प्राइवेट जेट में बैठा है। वे लोग क्राउन प्रिंस और चीनी दल के साथ मीटिंग के लिए दुबई जा रहे हैं।

विरमानी ने रूपेश को वह मीमो दिया, जो सिद्धार्थ ने मीटिंग के लिए बनाया था। रूपेश ने उसे मेज पर रखने से पहले पलटा। "मैं इसे तुम्हारे मुँह से ही सुनना चाहूँगा। सिद्धार्थ, सुना है कि तुम एम.आर.एफ. के साथ शुरुआत से जुड़े हो ?"

"जी।"

"गुड। और कहते हैं कि तुम टेलीकॉम विशेषज्ञ हो ?"

सिद्धार्थ संकोच से मुसकराया।

"तो मुझे बताओ।" रूपेश ने कहा, "चीन भारत के 5जी डोमेन में कदम रख रहा है। इसके बारे में तुम्हारी क्या राय है ?"

"मैं इसके खिलाफ हूँ।" सिद्धार्थ बोला, "मैं इसी विषय में एक पेपर पर काम कर रहा हूँ। मैं आंतरिक तौर पर काम कर रहा हूँ। असल में, स्वर्गीय मि. कोठारी ने भी इसे देखा था और यह उन्हें बहुत पसंद आया था।"

"मेरे पास बहुत समय नहीं है। एक घंटे में ही क्राउन प्रिंस से मीटिंग होने वाली है। मुझे इसका सार समझा दो।" रूपेश ने कहा।

"जरूर, सर। असल में, अगर भारत ने चीन को 5जी में आने दिया तो यह बरबादी से कम नहीं होगा।"

"यह तो बहुत बड़ी बात कह दी!" रूपेश बोला।

"नहीं, मि. मिहिर कोठारी तो मुझसे सहमत थे।"

रूपेश बार-बार मिहिर का नाम लेने से खीझ गया, पर उसने किसी तरह अपने चेहरे के भाव नहीं बदले। "चीन के साथ हमारा व्यापार असंतुलन 60 अरब डॉलर है। बरबादी तो हो ही सकती है। इसे छोड़ो। पहले 5जी के बारे में बात करो।"

"5जी या फिफ्थ जेनरेशन वायरलेस कम्युनिकेशंस सदी को ऐसे बदलने वाली है, जैसे कोई तकनीक नहीं बदल सकी। यह हर सेक्टर पर अपना असर डालेगी—हमारे शहरों की इकोनॉमी से लेकर हमारी सिक्योरिटी तक। चीनी

कंपनी शांगटेल 5जी टेक्नोलॉजी और उपकरण देने वाली सबसे बड़ी कंपनी है। पर यह केवल एक प्राइवेट कंपनी ही नहीं, जो भारतीय कानून के दायरे में रहकर अपनी सेवाएँ दे रही है। इससे हमारी राष्ट्रीय सुरक्षा को भी खतरा है। चीन के ऐसे कानून हैं, जिन्होंने शांगटेल के लिए अनिवार्य कर दिया है कि वह उन देशों की सीक्रेट इंटेलिजेंस जमा करे, जिनमें वह काम कर रही है। फिर वह सूचना सीधे चीनी सरकार को सौंप दी जाती है। यह भी पाया गया कि चीनी कंपनी इस जगह जो भी इन्फ्रा प्रोजेक्ट लेगी, उसके बारे में चीन को सबकुछ पता होगा। कई बार तो हमारे कानून से भी पहले उन्हें पता होता है। आपको इस खतरे से सावधान रहना होगा। भारत के मामले में यह खतरा और भी ज्यादा है, क्योंकि चीन अधिकतर इंटरनेशनल फोरमों में भारत के खिलाफ खुलकर दुश्मनी दिखा चुका है। लंबी व विवादित सीमा और चीन की पाकिस्तान से नजदीकी, जो एक ऐसा देश है, जो भारत के लिए आतंक की नीति अपनाता आया है। इसे देखते हुए मेरा यह मानना है कि किसी भी चीनी फर्म को भारत के महत्त्वपूर्ण इन्फ्रास्ट्रक्चर में जगह नहीं दी जानी चाहिए।"

"थैंक्स, सिद्धार्थ!" रूपेश ने हाथ हिलाकर उसे रोक दिया, "अब यह बताओ, यह जोखिम भरा क्यों है ?"

सिद्धार्थ ने गला खँखारा, "5जी के लाभ अविश्वसनीय हैं। जो लोग टेक्नोलॉजी सँभालते हैं, वे सरकार, नागरिकों, वित्तीय प्रवाह और व्यवसायों पर व्यापक स्तर पर दबाव बना सकते हैं। इस इन्फ्रास्ट्रक्चर को चीनी कानून से बँधी चीनी कंपनी के हाथों सौंपना पागलपन ही होगा। हम अच्छी तरह जानते हैं कि वे जासूसी करने की प्रवृत्ति रखते हैं। मैं आपको खुलकर समझाता हूँ। आकाश से विमान गिरेंगे, गाड़ियाँ क्रैश होंगी, यातायात के सिग्नल खराब होंगे, फोन गलत डाटा के साथ डाउनलोड होंगे, मीडिया को खिलौना बनाया जाएगा और यह सबकुछ मिनटों के हेर-फेर में होगा। इसके अलावा, हमारे वित्तीय सिस्टम या स्टॉक मार्केट में स्पाईवेयर इंजेक्टर करने की संभावना पर गौर करें। सीमा के विवादों या पाकिस्तानी आतंकियों के समर्थन या फिर ऐसे किसी भी मामले में भारत को अस्थिर करने के सारे साधन चीनी सरकार के पास होंगे। किसी भी सरकार को अपने लोगों को जोखिम में नहीं डालना चाहिए।"

"पर शांगटेल तो पहले ही भारत में पैर जमा चुकी है।" रूपेश बोला।

सिद्धार्थ ने सिर हिलाया। "यह अलग बात है। भारत के 5जी बाजार में शांगटेल की मौजूदगी का अर्थ होगा कि भारत चीनी सरकार को हस्तक्षेप की अनुमति दे रहा है।"

रूपेश ने उसे बीच में ही रोक दिया—"अगर मैं गलत हूँ तो मुझे बताना। शांगटेल ने बार-बार कहा है कि उसके चीनी सरकार से कोई संबंध नहीं हैं।"

"आपने ठीक कहा, मि. कोठारी!" सिद्धार्थ बोला, "शांगटेल ने हमेशा चीनी इंटेलिजेंस से संबंधों को नकारा है। उसने यही बल दिया है कि वह एक प्राइवेट कंपनी है।"

"तो फिर? फिर इतना डर किस बात का है?"

"अमेरिका कुछ और ही दावा करता है। उसका कहना है कि चीन इस तथ्य को छिपा रहा है कि उसने शांगटेल पर बौद्धिक संपत्ति की चोरी के लिए दबाव डाला, ताकि उसे चीनी सरकार से वित्तीय सहायता मिल सके। सन् 2019 में अमेरिका के न्याय विभाग ने शांगटेल को आरोपित करते हुए अमेरिकी वाणिज्य विभाग की 'एंटिटी लिस्ट' में शामिल कर दिया।"

"अच्छा जी।" रूपेश ने चुटकी ली, "अगर अमेरिकी कहते हैं कि शांगटेल खतरनाक है तो बेशक खतरनाक ही होगी। चीन अमेरिका के लिए किसी बड़ी चुनौती से कम नहीं है। मुझे बताओ, क्या शांगटेल इस क्षेत्र में मार्केट लीडर है?"

"बिल्कुल।" सिद्धार्थ बोला, "शांगटेल के पास 5जी पेटेंटों की सबसे अधिक संख्या है और वह 5जी मानक के लिए सबसे अधिक तकनीकी योगदान देती है। शांगटेल 105 अरब डॉलर के राजस्व और 8.3 अरब डॉलर के नेट लाभ के साथ दुनिया की सबसे बड़ी दूरसंचार उपकरण निर्माता ही नहीं, बल्कि दुनिया की विशालतम दूरसंचार कंपनी भी है, जिसके कामों में हैंडहेल्ड से लेकर नेटवर्क तक शामिल हैं। यह कंपनी यूनाइटेड किंगडम, रूस और यूरोप के 60 प्रतिशत के टेलीकॉम नेटवर्क का प्रबंधन करती है।"

"क्या तुम्हें पता है कि शांगटेल में सबसे बड़ा निजी शेयर किसका है?" रूपेश ने पूछा।

सिद्धार्थ जानता है कि यह प्रश्न सजा-सँवारकर पेश किया गया है। वह बोला, "जी, क्राउन प्रिंस।"

रूपेश मुसकराया। "आगे बताओ?"

"भारत में शांगटेल की मौजूदगी से तीन बड़े जोखिम पैदा होंगे—चीनी राष्ट्र से हमारे देश को, चीनी कंपनियों से हमारी कंपनियों को और अंत में चीनी नागरिकों से हमारे नागरिकों को। कृपया ध्यान दें, चीनी राष्ट्रपति की जानकारी के बिना उनके देश में पत्ता तक नहीं हिलता। यह बात पूरी तरह से स्पष्ट है कि सभी चीनी कंपनियाँ और लोग चीन की इंटेलिजेंस एजेंसियों की मदद करने के लिए कानूनी रूप से वचनबद्ध हैं। नेशनल इंटेलिजेंस लॉ या एन.आई.एल. के अनुसार, यह नियम बनाया गया है। यह नियम हर चीनी कंपनी पर लागू होता है, चाहे वह कहीं से भी काम क्यों न कर रही हो!"

रूपेश हँसने लगा, "मि. पाटनकर, मुझे समझ आ गया। आपके लिए चीन हमारा दुश्मन है और अमेरिका हमारा दोस्त है।"

"जी सर, यह सही है, जैसा कि मि. मिहिर कोठारी को भी लगता था।"

एक बार फिर मिहिर का नाम आया। रूपेश अपनी सीट पर बेचैनी से पलटा और सिद्धार्थ को आगे बोलने का इशारा किया।

"हालाँकि, कोई संदेह नहीं कि आर्थिक अंतर्निर्भरता ने भारत और चीन के बीच एक तनावपूर्ण शांति का माहौल बनाया है; लेकिन यह भी सच है कि चीन लगातार आक्रामक रवैया रखते हुए कोई-न-कोई परेशानी खड़ी करता रहता है।"

"बेहतर होगा कि हम विदेश नीति को दूसरों पर छोड़कर 5जी की ही बात करें। ठीक है न? भारत ने शांगटेल या इसकी किसी भी सहायक कंपनी पर प्रतिबंध नहीं लगाया।"

"हाँ, सच है। लेकिन यह भी सच है कि चीन एक निगरानी राष्ट्र है, वह न केवल जासूसी को बढ़ावा देता है, बल्कि चाहता भी है। कंपनियों के पास यह मानने के सिवा कोई चारा नहीं होता। हाल ही में एक ब्लूमबर्ग रिपोर्ट से पता चला कि चीन ने किस तरह एप्पल और अमेजॉन जैसी बड़ी अमेरिकी कंपनियों में घुसपैठ की। भारत के मामले में तो यह संभावना और भी अधिक है। हमने

एक युद्ध लड़ा है। हमारे देश अलग तरह से काम करते हैं। हमारे आदर्श पूरी तरह से विपरीत हैं। चीन हमें नुकसान पहुँचाना चाहता है, हर मोरचे पर हानि करना चाहता है और वह अपनी कंपनियों को इस युद्ध में धकेलने से पहले एक बार सोचेगा तक नहीं।"

"तो हम 5जी के देसी मोरचे पर कैसा प्रदर्शन कर रहे हैं?"

"बेशक, हम चीन के मुकाबले बहुत पीछे हैं; हालाँकि, कुछ छोटे-छोटे कदम उठाए गए हैं। इस दिशा में कुछ विकास हो रहा है, जिसमें मुख्य रूप से आई.आई.टी., मद्रास की गतिविधियाँ शामिल हैं। अन्य चीजों के बीच वे मल्टीपल-इनपुट, मल्टीपल-आउटपुट डेंस नेटवर्क या एम.आई.एम.ओ. और वायरलेस समाधानों पर काम कर रहे हैं, जो भारत की वित्तीय क्षेत्र में होने वाली बदलती गतिशीलता के आधार पर विशेष रूप से तैयार किए गए हैं।"

"बात को दो शब्दों में समेटने का समय आ गया है।" रूपेश ने कहा।

सिद्धार्थ ने हामी भरी। "मैं साफ शब्दों में बताना चाहूँगा कि भारत अपने टेक और इन्फ्रा ढाँचे में चीनी मौजूदगी सहन नहीं कर सकता। हमें बीजिंग की मंशा को ध्यान में रखकर ही अपनी नीतियों पर काम करना चाहिए। हो सकता है कि अभी यूद्ध के कोई आसार न हों, पर युद्ध के बादल मँडराने लगे हैं। वैसे भी, अगर भारत ने शांगटेल को प्रतिबंधित किया तो वह अकेला नहीं होगा। एक पूरा राष्ट्रवाद भारत के हक में है, जिसके अधीन न केवल कंपनियाँ, बल्कि ग्राहक और निवेशक भी शांगटेल का इस्तेमाल करने वाले ऑपरेटर का साथ नहीं देंगे। जब भारत की इकोनॉमी बढ़ेगी और चीन से इसका अंतर कम होगा, तब नए अवसर सामने होंगे। कौन जाने, यह सच ही हो जाए!"

रूपेश ने अपना गिलास उठाया। "थैंक्स, सिद्धार्थ! आपसे बात करके मेरी जानकारी बढ़ी। कौन जाने, सच में!"

सिद्धार्थ ने सिर हिलाया।

रूपेश आगे बोला, "अब मैं जो जानता हूँ, वह यह है। मैं एक घंटे से भी कम समय में क्राउन प्रिंस के साथ एक एम.ओ.यू. पर साइन करने जा रहा हूँ; और चीनी टेलीकॉम के साथ एक गुप्त समझौता सत्यापित होगा, जिसकी पुष्टि क्राउन प्रिंस ने की है।"

"किस बारे में, मि. कोठारी ?" सिद्धार्थ ने पूछा।

"चीन कोठारी टेलीकॉम को चीन में अप्रतिबंधित प्रवेश की इजाजत देगा और मैं यह देखूँगा कि शांगटेल भारतीय 5जी स्पेस में कदम रख सके।"

सिद्धार्थ दंग रह गया।

रूपेश आगे बोला, "और मैं एक और बात जानता हूँ। तुम आने वाले शनिवार को एक आलेख प्रकाशित करोगे, जिसमें शांगटेल के भारतीय 5जी स्पेस में प्रवेश की जमकर वकालत होगी। फिर हम मिलकर टेलीकॉम मिनिस्टर से मीटिंग करेंगे और राज्यसभा चयन समिति के लिए दस्तावेज तैयार करेंगे।"

सिद्धार्थ कुछ कहने के लिए शब्द खोज रहा है। उसका सिर चकराने लगा। उसने किसी तरह साहस बटोरा और कहा, "मि. कोठारी, यह नामुमकिन है। मैं ऐसा कभी नहीं करूँगा।"

"ओह, तुम जरूर करोगे। हर इनसान की एक कीमत होती है। तुम्हारी क्या कीमत है ?"

सिद्धार्थ ने रूपेश को तिरस्कार से देखा। "मैंने पिछला पूरा एक घंटा आपको यही समझाने में लगाया कि मैं इसके खिलाफ हूँ। सॉरी! आप मुझे नहीं जानते।"

"ओह, यह तो तुमने पते की बात कही।" रूपेश मुसकराया, "मैं तुम्हें नहीं जानता। पर बदनसीबी से जगत अच्छी तरह जानता है।"

इशारा मिलते ही जगत विरमानी ने फोन पर एक वीडियो क्लिप खोलकर सिद्धार्थ को दिखाई और आवाज बढ़ा दी।

सिद्धार्थ की जैसे पूरी दुनिया पल भर में तबाह हो गई। वह मारे गुस्से के काँपने लगा। पर उस गुस्से में डर भी शामिल था। उसने अपना चेहरा घुमा लिया।

रूपेश विरमानी की ओर मुड़ा—"तुमने उसका क्या नाम बताया था ?"

"राधा।" विरमानी बोला।

रूपेश ने उँगलियों से मेज थपथपाई। "ओह, हाँ, राधा। वह तो बहुत सिसकारियाँ भरती है, है न ? क्या तुम्हें नहीं लगता कि मिसेज पाटनकर इस क्लिप को देखना चाहेंगी ? अखबार और टी.वी. चैनल तो इसमें शामिल ही हैं।"

"बस करिए।" सिद्धार्थ ने आग्रह किया, "मैं वही करूँगा, जो आप कहेंगे।"

"अच्छी बात है।" रूपेश हँसा, "और मेरा विश्वास करो, ये जो आहें सुनाई दे रही थीं, ऐसी और भी आहें हमारे पास हैं।"

सिद्धार्थ ने अपना चेहरा हाथों में छिपा लिया।

"और अब, माफ करना, मुझे एम.ओ.यू. ड्राफ्ट पर काम करने जाना है। वैसे, मेरी ओर से तुम्हारे काम के लिए यह छोटा सा इनाम। तुमने बड़े अच्छे तरीके से एम.आर.एफ. को सँभाला। तुमसे मिलकर अच्छा लगा।" उसने उसे एक बॉक्स थमा दिया।

सिद्धार्थ मेज से उठ गया। वह अब विमान के पिछले हिस्से में जाते हुए काँप और लड़खड़ा रहा था। वह वहीं सीट पर ढेर हो गया और बड़ी देर तक हाथ में लिये बॉक्स को ताकता रहा।

फिर उसने डिब्बे का ढक्कन खोला। उसमें एक रॉलेक्स जगमगा रही थी।

□

8

दरवाजे की घंटी बजी तो इंस्पेक्टर आप्टे अपनी स्टडी में था। डिनर हो गया था और वह हमेशा की तरह अपनी पत्नी के साथ सास-बहू सीरियल देख चुका था। उसकी पत्नी को उसके बीच में से उठने का पता भी नहीं चलता था। वह हमेशा अपने रुटीन के हिसाब से चलता। वह चाय बनाकर अपनी स्टडी में आ गया, जहाँ उसके अलावा किसी को आने की इजाजत नहीं है। स्टडी को ऑपरेशन सेंटर में बदल दिया गया है। वन-मैन टास्क फोर्स! फ्लो चार्ट, लोगों एवं संदेहास्पद लोगों के नाम, उनकी तसवीरें और मेज पर बिछी अखबारों की कतरनें। आप्टे वहीं बैठा उन्हें देख रहा था। वह उनके साथ घंटों बिताया करता है। ऑफिस से आने के बाद उसका यही काम होता है। आज वह पिछले दिन की सुनवाई के नोट्स देखने वाला है, जब राजीव मेहरा को सजा सुनाई गई थी। वह घंटी की आवाज पर खीझ पड़ा और अपनी पत्नी को दरवाजा खोलने के लिए कहा। वह वहीं से चिल्लाकर बोली कि वह कोई काम कर रही है। आप्टे खीझते हुए दरवाजा खोलने निकला।

"बाहर एक आदमी खड़ा है। वह राजीव मेहरा है।"

आप्टे ने उसे झाड़ीनुमा दाढ़ी के बावजूद झट से पहचान लिया। उसकी आँखें! पिछले कुछ महीनों में आप्टे ने उन नजरों को कई बार देखा है। राजीव की नजरों में दया झलकती है, अपराध-बोध नहीं। उसे देखकर ही आप्टे उलझन में आ जाता है। और अब वह राजीव मेहरा के आगे खड़ा है और वे एक-दूसरे को देख रहे हैं। उनके बीच कोई बात नहीं हुई। आप्टे एक ओर हटा और उसे अंदर आने दिया। उसकी पत्नी ने चिल्लाकर पूछा कि बाहर कौन था? उसने असंगत-से स्वर

में उत्तर दिया और राजीव को सीधा अपनी स्टडी में ले गया। उसने राजीव को उस इकलौती कुरसी पर बैठने को कहा और खुद उस पैनल की टेक लगा ली, जिस पर फ्लो चार्ट व फोटो लगाए गए थे। वे फिर से एक-दूसरे को देखने लगे। एक मिनट तक कोई बात नहीं हुई। जब चुप्पी असहनीय होने लगी तो आप्टे ने कहा—

"मेरे पास क्यों आए हो ?" उसने अपनी जानी-पहचानी टोन में पूछा।

"मैंने मिहिर को नहीं मारा। तुम्हारे पास आया हूँ, क्योंकि तुम जानते हो कि मैंने उसे नहीं मारा।"

"और तुम ऐसा क्यों सोचते हो ?"

"क्या तुम इनकार कर रहे हो ?"

"सवाल तुम नहीं, मैं पूछ रहा हूँ।"

"तुमने केस बंद होने के बाद इमैनुएल से बात की, मेरे मृतक घोषित होने के बाद भी। क्यों ?"

आप्टे दंग रह गया। वह पता लगाने की कोशिश में था कि राजीव को यह कैसे पता चला ? राजीव ने उसके कुछ कहने का इंतजार नहीं किया। वह जानता है कि आप्टे ने मान लिया है।

"इंस्पेक्टर आप्टे, तुम्हें पता है कि मैंने मिहिर को नहीं मारा। तुम्हें पहले से पता था, शायद पहले दिन से पता था। अगर मैंने गलत कहा है तो बोलो ?"

आप्टे पैनल से हटा और फिर टेक लगा ली।

"मैं सबूत के हिसाब से चलता हूँ। जो देखता हूँ, उस पर भरोसा करता हूँ।"

"और तुमने क्या देखा था ?, कोठारियों ने नकली रसीदें और पत्र तैयार करवाए, ताकि मेरे हत्या के मकसद को दिखाया जा सके ?"

आप्टे कुछ देर चुप रहा। "यह तुम्हारा मानना है।"

"अच्छा !"

"हम्म, क्या तुमने सबूत के लिए कोर्ट में कुछ कहा ?"

अब राजीव के चुप होने की बारी थी। उसने किसी तरह खुद को सँभाला। "देखो इंस्पेक्टर, मैं तुम्हें दोष देने नहीं आया, तुम्हारी मदद लेने आया हूँ, बल्कि मुझे पता है, तुम्हें मालूम है कि मैंने मिहिर को नहीं मारा। मेरी मदद करो।"

आप्टे भावुक हो गया, पर उसने अपना चेहरा सपाट बनाए रखा। "मैंने कहा न कि मैं सबूतों पर चलता हूँ। क्या तुम इस बात से इनकार कर सकते हो कि तुमने ही सूफ्ले में साइनाइड मिलाया ? क्या सी.सी.टी.वी. फुटेज झूठ बोल रही हैं ? क्या तुम इस बात से इनकार करते हो कि उस दिन शाम को कमरे से तुम निकले और फुटेज पर सबकुछ रिकॉर्ड हुआ ? क्या तुम यह नहीं मानते कि तुमने अपनी कलाई चीरकर अपनी जान लेनी चाही ?"

"नहीं, मैं कह नहीं सकता।" राजीव मायूस हो गया। "पर इतना पता है कि कुछ गलत हुआ है; वरना तुम केस बंद होने के बाद इमैनुएल को कॉल क्यों करते ?"

आप्टे ने अपनी चाय का घूँट भरा। कमरे में घड़ी की टिक-टिक और चाय की चुस्कियों के अलावा कुछ सुनाई नहीं दे रहा। उसने कप को मेज पर रखा और उसके चेहरे के भाव बदल गए। "राजीव, अब तुम्हें सच बताने का समय आ गया है। हम्म, इस केस में कुछ तो गलत है। कुछ बातें बड़ी अजीब लग रही हैं; पर अभी कुछ कह नहीं सकता।"

"जैसे ?" राजीव ने पूछा।

आप्टे ने डेस्कटॉप की स्क्रीन अनलॉक की और सी.सी.टी.वी. फुटेज निकाली। "यह देखो।" उसने पेंसिल से एक पैनल की ओर संकेत किया, तुमने महाराजा सुइट में सुबह 11.35 पर प्रवेश किया और 11.41 पर बाहर आए, और 7.15 पर फिर से बाहर आए। ऐसा कैसे हो गया कि सुइट में एक ही बार गए और दो बार बाहर आए ?"

राजीव कुछ नहीं कह सका। वह मुँह खोले बैठा था। उसने काँपते हाथों से बालों में हाथ फिराया। उसने कृतज्ञ नजरों से आप्टे को देखा। चेहरे पर राहत नजर आई, बहुत सी राहत। अब उसे पता है कि आप्टे ने जान लिया है, राजीव हत्यारा नहीं है।

"रुको," आप्टे ने राजीव का मन पढ़ते हुए कहा, "अभी अपना दिमाग मत लगाओ। मैं बताता हूँ कि यह कैसे संभव हुआ होगा ?"

"यह संभव हो ही नहीं सकता।"

"क्या सुइट में ऐसा कोई दरवाजा या बाहर जाने का रास्ता था, जो कैमरे की नजर में नहीं आ सकता था ?"

"नहीं, बेशक नहीं था।" राजीव ने सिर हिलाया, "और तुम्हें भी तो पता है। तुम भी तो वहीं थे।"

"फिर कैसे? यह देखो!" आप्टे ने 11.41 बजे और 7.15 बजे वाली फुटेज फिर से दिखाई। "इन दोनों में ही तुम नहीं हो।"

राजीव ने आगे झुककर ध्यान से देखा। "यह मैं ही हूँ।" फिर वह कुरसी में पीछे धँस गया।

"मैं पूरे एक सप्ताह से यही दिमाग लगा रहा था। ऐसा कैसे हो सकता है? एक बार ही अंदर गए और दो बार बाहर आए?"

राजीव ने मायूसी से अपना चेहरा ढँक लिया और फिर आप्टे को देखकर बोला, "यह भी हो सकता है…"

"क्या?" आप्टे ने पूछा।

"क्या यह हो सकता है कि 7.15 पर बाहर आने वाला मैं नहीं, कोई मेरा हमशक्ल या बहुरूपिया रहा हो?"

"जब तुम ही आने और जाने वाले आदमी में फर्क नहीं कर पा रहे तो कोई और कैसे मानेगा?"

"रुको। अगर 7.15 पर निकलने वाले ने मास्क पहना हो तो?"

"फिर से कहो।" आप्टे भौचक्का था।

"सुनने में अजीब लगेगा, पर हाइपर रियल मास्क भी होते हैं आजकल।"

"बस, यही सुनना रह गया था। इस समय मुझे वही चाहिए!" आप्टे ने व्यंग्य में कहा।

"मजाक नहीं कर रहा। एक साल पहले किसी ने हाइपर रियल लेटेक्स मास्क पहनकर फ्रेंच डिफेंस मंत्री का चेहरा बना लिया था। वह आगा खान को करोड़ों की चपत लगाने में कामयाब रहा। तकनीक में इतना सुधार आ गया है कि कोई इनसान पता नहीं लगा सकता कि वह चेहरा असली है या एच.आर.एल. से बना है! एच.आर.एल. मास्क मिशन इंपॉसिबल अवतार से कहीं अधिक परिष्कृत है।"

"समझ नहीं आ रहा कि क्या कहा जाए! तसवीरें तो झूठ नहीं बोलतीं।"

आप्टे ने कहा, "अगर यह सच में मास्क है तो वाकई कमाल है! मास्टरपीस है। ऐसा कमाल कौन दिखा सकता है?"

"कोई ऐसा, जिसे मेरे चेहरे और खोपड़ी का बारीक-से-बारीक आयाम पता है; जो मेरे रोमकूपों और बालों के फॉलिकल तक के बारे में जानता है!"

"और वह तो तुम ही हो सकते हो।" आप्टे बोला।

"मैं और एप्पलबॉय।" राजीव ने कहा।

"कौन?"

"तुसाद संग्रहालय में प्रमुख विशेषज्ञ।"

"आगे बोलो।"

"पता नहीं, तुम जानते हो या नहीं। लंदन के तुसाद संग्रहालय में मेरा मोम का पुतला लगा है।"

"मुझे पता नहीं था।"

"हम्म! और उसे मेरे चेहरे व सिर को हू-ब-हू उतारने के लिए मैंने बीस सिटिंग का समय दिया था। मेरे सिर के बालों और रंग से लेकर एक-एक झुर्री का हिसाब उसके पास है।"

"तुम कहना क्या चाहते हो?" आप्टे ने पूछा।

"मैं यही कह रहा था कि अगर किसी ने मेरा हाइपर रियल मास्क बनाया है तो यह वही हो सकता है।"

"तुम्हारे पास उसका नंबर है?"

"पहले होता था। याद नहीं है। गूगल कर सकते हैं।"

"आगे बढ़ो।" आप्टे ने कहा।

राजीव ने गूगल खोलकर तुसाद संग्रहालय के साथ 'एप्पलबॉय' का नाम डाला। उसकी तसवीर और लिंक्स आ गए।

"यह रहा।" राजीव बोला।

आप्टे ने पास आकर देखा—"इस जगह का नंबर लगाओ।"

"मेरे पास फोन नहीं है।" राजीव बोला।

आप्टे ने राजीव को घूरने के बाद नंबर मिलाया। संग्रहालय बंद होने वाला होगा। दूसरी ओर से फोन बजने लगा। आप्टे ने एप्पलबॉय से बात करवाने को

कहा तो उधर का स्वर गमगीन हो गया—"सॉरी सर, वे तो अब नहीं रहे। घर में लगी आग में उनकी जान चली गई।"

"सुनकर बुरा लगा। यह सब कब हुआ?" आप्टे ने पूछा।

"तीन सप्ताह पहले। क्या मैं कोई और मदद कर सकता हूँ?"

"नहीं, धन्यवाद!" आप्टे ने कहा और फोन काट दिया। उसने राजीव को देखा।

"एप्पलबॉय नहीं रहा।"

राजीव दंग रह गया। "पहले इमैनुएल और अब एप्पलबॉय! क्या तुम्हें अब भी लगता है कि मैंने मिहिर को मारा है?"

"सबूत और गवाह।" आप्टे बोला, "मैं सबूतों और गवाहों के अनुसार चलता हूँ। अगर तुम बेगुनाह हो तो हमें साबित करने के लिए सबूत चाहिए। हमें असली कातिल का पता लगाना होगा।"

राजीव को 'हमें' शब्द सुनकर राहत मिली। वह बोला, "इंस्पेक्टर आप्टे, आपसे मिलने आने का विचार बुरा नहीं था। मेरा अनुमान सही निकला। धन्यवाद!"

"धन्यवाद कैसा? हमें अभी प्रत्यक्ष सबूत के तौर पर कुछ हाथ नहीं लगा।"

"पर शुरुआत तो हुई।" राजीव बोला, "हम दोनों जानते हैं कि यह काम मैंने नहीं किया। हम दोनों जानते हैं कि कुछ तो गलत है! हमारा अगला कदम क्या होगा?"

इससे पहले कि आप्टे कुछ कहता, बाहर से आहट सुनाई दी। उसने दरवाजे को थोड़ा सा खोलकर देखा, उसकी पत्नी खड़ी थी।

"मुझे कुछ आवाजें सुनाई दीं।" उसने कौतूहल से अंदर देखा।

आप्टे ने दरवाजा खोल दिया। "अंदर आओ।" वह बोला, "तुम्हें कुछ बताना है। यह राजीव मेहरा है।"

राजीव मुड़ा और कुरसी से उठा। मिसेज आप्टे दंग होकर एक कदम पीछे हो गई। "पर ये तो···ये तो मर नहीं गए थे?"

"रोहिणी, शांत हो जाओ।" आप्टे ने पत्नी के कंधे पर हाथ रखा—"वह एक झूठ था, मुंबई पुलिस का बनाया झूठ!"

आप्टे ने अपनी पत्नी को थोड़ा-बहुत बता दिया। "राजीव यहीं रहेगा। तुम किसी से—किसी से भी इसके बारे में बात नहीं करोगी। सुन रही हो न?"

रोहिणी ने सिर हिलाया। उसने कनखियों से राजीव को देखने के बाद नजरें झुका लीं।

"यह यहीं, मेरी स्टडी में सोया करेगा। सुनो रोहिणी, मुझे देखो। मेरा मानना है किं राजीव ने वह हत्या नहीं की।"

"पर आपने ही तो जज से कहा था कि राजीव हत्यारा है!" रोहिणी बोली।

"मैंने कहा था, पर उस समय सबूत यही कह रहे थे। अब मामला कुछ और लग रहा है। हमें इसे साबित करना होगा और हमें पता लगाना होगा कि मिहिर को किसने मारा? हर चीज सामान्य रखो, जैसे तुम रोज करती हो। राजीव को तब तक यहीं रहना है, जब तक मैं कोई और व्यवस्था नहीं देखता। वह यहीं सुरक्षित है। अब एक मिनट दो। तुमसे ऊपर मिलता हूँ।"

रोहिणी ने अनिश्चय से सिर हिलाया।

जब राजीव और आप्टे अकेले रह गए तो आप्टे ने सोफे को खींचकर पलंग में बदल दिया। उसने गद्‌दे को थपथपाकर कंबल रखा और कहा, "आराम से सोना। अगर चाहो तो फ्लो चार्ट और तसवीरें देख सकते हो। अगर कुछ समझ आए तो बताना।"

राजीव ने सिर हिलाया।

"और एक काम करना। उस दिन की सारी सी.सी.टी.वी. फुटेज देखो। तुम कल सुबह से शुरू कर सकते हो। अब आराम करो। घर या कमरे से बाहर मत जाना। गुड नाइट।"

राजीव ने आप्टे का हाथ थामा और धन्यवाद देते हुए दबाया।

"बाद में, अभी तो हमने शुरुआत की है।" वह बाहर निकल गया और राजीव वहीं खड़ा रहा।

□

सब-इंस्पेक्टर नायर फोन पर बात करते हुए मुंबई पुलिस मुख्यालय की अंडरग्राउंड कार पार्किंग की ओर बढ़ा। वह अच्छे मूड में है और काम खत्म होने से मन शांत है। वह पिछले सप्ताह से स्टाफ कम होने की वजह से ओवरटाइम कर रहा था। आधी रात होने को है। उसकी कार सुनसान-सी खड़ी है। एक कुत्ता वहीं मौजूद था, जो उसकी तेज आवाज से चौंक गया। वह कार में बैठा और फोन को कान

के नीचे दबाकर कार स्टार्ट की। "हाँ, मिलते हैं शाम को।" उसने कहा और फोन काट दिया। फिर उसने संगीत चालू कर दिया। किशोर कुमार की सुरीली आवाज कानों में गूँजने लगी। इससे पहले कि नायर कार को गीयर में डालता, एक स्टील का तार उसके गले में आ लिपटा। नायर ने अपने बाजू पटके और साँस लेने के लिए हाँफने लगा। पर पकड़ मजबूत थी। पीछे से तार कसनेवाले आदमी की पकड़ और कसती चली गई। वह पुलिस की वरदी में है। उसने अपने दाएँ हाथ से रम की बोतल निकाली और साँस लेने के लिए छटपटा रहे नायर के गले में शराब उड़ेल दी।

"तुमने ताज सी.डी. क्यों ली ?" उस आदमी ने पूछा।

नायर का चेहरा बैंगनी हो गया था। आँखें बाहर आने को हो रही थीं। वह अब भी उस तार को हटाने की नाकाम कोशिश में है।

"मुझे बता, तूने सी.डी. क्यों ली ?" उस आदमी ने दोहराया।

कुछ और सेकंड बीते। उस आदमी की ढीली पकड़ ने नायर को बोलने की इजाजत दी; पर वह चाहकर भी बोल नहीं सका। उसने खून उगला और मर गया। उस आदमी ने नायर को हिलाना चाहा, पर वह मर चुका था। शरीर आगे को झुका और सिर छाती पर आ गया। उस आदमी ने गाली बकी और कार में नायर की सीट पर आ गया। उसने किसी तरह नायर को साथ वाली सीट पर बिठा दिया। फिर उसने नायर की और अपनी टोपी सीधी की। उसने कार को गीयर में डाला और चलाकर ले गया।

उसे सुनसान रेड लाइट इलाके में आने में दस मिनट लगे होंगे। उसने कार को रोककर थोड़ी रम नायर पर डाली, बाकी बोतल कार में फेंककर कार से बाहर आया और आराम से दरवाजा बंद कर दिया।

फिर उसने अपनी घड़ी देखी, रात के 1.30 बज रहे थे। उसने अपनी बाजू नीचे की और कलाई हिलाई। रॉलेक्स का नीला डायल सड़क से आती रोशनी में जगमगा उठा।

□

दरवाजे पर खट-खट की आवाज सुनाई दी। रोहिणी पोहे व चाय का नाश्ता लाई थी। राजीव ने उसे शुक्रिया कहा। फिर वे आपस में बातें करने लगे।

"अगर आपको कुछ भी चाहिए हो तो मुझे बताना।" रोहिणी बोली।

"मैं आपको बता दूँगा।" राजीव ने सिर हिलाया।

रोहिणी ने स्टडी को ध्यान से देखा। पलंग को सोफे में बदल दिया गया था। परदे खिंचे हुए थे। वह खिड़की के पास आई और थोड़ा सा परदा हटा दिया। "पता नहीं, मेरे पति ने आपको इस कमरे में रहने को क्यों कहा?" वह बोली, "पर आप चाहें तो ऊपर आकर टी.वी. देख सकते हैं या फिर, कुछ चाहिए हो तो आप सीधा रसोई में आ जाना।"

"धन्यवाद। आपकी मेहरबानी।" राजीव बोला।

"आप चाहें तो मुझे कुछ रेसिपीज भी सिखा सकते हैं।" रोहिणी मुसकराई।

राजीव भी मुसकराया। "शायद इस मामले में आप मुझसे ज्यादा ही जानती होंगी। महाराष्ट्र के व्यंजन मुझे बहुत भाते हैं।"

"तो आज आपको मराठी लंच करवाती हूँ।" रोहिणी ने कहा।

"मैं इंतजार करूँगा।" रोहिणी जाने लगी तो राजीव मुसकराया।

दोपहर तक राजीव की आँखें लगातार स्क्रीन देखने से थक गई थीं। वह सुबह 7 बजे से सी.सी.टी.वी. देख रहा था। वह एक-एक फुटेज को अच्छी तरह देख रहा था। वह नहीं चाहता था कि कोई भी अहम चीज छूटे। बड़ा समय लग रहा था। अभी वह उसी जगह तक आया था, जब रिसेप्शन के मैनेजर ने उसका स्वागत करके उसे महाराजा सुइट दिखाया था। राजीव ने उसाँस भरते हुए चाय के प्याले से चुस्की ली। उसने बाजुएँ फैलाईं और अँगड़ाई लेकर फिर से फ़ुटेज देखने लगा।

लंच के समय रोहिणी ने उसे आगे वाले कमरे में खाने के लिए बुला लिया। उसके लिए महाराष्ट्र के व्यंजन तैयार किए गए थे। राजीव यह देखकर हैरान रह गया और उसने रोहिणी से कहा कि उसे जलन हो रही है कि वह ये सब चीजें नहीं पका सकता! माहौल में बहुत सहजता थी। राजीव को अच्छा लगा। महीनों बाद वह किसी से हँस-बोल रहा था। जैसे मन से बोझ-सा उतर गया। उन्होंने खाना, दोस्ती और रिश्तों की बातें कीं। रोहिणी ने राजीव को बताया कि वह उसके साथ इतनी सहजता से बात क्यों कर पा रही थी। असल में, कल आप्टे उसे बता चुका था कि राजीव ने कोठारी की जान नहीं ली थी। वह बोली, "मैं उन पर यकीन रखती हूँ, इसलिए आप पर भी यकीन है।"

"शुक्रिया।" राजीव बोला।

रोहिणी को भी राजीव का घर में होना अच्छा लग रहा था। कम-से-कम दिन में बात करने के लिए तो कोई मिला! "आप डिनर में क्या लेंगे?" उसने पूछा।

"अरे, आप भी हद करती हैं। इतना खाने के बाद कोई डिनर के बारे में सोच भी कैसे सकता है?" राजीव बोला।

वे दिल खोलकर हँसे।

"आपकी शादी हो गई?" रोहिणी ने पूछा।

"नहीं।" वह बोला, "एक शादीशुदा लड़की से प्यार हो गया था।"

रोहिणी ने उसे दिलासा देनी चाही—"यह तो बुरा हुआ। आप जो भी पकाते हैं, वह उनके लिए है, जो आपको प्यार नहीं करते।"

"एक तरह से सच ही है।" राजीव रोहिणी का नजरिया देखकर हैरान था।

रोहिणी मुसकराई। "जरा सोचें कि अगर आप किसी ऐसे इनसान के लिए खाना बनाते, जिसे आप चाहते हों तो आपका खाना और कितना कमाल बनता!"

यह बात राजीव को तीर की तरह लगी। "शायद आपने ठीक कहा। मैंने कभी इस तरह से सोचा ही नहीं। आप कहना चाहती हैं कि मेरी कुकिंग में से प्यार की सजावट गायब है?"

"आप ऐसे भी कह सकते हैं।" रोहिणी हँसने लगी, "क्या आपने कभी अपनी प्रिया के लिए कुछ पकाया?"

राजीव शांत हो गया। "एक बार।" फिर वह कुछ देर बाद बोला।

"वह क्या था?"

"सूफ्ले।" राजीव ने बोल तो दिया, पर फिर चुप लगा गया।

रोहिणी ने उसके भाव को अनसुना कर दिया। "और क्या उसने आपसे प्यार करने से पहले उसे चखा था?"

"हम्म!"

"तो दूसरी बार आपने और बेहतर बनाया?"

"अरे, हाँ!"

राजीव को नीलिमा की प्रतिक्रिया याद आ गई। वह तो दीवानी हो गई थी।

"यह हुई न बात!"

"सच में, आप इतना स्वादिष्ट खाना बनाती हैं। आप कहना चाहती हैं कि अगर आपने किसी प्रिय···तो यह खाना और बेहतर होता।"

"हाँ।" रोहिणी ने राजीव की बात पूरी होने से पहले ही कहा, "अगर यह सब दयानंद के लिए बनता तो और भी···पर इसमें भी एक झोल है।"

"वह क्या ?"

"वह बीस साल पुरानी बात है, जब मैं दयानंद को दीवानों की तरह चाहती थी। अब मैं दयानंद को केवल चाहती हूँ।"

"समझा।"

"प्यार के भी तो रूप होते हैं। 'प्यार में दीवाने' से 'प्यार में हो जाना', जैसे दोस्त के साथ होते हैं। कुछ समय बाद पति भी वैसा ही हो जाता है।"

"आप ही बता सकती हैं। मैं नहीं जानता।"

"मतलब आप अब भी पहले की तरह प्यार में दीवाने हैं ?"

"हाँ। पर हो सकता है कि उसके साथ रहने को मिलता तो शायद हम भी प्यार में जीते हुए दोस्त बन जाते।"

"इससे कुछ नहीं बदलता। आप फिर भी उसके लिए जान देने को तैयार रहते, जैसे मैं दया के लिए कर सकती हूँ।"

"बेशक।"

उनकी बातचीत में बाधा आ गई। "मैं चलता हूँ। काम के लिए देरी हो रही है।" राजीव ने उठते हुए कहा।

"जी। मैं आपको डिनर के समय मिलूँगी। हालाँकि, उनके सामने इस तरह की बातें नहीं हो सकेंगी।"

राजीव हँस दिया। "आप्टे थोड़ा संजीदा इनसान है, है न ?"

रोहिणी भी हँस दी। "हाँ, आधी बातें तो आँखों से ही करते हैं।"

"और बाकी आधी ?"

"कुछ नहीं बोलते। पुलिसिया आदत। शायद जानकारी बटोरने का यही तरीका अपनाते हैं।"

राजीव मुसकराया। "मिसेज आप्टे, बहुत-बहुत शुक्रिया! महीनों बाद इतना मजा आया।"

"मुझे पता है। कुछ भी चाहिए तो बेझिझक बताना।" रोहिणी बोली।

स्टडी में जाते ही राजीव फुटेज देखने में दोबारा जुट गया। दोपहर शाम में बदल गई, पर परदे अब भी खिंचे हुए हैं। राजीव को समय का अंदाजा ही नहीं रहा। उसकी आँखें थकी हुई थीं और उनमें पानी आने लगा है। जब भी आराम करने का मन करता है तो वह अपने आप से कहता है, 'बस, थोड़ा सा और। जिंदगी और मौत के फैसले टी ब्रेक में नहीं निपटाए जा सकते।'

और फिर, जैसे अचानक कुछ सामने आ गया!

फुटेज में वह सीन आया, जब हाउसकीपिंग का आदमी चौथी मंजिल के गलियारे से महाराजा सुइट की ओर ट्रॉली लाता है। जब वह कमरे में जाता है तो उसके कुछ मिनट बाद ही ठीक 7 बजकर 8 मिनट पर कोई राजीव जैसा आदमी कमरे से बाहर आता है।

राजीव ने उस सीन को रिवाइंड किया। जब हाउसकीपिंग वाला कमरे में जा रहा था तो यह बात वकील और आप्टे ने क्यों नहीं देखी? जो इनसान हाउसकीपिंग के लिए गया था, उसका और उसके सामान का क्या हुआ? उनमें से कोई बाहर नहीं आया?

राजीव दंग रह गया। उसके पूरे शरीर में सिहरन-सी दौड़ गई। सिर चकराने लगा। उनसे इतनी बड़ी चूक कैसे हो गई? वह जानता है कि कैसे? वे लोग राजीव पर ध्यान दे रहे थे, इसलिए बाकी सारी फुटेज की बारीकियों पर ध्यान नहीं था। उन्होंने राजीव को ही कमरे से बाहर आते हुए देखा। किसी ने नहीं सोचा कि हाउसकीपिंग वाला जो आदमी कमरे में गया था, वह बाहर क्यों नहीं आया?

राजीव ने उस फ्रेम को बड़ा करके देखा। उस आदमी की पीठ ही दिख रही थी। उसने फुटेज को कई बार आगे-पीछे करते हुए वह सीन देखा, जब हाउसकीपिंग वाला आदमी कमरे में कार्ड स्वाइप करके अंदर जा रहा था। उसने इमेज को बड़ा किया। अब वह साफ देख सकता है—नेवी ब्लू रंग का डायल। वह तो पहले भी कहीं देखा था। पर किस जगह? वह उस सीन को ताकता रहा। किस जगह? उसने दिमाग पर जोर डाला।

और उसे याद आ गया। वह झट से उठकर बाहर भागा। वह रोहिणी के पास चला गया, जो किचन में खाना बना रही थी।

"क्या आप मेरे लिए इंस्पेक्टर आप्टे को कॉल कर सकती हैं?" राजीव ने अपना उत्साह दबाते हुए कहा।

"जरूर।" रोहिणी बोली, "वे आते ही होंगे।" उसने आप्टे का नंबर मिलाकर राजीव को दे दिया।

आप्टे को लगा कि रोहिणी ने कॉल की है।

"अब क्या है? गाड़ी चला रहा हूँ।" उसने खीझकर कहा, "बस, जल्दी घर आ रहा हूँ।"

"इंस्पेक्टर, राजीव बोल रहा हूँ।"

आप्टे खिसिया-सा गया—"ओह, कहो।"

"मुझे लगता है कि मुझे पता है, हत्यारा कौन है!"

आप्टे ने अचानक ब्रेक पैडल दबाया। "कौन?"

"नाम नहीं पता; पर हम पता लगा सकते हैं।" राजीव बोला।

"मैं पंद्रह मिनट में आया। फिर बात करेंगे।" आप्टे ने राजीव के बाय करने से पहले ही कॉल डिस्कनेक्ट कर दी।

राजीव ने रोहिणी को फोन दिया और स्टडी में वापस आ गया। वह कुरसी पर बैठकर दीवार घड़ी और स्क्रीन को बारी-बारी से देखने लगा। पंद्रह मिनट बीत गए। दरवाजे की घंटी बजी। आप्टे घर आ गया था। राजीव का मन किया कि दरवाजा खोल दे; पर उसे याद आ गया कि वह कौन था और उस जगह क्यों छिपा हुआ था! कोई और भी हो तो सकता था। वह फिर से बैठ गया। एक मिनट बाद दरवाजे पर आहट हुई। आप्टे अंदर आया।

"क्या पता चला?" उसने एक ही साँस में पूछा।

"तुमने कैसे नजरअंदाज कर दिया?"

"क्या?"

"यह कैसे हुआ? मेरी जान जा सकती थी।"

"क्या बोल रहे हो?"

"ये देखो।" राजीव ने स्क्रीन की ओर देखकर चिल्लाते हुए कहा।

आप्टे देखने के लिए मुड़ा। "समझ नहीं आ रहा कि क्या बात कर रहे हो ? हाउसकीपिंग वाला आदमी तुम्हारे कमरे में जा रहा है तो इसमें क्या बात है ?"

"तो ?" राजीव चिल्लाया—"तो ?"

"बस, बहुत हो गया। जल्दी बताओ।"

"ध्यान से देखो। हाउसकीपिंग वाला आदमी अंदर जा रहा है।"

"हाँ, जा रहा है।"

"पर क्या वह बाहर आया ?"

आप्टे लड़खड़ाकर पीछे हो गया।

"तुमने इतनी बड़ी बात पर ध्यान नहीं दिया ! हद हो गई। वह कभी बाहर नहीं आया। उसके बदले में राजीव बाहर आया; या वह, जिसे तुम राजीव समझते हो !"

"हे भगवान् !" आप्टे बोला, "यह मैंने क्या कर दिया ? सॉरी···। और क्या कह सकता हूँ। बस, इतना ही···"

राजीव ने आप्टे को इतना परेशान देखा तो वह थोड़ा शांत हो गया। "मुझे फाँसी हो सकती थी। यह तो अच्छा हुआ कि एक्सीडेंट हो गया और तुम्हारे हाथों यह पाप होते-होते बच गया।"

आप्टे के चेहरे पर पश्चात्ताप झलक रहा था। उसने गहरी साँस ली और शुक्र मनाया कि राजीव उसके साथ था।

"यह तो बड़ी भयंकर भूल है। मैं शर्मिंदा हूँ। हमसे यह चूक कैसे हुई ?"

"कोई बात नहीं। मेरे वकील को भी तो नहीं दिखा।" राजीव बोला, "तुम सब का ध्यान राजीव पर था। तुमने हाउसकीपिंग वाले की ओर ध्यान ही नहीं दिया।"

आप्टे ने माफी माँगते हुए सिर हिलाया। "तो उसे क्या हुआ ? हमने सारा फुटेज देखा था। कमरे से कोई बाहर नहीं आया था, यानी तुम या तुम्हारा हमशक्ल ही बाहर आया था। हाउसकीपिंग वाले आदमी का क्या हुआ ?"

राजीव ने आप्टे को देखा और एक पल के बाद बोला, "वह बाहर आया था।"

"कब ?"

"7 बजकर 8 मिनट पर, राजीव मेहरा बनकर।"

आप्टे दंग रह गया। "हम्म! समझ आ रहा है। तुमने कहा था कि तुम उसे जानते हो।"

"हम्म! स्क्रीन को ध्यान से देखो।"

आप्टे उस इमेज को देखता रहा। उसे कुछ समझ नहीं आया तो उसने फिर से राजीव को देखा।

"मैंने यह नीला डायल पहले भी कहीं देखा है।"

"किस जगह ?"

"एक पार्टी में, दो महीने पहले। रोहन कोठारी की शादी में… फुकेट, थाईलैंड में। मैंने एक महीने पहले क्लिप देखा था। इस आदमी ने मुझ पर वाइन गिरा दी थी। यह वही रॉलेक्स घड़ी है।"

"इसका नाम जानते हो ?"

"नहीं, यह पार्टी में वेटर था।"

"उसका चेहरा याद कर सकते हो ?"

"यही तो बात है। मैं कोशिश कर रहा हूँ। शायद वीडियो में चेहरा दिखा था; पर यकीन से नहीं कह सकता।"

"वीडियो किसके पास है ?"

राजीव बोला, "वह मेरे फोन में था। मैंने गुस्से और उदासी के बीच हटा दिया था। अचानक ही मिहिर के अंतिम संस्कार के समय दिखा था। सॉरी!"

"यह याद है कि वीडियो किसने भेजा था ?" आप्टे ने पूछा।

"याद है। नीलिमा ने भेजा था। उसने ही बनाया था।"

"तो उसके फोन में अब भी होगा!"

"अगर वह उसके पास है तो हम हत्यारे को पकड़ सकते हैं।"

आप्टे ने हामी भरी। "अब तो कोई चारा नहीं रहा। उसे कॉल करके यहाँ बुलाना ही होगा।"

"क्या ? अभी ?" राजीव हैरान था।

"क्यों ? किस बात का इंतजार है ?"

"नहीं, कुछ नहीं। वह मुझे यहाँ देखेगी या मैं छिपा रहूँ ?"

"नहीं, हम उसे अपने साथ मिला लेंगे और उसे सब बता देंगे। वह तुम पर भरोसा करती है।"

"वह भरोसा करती है!" राजीव खाली निगाहों से आप्टे को ताकता रहा।

आप्टे ने अपने जाने-पहचाने सपाट चेहरे के साथ कहा, "उसे कॉल करना है। तुम्हारे पास नंबर होगा?"

"9810023489 है।" राजीव अचानक बोला।

आप्टे यह देखकर मुसकराए बिना नहीं रह सका। राजीव शर्मसार होकर दूसरी ओर देखने लगा। आप्टे ने फोन मिलाया तो एक महिला ने फोन रिसीव किया।

"हैलो, क्या मिसेज नीलिमा कोठारी थापर बोल रही हैं?"

"जी!"

"मैं इंस्पेक्टर दयानंद आप्टे। मैं कोठारी मर्डर केस देख रहा था।"

एक खामोशी छा गई। "जी, मैं जानती हूँ।" नीलिमा बड़ी देर बाद बोली।

"मैं आपसे मिलना चाहता था। एक चौंका देने वाला सबूत हाथ आया है। शायद आपको उसमें दिलचस्पी हो। क्या हम आज रात मिल सकते हैं?" आप्टे ने पूछा।

"कैसा सबूत?" नीलिमा ने पूछा।

"मिसेज थापर, बेहतर होगा कि हम मिलकर ही बात करें।" आप्टे ने कहा।

"आज रात?" नीलिमा बोली।

"हाँ। आपको अपने घर का पता और लोकेशन व्हाट्सएप पर भेज रहा हूँ। आप कितनी जल्दी आ सकती हैं?"

"कुछ ही मिनटों में निकलती हूँ।"

"शुक्रिया। इंतजार रहेगा।" आप्टे ने कहा और कॉल डिस्कनेक्ट कर दी। उसने राजीव को देखा। "वह अभी आ रही है।"

राजीव का मन भावुक हो गया। उसे समझ नहीं आ रहा था कि क्या कहे! आप्टे समझ गया।

"चिंता मत करो, मैं बात कर लूँगा। तब तक हम डिनर कर सकते हैं।" उसने कहा और स्टडी से बाहर आ गया।

□

9

कृष्ण थापर मुँह में सिगार दबाए उस मेज की ओर बढ़ा, जिस पर कोठारी बैठे थे। उसने अपना हेलमेट नीचे फेंक दिया। "क्या आपने देखा? कितना बड़ा फाउल! कसम से, सब रेफरी का किया-धरा है।"

वे लोग महालक्ष्मी ग्राउंड्स में एमेच्योर राइडर्स क्लब में रविवार की सुस्ताई हुई दोपहर का आनंद उठा रहे थे। सूरज की हलकी तपिश के बीच अलसाई हुई हवा चल रही है।

"चलो, हाथ-पैर तो बच गए। पता नहीं इस खेल में ऐसा क्या है!" मिहिर बोला।

"ये राजा-महाराजाओं का खेल है।" कृष्ण ने धुएँ का छल्ला उड़ाते हुए कहा।

"हम कोठारी तो किंगमेकर का खेल खेलते हैं।" नीलिमा बोली।

कृष्ण ने अपने सिगार से उसकी ओर इशारा किया—"ये भी खूब कही। इस पर तो टोस्ट बनता है। मैं जरा कपड़े बदलकर आया, फिर एक-दो जाम टकराएँगे।"

कोठारी कृष्ण को अंदर जाते हुए देखते रहे। वे उसे ही ताक रहे थे। मीराबेन ने ही पहले कहा, "नीलिमा, तुम्हें क्या लगता है?"

नीलिमा ने सिर घुमाकर माँ को देखा—"किस बारे में?"

"उसके बारे में?"

"इसमें सोचना क्या है, माँ? वह बहुत फूहड़, बेहूदा, मोटा, थुलथुल और भ्रष्ट है। इस तरह हँसता है जैसे किसी ऑटर ने हीलियम चख लिया हो!"

मिहिर अपनी हँसी नहीं रोक सका। मीराबेन ने उसे आँखों से बरजा और नीलिमा की ओर मुड़ीं। "नीलिमा, बस, तुम्हारे बेहूदे मजाक बहुत हुए! वह अच्छा आदमी है। उसका एक टेस्ट है। शायद वह कोठारियों के बीच फबेगा।" वे बोलीं।

"पर मिहिर की तो शादी हो गई है।"

"चुप कर!" मीराबेन बोलीं, "हम तेरी बात कर रहे हैं।"

"करती रहो, माँ। मैं नहीं सुन रही।"

"ऐसे मत कहो। उसका हुलिया तो बदल भी सकता है। रोज कुछ घंटे जिम जाएगा, फिर देखना तुम। देखो, वह दिलचस्पी ले रहा है। मुझे कोई बुराई नहीं दिखती। मैं तुम्हारे रिश्ते के लिए बात करने वाली हूँ।"

नीलिमा चिहुँकी। "आपका दिमाग घूम गया है ?"

"नहीं, तुम्हारा दिमाग घूम गया है।" मीराबेन ने नीलिमा की प्रोस्थेटिक टाँग की ओर देखा।

"माँ, ऐसी घटिया बात मत करो। मैं कोई भिखारिन नहीं हूँ।"

"नीलू! ऐसा नहीं है कि हमारे घर के बाहर रिश्तों के लिए लाइन लगी है। तुम अब जवान नहीं रहीं और मैं बूढ़ी होती जा रही हूँ।"

नीलिमा भाई की ओर मुड़ी—"मिहिर, इन्हें रोको या तुम भी आज्ञाकारी बेटे की तरह मुँह में दही जमाए बैठे रहोगे ?"

मीराबेन बीच में बोलीं, "देखो नीलू, वह अच्छा लड़का है। मुझे पसंद है, मिहिर को पसंद है। और उसे तुम्हारी लकड़ी की टाँग से भी कोई दिक्कत नहीं है।"

"अच्छा! तो आपने उससे बात भी कर ली! यह तरीका आपको शोभा नहीं देता।"

"मैं तुम्हारी माँ हूँ। अपनी बेटी को सारी जिंदगी कुँवारा नहीं देख सकती।"

"तो किसी पेड़ से ब्याह दो। इस आदमखोर से तो वही बेहतर होगा।"

"नीलू, बात सुनो। हमें इसकी जरूरत है। यही डिफेंस डील पाने में मदद कर सकता है।"

"ओह! तो अब समझ आया!"

"नहीं, ऐसी कोई बात नहीं। यही खास वजह नहीं है। तू समझ सकती है। उसे किसी विकलांग लड़की से शादी करने में भी परेशानी नहीं है।"

"माँ, क्या अब भी मुझे बच्चा समझती हो? या मैं आपकी बिजनेस डील का हिस्सा हूँ? जी कर रहा है कि यहीं उसके हेलमेट में उलटी कर दूँ।"

"यह कोठारियों को बचा लेगा, नीलू! हमें वह सरकारी अनुबंध चाहिए, वरना कंपनी तो गई पानी में। क्या तुम्हारे आगे हाथ जोड़ने होंगे?"

नीलिमा शांत हो गई। आँख के कोने से आँसू टपक गया। उसने मिहिर को देखा, पर भाई दूसरी ओर देखने लगा। "मैं अपने प्यारे भाई के मुँह से सुनना चाहूँगी कि माँ ने मुझे बेचने का जो प्लान बनाया है, उसके लिए वह क्या कहना चाहेगा?"

"नीलिमा, ऐसी घटिया बात मत करो।"

"मिहिर को बोलने दो।"

पर मिहिर नहीं बोला। वह दूर कोने में ताकता रहा। नीलिमा भी चुप हो गई। उसे पता है कि अब उसकी नहीं चलेगी।

तभी कृष्ण के आने से खामोशी टूटी।

"किंग वापस आ गया है।" वह चिल्लाया, "चलो, सभी अंदर चलते हैं।" उसने नीलिमा की ओर हाथ बढ़ाया तो नीलिमा ने हाथ थाम लिया। इस दौरान वह लगातार माँ को ही देखती रही।

"ओह, मैं तो भूल ही गया। यह तुम्हारे लिए।" कृष्ण ने अपनी पोलो बॉल नीलिमा को दे दी—"मेरे साइन किए हुए हैं।"

"अब मुझे पोलो सीखना होगा, ताकि इससे खेल सकूँ।" नीलिमा ने कहा।

"यह लड़की भी न··· हाँ मिहिर!" कृष्ण ने मजाक में नीलिमा की बाजू पर मुक्का-सा लगाया।

"तुम क्या टोस्ट करने वाले हो, कृष्ण?" नीलिमा ने चिढ़ाते हुए पूछा।

"किंग और किंगमेकर्स के नाम।"

"गुड।" नीलिमा ने माँ को घूरा। "सारे एक ही जगह पर हैं। इसके लिए तो मैं कोई भी कीमत चुका सकती हूँ।"

कृष्ण खिलखिला उठा। "तुम वाकई कमाल हो! भारी कीमत चुका सकती हो।"

नीलिमा मुसकराई। वह मिहिर को देखते हुए अपनी कुरसी में हिली। "वाकई भारी कीमत!"

नीलिमा ने अचानक ही अपनी प्रोस्थेटिक टाँग से ब्रेक पैडल दबाया और खुद को सँभाला। उसके आगे भारी यातायात था। स्टीयरिंग व्हील पर पकड़ कस गई थी। 'आप्टे का घर यहीं कहीं होना चाहिए।' उसने खुद से कहा और खिड़की से बाहर देखने लगी। अचानक ब्रेक लगने से ग्लब बॉक्स खुला और उसमें से साइन की गई पोलो बॉल दिखने लगी।

□

आप्टे और राजीव डिनर कर रहे थे कि दरवाजे की घंटी बजी। उन्होंने एक-दूसरे को देखा।

"तुम दरवाजा खोलने जाना चाहोगे?" आप्टे ने पूछा।

"बेहतर होगा कि तुम ही जाओ।" राजीव बोला।

"ठीक है।" आप्टे ने राजीव से कहा, "तुम स्टडी में जाओ। हम वहीं बात करेंगे।" वह रोहिणी की ओर मुड़ा।

"हाँ-हाँ। मुझे पता है, मैं ऊपर ही रहूँगी।" रोहिणी ने उसे कुछ कहने ही नहीं दिया।

बाहर नीलिमा खड़ी थी। आप्टे ने उसका स्वागत किया और स्टडी में ले आया। राजीव डेस्क पर था। वह पीछे की ओर मुड़ा।

नीलिमा ने उसे देखा। वह चिल्लाई और लड़खड़ाकर पीछे हो गई। वह किसी सहारे की खोज में थी। फिर वह किसी तरह बोली, "नहीं।" उसका चेहरा अपने हाथ से ढँका था। आँखें नम हो आई थीं। राजीव उसे चूमना चाहता था, पर किसी तरह खुद को रोक लिया।

आप्टे ने ही खामोशी तोड़ी, "मिसेज थापर, क्या मैं···"

"इंस्पेक्टर, मुझे नीलिमा कहें।"

"जी, नीलिमा! आप बैठें। मुझे आपको सबकुछ बताना है। हम आज जिस जगह हैं, उस जगह से देखकर लगता है कि राजीव बेगुनाह है।"

नीलिमा ने उसकी बात पर ध्यान नहीं दिया। वह अपनी ही सोच में मगन थी। "पर कैसे, तुम एक्सीडेंट से कैसे बचे?" उसने राजीव से रोते हुए पूछा। "पर उन्होंने कहा था कि तुम मारे गए। डी.एन.ए. की मदद से लाश भी पहचान ली थी। हे भगवान्!"

राजीव ने उसाँस भरी। चेहरे पर हलकी घबराहट से भरी मुसकान थी।

"हैलो, एन!" वह बोला।

आप्टे ने बीच में बोलते हुए नीलिमा को अपनी ओर देखने पर विवश कर दिया, "वह एक आड़ भर थी। असल में, अब तो पक्का यकीन हो गया कि राजीव ने कोई हत्या नहीं की। कोई उसका हमशक्ल बनकर उस दिन ताज में गया था। हमारे पास सबूत भी मौजूद है। उस दिन राजीव ने जिस आखिरी इनसान से बात की थी, वह अब इस दुनिया में नहीं रहा। राजीव जैसे दिखने वाले उस आदमी ने हाइपर-रियल लेटेक्स मास्क पहना था, जो शायद उसने लंदन के मैडम तुसाद संग्रहालय से किसी तरह लिया होगा। वहीं राजीव का मोम का पुतला भी लगा है। संग्रहालय में उस टेंपलेट को बनाने वाला आदमी भी नहीं रहा। उस दिन तक ताज के सी.सी.टी.वी. फुटेज को देखकर लगता है कि राजीव ने तुम्हारे भाई को नहीं मारा होगा। जिस व्यक्ति ने वह काम किया था, वह एक नीले रंग की रॉलेक्स घड़ी पहने हुए था। वह सुइट में गया और बाहर नहीं आया। केवल राजीव बाहर आया। मेरा मतलब है कि वह राजीव के वेश में वापस आया। वही आदमी। तुम उसे पहचानती हो!"

नीलिमा स्क्रीनशॉट को घूरने लगी। "मैं इसका चेहरा नहीं देख पा रही।" वह बोली।

"हाँ, मेरा मतलब इसकी रॉलेक्स घड़ी से था।"

"नहीं, सॉरी, इंस्पेक्टर!"

"राजीव को लगता है कि यह उसे पहचानता है। इसने उसे एक क्लिप में देखा था, जो आपने उसे भेजी थी। वही वीडियो, जो आपने रोहन की शादी में थाइलैंड में बनाया था।"

"ओह, अच्छा!"

"दुर्भाग्य से, राजीव को यह नहीं याद कि वीडियो में उसका चेहरा दिखता

था या नहीं? और वह वीडियो डिलीट कर चुका है। हमें उम्मीद है कि वह अभी आपके पास होगा।"

नीलिमा ने किसी तरह खुद को सँभाला। कितना कुछ समझना बाकी था! उसने राजीव को देखा। वह उसे प्यार से देख रहा था। वह आगे आकर उसे गले से लगाना चाहती थी।

"मैं देखती हूँ, शायद मेरे पास होगा।" उसने आप्टे से कहा। फिर वह फोन खोलकर क्लिप देखने लगी।

"आराम से देखो।" आप्टे ने कहा।

"क्या यह था?" नीलिमा ने एक मिनट बाद राजीव को फोन दिखाते हुए कहा।

"यही था।" राजीव बोला।

नीलिमा ने वीडियो चलाकर राजीव को सौंप दिया। राजीव ने वीडियो को बीच में आधा छोड़कर जूम इन किया। फिर उसने उसे आप्टे को दिखाया—"यह वही डायल है, रॉलेक्स।"

आप्टे ने हामी भरी। राजीव ने इस बार वीडियो पूरा चला दिया। "इस आदमी का चेहरा नहीं दिख रहा।" उसने मायूसी से कहा।

आप्टे नीलिमा की ओर मुड़ा। "क्या उस शादी का कोई और वीडियो बनाया था आपने?"

"सॉरी। नहीं, बस, यही एक था। पर इस आदमी को खोज सकते हैं। हालाँकि, रिसेप्शन जेम्स बॉण्ड आईलैंड पर था, पर उसके सारे बंदोबस्त फुकेट की डेस्टिनेशन वेडिंग एजेंसी ने किए थे। असल में, मेरे ऑफिस से ही सारा काम हुआ था। एजेंसी का नंबर व पता मिल सकता है। उन्हें इस आदमी के बारे में पता होना चाहिए। शायद वह कैटरिंग एजेंसी से था। किसी को पूछताछ के लिए थाईलैंड जाना होगा।"

कुछ देर की खामोशी को आप्टे ने ही तोड़ा। "मैं कल ही थाईलैंड जा रहा हूँ। आप इस बात को अपने तक ही रखना। मैं रोहिणी से कहूँगा कि किसी काम के लिए औरंगाबाद जा रहा हूँ।"

"मुझे तुम्हारे साथ चलना चाहिए।" राजीव ने कहा।

"क्या? न पासपोर्ट है और न विदेश जाने वाला हाल! कोई जरूरत नहीं। वैसे भी, तुमसे कोई खास मदद नहीं मिलने वाली।"

राजीव ने बेमन से सिर हिलाया। वह नीलिमा के पास गया और उसका हाथ थाम लिया। जब आप्टे ने देखा तो उसने हाथ छोड़ दिया।

आप्टे नीलिमा की ओर मुड़ा, "धन्यवाद। आपके आने से बहुत मदद मिली।"

नीलिमा के चेहरे पर छोटी सी मुसकान खेल गई। "इंस्पेक्टर, मैं अब भी आश्चर्य में हूँ। पर परमात्मा का शुक्र है कि राजीव जिंदा है। मैं हमेशा से जानती थी कि तुम ऐसा नहीं कर सकते।" उसने राजीव को देखकर कहा, "पर मेरे पास कोई सबूत नहीं था।"

"किसी के पास नहीं था।" राजीव बोला, "पुलिस और मेरे वकील के पास भी नहीं था।"

आप्टे ने नीलिमा व राजीव दोनों से कहा, "मैं आपको यह बताना चाहूँगा कि अभी के लिए कुछ नहीं बदला। राजीव को इसी तरह छिपकर रहना होगा। नीलिमा, आप कुछ दिन तक राजीव से न मिलें। इसमें ही उसकी भलाई है।"

नीलिमा ने उदासी से सिर हिलाया।

"मैं चलता हूँ, जाने की तैयारी करनी है।" आप्टे ने कहा।

राजीव भावुक हो गया। उसने नीलिमा को आहिस्ते से गले से लगा लिया और फिर आप्टे के ध्यान देते ही छोड़ दिया। वे अलग हुए तो आप्टे नीलिमा को बाहर तक छोड़ने चला गया।

"इंस्पेक्टर, सारी खबर देते रहना।" नीलिमा ने विदा लेते हुए कहा, "और अगर मैं किसी काम आ सकूँ तो प्लीज बता देना। मैं ही थाईलैंड जाने का खर्च उठाऊँगी और बाकी खर्चे भी मेरे ऑफिस से ही होंगे। अभी जाकर सारी तैयारी करवाती हूँ।"

"जरूर बताता रहूँगा। शुक्रिया!" आप्टे ने कहा और दरवाजा बंद कर दिया।

आप्टे ने बिना खटखटाहट के स्टडी में कदम रखा। राजीव उसका इंतजार कर रहा है।

"तुम्हें इससे शादी कर लेनी चाहिए थी।" आप्टे ने राजीव के कंधे पर हाथ रखा।

"मैं कर लूँगा। एक बार बेगुनाही साबित हो जाए और मृतकों की दुनिया से वापसी हो जाए तो शादी कर लूँगा।"

"वह काम मुझ पर छोड़ दो।" आप्टे ने कहा और चला गया।

□

थाई एयरवेज उड़ान टी.जी. 2203 के पहियों ने फुकेट इंटरनेशनल एयरपोर्ट पर बारिश से भीगे रनवे को छुआ। दोपहर बीतने को थी। इंस्पेक्टर आप्टे ने गार्ड को थाई तरीके से अभिवादन किया। गार्ड ने भी सिर झुकाकर प्यारी सी मुसकान दी। लाउंज टूरिस्टों से भरा था। उसने एयरपोर्ट से बाहर आकर हयात रीजेंसी के लिए कैब ले ली। नीलिमा के ऑफिस ने ही सारा इंतजाम कर दिया था। जेम्स बॉण्ड आईलैंड तक जाने के लिए फेरी का भी प्रबंध हो चुका था, जिसे 'खाओ पिंग कान' भी कहते थे। उसी जगह रोहन कोठारी की शादी का जश्न मनाया गया था। आप्टे ने होटल में सामान पटका और झटपट नहाने के बाद डाउनटाउन फुकेट में वेडिंग एजेंसी जाने को तैयार था। बेल डेस्क ने उसे बताया कि उस जगह से बीस मिनट का पैदल रास्ता था।

आप्टे पैदल ही चल दिया। मौसम सुहावना था और सड़कों पर साइकिल चलाने वालों की भरमार थी। एक ओर खूबसूरत-से मकान और दुकानें दिखाई दे रही थीं और दूसरी ओर समंदर दिख रहा था। गरम हवाएँ उसी ओर से आ रही थीं। उसे बार-बार खुद को याद दिलाना पड़ा कि वह मौज-मस्ती करने नहीं, बल्कि काम के सिलसिले में आया था। एजेंसी खोजने में दिक्कत नहीं आई। वह एक पुरानी इमारत थी, जिसे ग्रेनाइट और लकड़ी से बनाया गया था। प्रवेश द्वार पर एक तख्ती पर 'Passion Wedding Planners' लिखा था। अंदर बड़े से हॉल में छत पर लंबे पंखे लटके हुए थे। आप्टे ने मैनेजर के पास जाकर अपना परिचय दिया। मैनेजर ने विनम्रता से उसका स्वागत किया।

"मैं आपके लिए क्या कर सकता हूँ?" उसने पूछा।

आप्टे ने अपना फोन निकाला। "मैं किसी को खोज रहा हूँ। वह उस स्टाफ में शामिल था, जिसे आपने एक शादी का काम सँभालने भेजा था। वह समारोह

दो महीने पहले जेम्स बॉण्ड आईलैंड पर हुआ था।" उसने कहा और फोन पर वीडियो चला दिया। मैनेजर अपना चश्मा उतारकर वीडियो को ध्यान से देखता रहा।

"अरे हाँ, याद आया।" फिर उसने अपना चश्मा एक ओर रख दिया। "आलीशान शादी थी। सारी रात जश्न रहा। उन्होंने पूरा आईलैंड ही किराए पर ले लिया था।"

"आपके पास स्टाफ की लिस्ट होगी?"

"जी। वे कुल चालीस लोग थे।"

"नहीं, कुक और नौकर नहीं। बस, वेटर्स के बारे में बताएँ।"

"वे कुल दस वेटर्स थे।"

"क्या उनके फोटो और पते हैं?"

"जी, एक मिनट। हम उन्हें स्थायी नौकरी नहीं देते। वे काम के हिसाब से आते-जाते रहते हैं।"

"अच्छा! प्लीज, क्या मैं उनके नाम व पते देख सकता हूँ?"

"यह देखिए।" मैनेजर ने आप्टे के आगे कागजों का एक पुलिंदा रख दिया।

आप्टे उन कागजों को पलटने लगा। उनमें काम पर रखे गए लोगों के पते और तसवीरें थीं। उनमें से तीन नाम भारतीय थे—दो पुरुष और एक स्त्री। "क्या इन फॉर्मों की फोटोकॉपी दे सकेंगे?" उसने पूछा और फिर उसे याद आया कि वह कौन से जमाने में जी रहा था। "सॉरी, क्या मैं इनकी फोटो क्लिक कर सकता हूँ?"

"क्यों नहीं!" मैनेजर ने हामी भरी।

आप्टे ने दस फॉर्मों के क्लिक ले लिये। फिर उसने भारतीय चेहरों को अलग से जूम करके स्क्रीनशॉट लिये। "बहुत-बहुत धन्यवाद। आपसे बहुत मदद मिली।" उसने मैनेजर से हाथ मिलाते हुए कहा।

बाहर बूँदाबाँदी शुरू हो चुकी थी। आप्टे ने तय किया कि पहले उस भारतीय युवती से मिलेगा। अदिति त्यागी। उसने उसके पते पर जाने के लिए टुक-टुक लिया—फुकेट टाउन के बाहरी इलाके की इमारतों में एक छोटा सा

फ्लैट। उसने चौथी मंजिल पर जाकर घंटी बजाई। एक युवती ने दरवाजा खोला। उसकी गोद में एक बच्चा था।

आप्टे ने विनम्रता से झुककर पूछा, "क्या आप ही मिस अदिति त्यागी हैं ?"

"जी।" उस युवती ने थोड़ा चौंककर कहा। बच्चा रोने लगा था।

"मैं मुंबई पुलिस से इंस्पेक्टर आप्टे। क्या मैं अंदर आ सकता हूँ ?"

"क्या हुआ ? क्या हो गया ?"

"अरे, नहीं। बस, थोड़ी पूछताछ करनी है।"

अदिति ने दरवाजा पूरा खोल दिया—"अंदर आ जाइए।"

"शुक्रिया ! दो महीने पहले जेम्स बॉण्ड आईलैंड में जो शादी हुई थी, उसके बारे में ही कुछ पता लगा रहे थे। आपको उस दिन पैशन वेडिंग प्लानर्स ने काम पर रखा था।"

"अरे हाँ, याद आया। कोठारियों की शादी थी, है न ?"

"जी ! क्या आप इस आदमी को जानती हैं ?" आप्टे ने क्लिप दिखाई।

अदिति पास आई और सिर झुकाकर वीडियो देखने लगी। "जी, जानती हूँ। अमित सनसनवाल। शायद इसका यही नाम था।"

आप्टे ने फॉर्म देखे। "यह आदमी ?"

"जी। यह दूसरा भारतीय पुरुष था। पहले का नाम शायद 'ध्रुव' था। उसका पूरा नाम भूल गई।"

"ध्रुव साहा। ये वाला ?"

"जी।"

"क्या आप इसके बारे में कुछ बता सकती हैं ?"

"कौन ? ध्रुव ? बड़ा शांत-सा था। उसका…"

"नहीं, दूसरा आदमी—अमित सनसनवाल।"

"ओह, अच्छा। नेक आदमी था। दोस्ताना स्वभाव का था। उसने बताया था कि वह भारत से थाईलैंड काम की तलाश में आया था। लंबा व सुंदर। उस दिन के बाद से दिखाई नहीं दिया।"

आप्टे ने सनसनवाल के फॉर्म पर लिखा नंबर डायल किया। किसी ने फोन

रिसीव नहीं किया। "क्या आप बता सकती हैं कि यह किस जगह का पता है ?" उसने अदिति से पूछा।

"यह एक मोटल का पता है। यहाँ से पास ही है। कैब से पंद्रह मिनट लगेंगे।"

"धन्यवाद। मुझे निकलना चाहिए।"

"क्या कोई बात हो गई, इंस्पेक्टर ? क्या अमित को कुछ हो गया ?"

"नहीं। बस, ऐसे ही पूछताछ चल रही है।" आप्टे ने कहा और उसके अपार्टमेंट से बाहर आ गया।। बाहर आते ही उसने, कैब को रुकने का संकेत किया और उसमें बैठ गया। बारिश तेज हो चुकी थी। कार के वाइपर तेजी से चल रहे थे। आप्टे ने मन में गाली बकी, 'कहा तो गया था कि मौसम सुहावना रहेगा।'

समंदर की ओर खुलने वाला मोटल वीरान पड़ा था। आप्टे कैब से निकला और भीगने से बचने के लिए लॉबी की ओर तेजी से भागा। हॉल में गंदगी दिखाई दे रही थी। कोने में रखा सोफा फटा हुआ था, जिसमें से एक स्प्रिंग झाँक रही थी।

उसने डेस्क की घंटी बजाई। एक आदमी बाहर आया। चेहरे पर अजीब सी मायूसी थी। आप्टे ने उसे अमित की फोटो दिखाई। "क्या यह आदमी यहीं रहता है ?"

"कौन हो तुम ?"

"मैं मुंबई पुलिस से इंस्पेक्टर आप्टे हूँ।"

मैनेजर झट से विनम्र मुद्रा में आ गया। उसने तसवीर को गौर से देखा। "जी, यह एक महीना पहले यहीं रहता था; पर फिर चला गया।"

"आपको पता होगा कि यह कहाँ गया ?"

"नहीं, वह अपना कोई पता नहीं छोड़कर गया।"

"वह आपके मोटल में कितने समय तक रहा था ?"

"एक महीना। उसने पहले ही सारे पैसे दे दिए थे।"

"नकद ?"

"जी।"

आप्टे निराश होकर बाहर आ गया।

तब तक बारिश बंद हो चुकी थी। वह अपने होटल वापस आ गया।

हालाँकि, उसे अपनी आज की प्रगति से संतोष था। कल जेम्स बॉण्ड जाकर और जानकारी मिलने की उम्मीद थी। हो सकता है कि अमित वहीं कहीं काम कर रहा हो! आप्टे ने रूम सर्विस से सादा सा ऑर्डर किया और टी.वी. लगा दिया। फिर उसने नहाकर अपनी पत्नी को कॉल की।

"घर में सब ठीक है?" उसने रोहिणी से सीधे ही पूछा।

"ठीक है।" रोहिणी ने हौले से उत्तर दिया, "औरंगाबाद कैसा है?"

"बढ़िया। मुझे दो दिन और लगेंगे। क्या राजीव वहीं है?"

"अपने कमरे में होंगे।"

"उसे बुला लो और फोन दो, मुझे बात करनी है।"

आप्टे को दूसरी ओर से उलझन-सी महसूस हुई। वह मुसकराया।

"अच्छा, रुको। अभी बुलाकर लाती हूँ।"

"मैं इंतजार कर रहा हूँ।" आप्टे के चेहरे पर मुसकान थी।

दरवाजे की घंटी बजी। रूम सर्विस वाला था। आप्टे ने दरवाजा खोला और मुड़ा। उसके कान पर फोन था। वह राजीव से बात करने के इंतजार में था। वह टी.वी. टेबल के पास आ गया। "अरे, इतनी देर क्यों लग रही है?" वह बोला।

पर उसकी बात पूरी भी नहीं हुई थी कि ब्लेड की तेज धार ने उसका गला चीर दिया। यह एक झटके में हुआ। कोई प्रतिक्रिया देने का भी समय नहीं मिला। खून निकलने से टी.वी. पर बूँदें टपकने लगीं। आप्टे स्लो मोशन में गिरा। पहले वह घुटनों के बल आया और फिर जमीन पर चित हो गया। उसके हाथ से फोन फिसला और कालीन पर लुढ़क गया।

तड़प रहे आप्टे के पास खड़े आदमी ने एक-दो मिनट तक इंतजार किया, फिर उसने आप्टे के कपड़ों से अपना उस्तरा पोंछा और उसे उसके केस में रख दिया। आप्टे कालीन पर पड़ा था, आँखें खुली थीं और गला चिरा हुआ था। उसने कुछ शब्द कहने चाहे, पर कह नहीं पाया और प्राण त्याग दिए। कुछ ही फीट की दूरी पर फोन पर लगातार राजीव की 'हैलो-हैलो' सुनी जा सकती थी। वह आदमी आप्टे को लाँघकर आगे आया और फोन उठा लिया। उसने कॉल डिस्कनेक्ट की और व्हाट्स एप खोल लिया। उस पर दो चैट दिख रही थीं—

आप्टे की रोहिणी और नीलिमा से होने वाली चैट। आप्टे ने दिन में नीलिमा को अपने पहुँचने की खबर दी थी। उस आदमी ने फोन खँगाला तो दिन में ली गई तसवीरें भी सामने आ गईं। उसने वे फॉर्म व फोटोज देखे और अपनी फोटो देखते ही तिरछी मुसकान दी। फिर उसने ध्रुव की फोटो को नीलिमा को भेज दिया और मैसेज किया—'मिल गया!' उसने आप्टे का फोन बंद किया और पोंछ दिया। फिर रूम सर्विस की ट्रॉली का कपड़ा नीचे किया, अपना बैक पैक उसमें रखा और कमरे से चला गया।

□

नीलिमा और राजीव बरसात से भीगी इनर हेब्रिडीज क्लिफ की गीली हरी घास पर लेटे हैं। उनके पैरों के तलवे आपस में छू रहे हैं। चेहरे आकाश की ओर हैं और आँखें बंद हैं। चेहरों पर बरसात की बूँदें आ रही हैं और हवा चल रही है। वे पूरी तरह से भीग गए हैं। नीलिमा ने अपने बाएँ घुटने से बकल खोल दिया। उसका पैर राजीव के पैर से अलग हो गया। राजीव ने अपनी गरदन उठाकर नीलिमा को देखा।

"यह असली वाली है।" वह बोली।

"पर मैं तो अब भी नकली वाली टाँग की संवेदना महसूस कर सकता हूँ।" वह बोला।

वे हँसे और उठकर हाथों में हाथ डाले कार की ओर चल दिए। नीलिमा ने अपना सिर राजीव के कंधे पर टिका रखा है।

वे लोग लंदन वापस जा रहे हैं। उन्होंने अचानक ही स्कॉटलैंड का यह प्रोग्राम बना लिया। वे दोनों ही भीड़, काम, दोस्तों और दुनियादारी से बचकर भागना चाहते थे।

"क्या हम लंबे समय तक यहीं नहीं रह सकते?" वह बोली।

वह कुछ नहीं बोला। नीलिमा ने उसे प्यार भरी निगाहों से देखा। प्यार और उदासी। "क्या हम यहीं नहीं बस सकते? बस, मैं और तुम।"

नीलिमा ने सामने डैशबोर्ड पर पैर रख लिये और टाँग पर टाँग रख ली। उसने म्यूजिक प्लेयर का बटन दबा दिया। उसका मनपसंद गाना, बोसेली और ब्राइटमैन का 'टाइम टू से गुडबाय' गूँजने लगा।

जब मैं अकेला होता हूँ तो बैठकर देखता हूँ सपना।
और उस सपने में शब्द खो जाते कहीं।
हाँ, जानता हूँ मैं, रोशनी से भरे कमरे में कहीं रोशनी नहीं,
जा चुकी सारी रोशनी।
पर मैं तुम्हें अपने साथ नहीं देखता, नहीं देखता अपने साथ।
खिड़कियाँ कर दो बंद, सूरज को ले आओ मेरे कमरे में।
उसी दरवाजे से, जो तुमने खोला था मेरे भीतर।
मेरे बहुत पास वह रोशनी, जिसे तुम मिले,
जिससे तुम अंधकार में मिले। अलविदा कहने का हुआ समय।

राजीव ने मुड़कर नीलिमा की आँखों में देखा। वह चुप रहा।

"कुछ तो कहो।" वह बोली। फिर वह उसकी हथेली के पिछले हिस्से को मलने लगी। राजीव चुप ही रहा।

क्षितिज नहीं रहे कभी दूर।
क्या उन्हें खोजना होगा अकेले ही ?
तुम्हारे साथ मेरी सच्ची रोशनी के बिना ही।?
मैं जहाजों पर होकर सवार दूर जाऊँगा परदेस।
जो अब मैं जानता हूँ।
नहीं, अब उनका नहीं कोई वजूद।
अलविदा कहने का हुआ समय।

"सुनो !" वह बोली।

उसने नीलिमा को देखा।

"क्या तुम मुझसे शादी करोगे ?"

राजीव चुपचाप सड़क को ही देखता रहा। वे अगले कुछ मिनट तक चुप रहे। वह समय अनंत जैसा लगने लगा था।

जब तुम बहुत दूर थे।
मैं अकेला बैठा देखता था, क्षितिज का सपना।
फिर मैंने जाना कि तुम हो साथ मेरे।
धरती और समंदर पर पुल बनाते हुए।

मेरे और अपने लिए एक चकाचौंध रोशनी चमकाते हुए।
ताकि देख सकें हम दोनों।
अलविदा कहने का हुआ समय!

"नीलिमा, तुम जानती हो कि मैं नहीं कर सकता। हम नहीं कर सकते।"

"मेरी ओर से तुम कुछ मत बोलो!" नीलिमा म्यूजिक बंद करके चिल्लाई, "मैं कर सकती हूँ। तुम नहीं कर सकते। तुम कायर हो। सारे मर्द कायर होते हैं।"

राजीव को गुस्सा आ गया, "क्या तुम्हें इन पलों को बरबाद करना ही है ?"

"कायर!"

यह मेरे जीवन का बेहतरीन दिन था।

"कायर।"

यह ऐसे हजारों दिनों में एक ऐसा पहला दिन···

"कायर।"

राजीव कुछ कहना चाहता था, पर चुप रहा।

"राजीव, तुम्हें किसका डर है ? कृष्ण ? मिहिर ?"

"किसी का नहीं।"

"मिहिर। उसने क्या वादा किया है तुमसे ? रेस्त्राँ चेन खुलवाने का ?"

"नीलिमा, घटिया बातें मत करो।"

"मैं ऐसे सैकड़ों रेस्त्राँ बनवाकर दे सकती हूँ।"

"प्लीज, चुप करो।"

और कृष्ण एवं उसकी डिफेंस डील्स और मेरी माँ तथा भाई का उसके आगे गिड़गिड़ाना।

"नीलिमा!"

"उन्हें क्या लगता है, मैं लकड़ी का टुकड़ा हूँ, तराशा हुआ टुकड़ा!"

"चुप करो, प्लीज!"

"एक टाँग। मैं एक टाँग हूँ। भाड़ में जाएँ वे! भाड़ में जाओ तुम!"

"बस, बहुत हुआ नीलिमा! भगवान् के लिए चुप करो।"

पर अब बहुत देर हो चुकी थी। इससे पहले कि राजीव कुछ कहता, नीलिमा

ने बेल्ट खोली, पैसेंजर डोर खोला और चलती कार से कूद गई। राजीव ने चिल्लाकर ब्रेक लगा दिए। एयरबैग झट से उसके आगे आया। वह कार से बाहर कूद गया। नीलिमा कुछ ही मीटर की दूरी पर सड़क पर पड़ी थी।

राजीव उसके पास भागा और उसे गोद में उठाकर कार में वापस ले आया। वह कराह रही है, पर अपने दर्द को सामने नहीं आने दे रही।

"इस टाँग की खूबी यही है कि इसमें दर्द नहीं होता।"

राजीव ने उसके माथे से बालों की लटें प्यार से हटा दीं। एक लॉरी तेजी से पास से निकली और उसका हॉर्न उनके कानों को भेद गया।

□

राजीव दरवाजे की घंटी की आवाज से चौंका। वह पसीने-पसीने होकर हाँफ रहा था। उसने हथेली से अपनी आँखें मलीं। सुबह के 9 बजे थे। वह पिछली रात के डिनर के बाद से स्टडी से बाहर नहीं आया था। लिविंग रूम तक टहलने भी नहीं गया था। उसने रोहिणी को बाहर का दरवाजा खोलते सुना। एक 'हैलो' सुनाई दी। एक मिनट बीता। फिर राजीव का दरवाजा खटखटाया गया। राजीव बिस्तर से उठकर खोलने गया। बाहर नीलिमा खड़ी थी। उसके पीछे रोहिणी थी, जो उन दोनों को अकेला छोड़कर चली गई।

"अरे वाह, सरप्राइज... मैं तो बस!" राजीव बोला।

नीलिमा ने कहा, "तुम्हें कुछ दिखाना था। तुम्हारे पास फोन नहीं है और मैं रोहिणी को यह मैसेज नहीं करना चाहती थी।"

राजीव पास आ गया। नीलिमा ने उसे आप्टे का मैसेज दिखाया।

"यह आदमी है।" राजीव बोला, "तो आप्टे ने उसे खोज लिया!"

मैं कल शाम मैसेज मिलने के बाद से आप्टे से बात करने की कोशिश में हूँ, पर फोन स्विच्ड ऑफ है।

"हम्म! हमने भी कल कोशिश की। उसने रोहिणी को कॉल करके कहा कि वह मुझसे बात करना चाहता था। जब तक मैं उस ओर गया, लाइन कट गई थी।"

"मुझे यह सही नहीं लग रहा, बिल्कुल सही नहीं लग रहा।"

"हाँ, उसे कॉल करनी चाहिए थी, या कम-से-कम मैसेज तो करता! तुमने होटल वालों से बात की?"

"हाँ। कल रात और आज सुबह भी कॉल की थी। उनका कहना है कि वे भी फोन लगा रहे हैं, पर कमरे में कोई कॉल रिसीव नहीं कर रहा।"

"क्या आज उसे जेम्स बॉएड आईलैंड नहीं जाना था ?"

"यही तो बात है! मैनेजर ने बताया कि सुबह कैबवाला उसका इंतजार करता रहा और फिर वापस चला गया।"

"कुछ तो गड़बड़ लग रही है।"

"और मैनेजर को पक्का यकीन था कि आप्टे होटल से बाहर नहीं गया है। पर जब हाउसकीपिंग ने कमरे में कदम रखा तो वह खाली था।"

"वह होटल में नहीं है। उसने होटल वाली कैब भी नहीं ली। क्या वह कल रात चुपके से बाहर गया होगा ?"

"राजीव, मुझे तो चिंता हो रही है। अगर आप्टे को कातिल का पता चल गया है तो कातिल भी उसका पता लगा सकता है! वह हमेशा एक कदम आगे ही रहता है।"

"हाँ, इसमें तो कोई शक नहीं है।"

"मुझे ही फुकेट जाकर पता लगाना होगा। मुझे जाना ही चाहिए।"

"नीलिमा, पागल मत बनो।"

"बस, यही कर सकते हैं। हम उस जगह के बारे में थाई पुलिस या भारतीय अधिकारियों को भी नहीं बता सकते। इस तरह सारी बात खुलेगी और मामला उलझ जाएगा। वे लोग इस जगह आएँगे और उन्हें तुम्हारा पता लगाने में देर नहीं लगेगी।"

"यह तो सच है, पर…"

"देखो। पुलिस जानना चाहेगी कि आप्टे थाईलैंड क्या पता करने गया था, जबकि उसने अपनी पत्नी से कहा था कि वह औरंगाबाद जा रहा है।"

"हाँ।"

"और वह फुकेट में किसको और क्यों खोज रहा था ?"

"मैं मानता हूँ। हम दोनों ओर से पुलिस को शामिल नहीं कर सकते। इसलिए देखो, नीलिमा! मैं जाऊँगा।"

"क्या पागल हो गए हो ? भगवान् के लिए तुम इसी तरह छिपे रहो।"

"यही सही रहेगा। वैसे भी, मैं तो सबके लिए मरा हुआ हूँ। किसी को शक भी नहीं होगा। तुम्हारे जाने से सवालिया निशान उठेंगे।"

"पर···"

"कोई पर-वर नहीं। मुझे जाना ही होगा। जैसा कि तुमने कहा कि हम इसमें पुलिस को शामिल नहीं कर सकते। और जरा रोहिणी के बारे में तो सोचो! उसे लगता है कि आप्टे औरंगाबाद में है और परसों वापस आ जाएगा। एन, तुम मेरे लिए कितनी जल्दी सारा इंतजाम करवा सकती हो?"

"मैं कल दोपहर तक सारी तैयारी करवा दूँगी। तुम देर रात फुकेट के लिए निकल जाना। बीच में बैंकॉक में थोड़ी देर रुकना होगा।"

"पासपोर्ट···?"

"चिंता मत करो। मैं कृष्ण के लोगों को जानती हूँ। कम-से-कम उसे जानने का कुछ तो फायदा मिलना चाहिए।"

वे दोनों ही अधूरे वादों की पीड़ा में घिरे थे। माफी माँगने की कोई गुंजाइश नहीं थी। राजीव दूसरी ओर देखने लगा। उसने कहा, "शुक्रिया!"

"राजीव, मैं कल दोपहर को 4 बजे के आसपास मिलती हूँ।"

"हम्म!"

"नहीं, कुछ नहीं।"

"बोलो।"

"तुम अपना ध्यान रखना। मुझे यह सब अच्छा नहीं लग रहा।"

राजीव ने नीलिमा का हाथ अपने दोनों हाथों में दबा लिया। "मुझे एक महीने पहले ही मर जाना चाहिए था। मैं इसके लिए तैयार था। इसके इंतजार में था। अगर कोई एक चीज है, जिसकी अब मुझे परवाह नहीं है, तो वह मेरी अपनी जान है। पर मुझे आप्टे की चिंता है। मुझे तुम्हारी चिंता है।"

नीलिमा की आँखें नम थीं। "तुम्हें एक फोन चाहिए होगा। मैं पासपोर्ट के साथ लेती आऊँगी।"

"नहीं, फोन मत लाना। मैं फोन नहीं रखूँगा। मैं नहीं चाहता कि किसी को मेरा पता चले। इसके बाद जब आप्टे के साथ वापसी होगी, तभी हमारी बात होगी।"

"राजीव, यह सब मुझे ठीक नहीं लग रहा।"

"कुछ नहीं होगा।" राजीव ने उसे दिलासा दी, "मैं परसों रात तक आप्टे के साथ वापसी कर लूँगा। मेरा वादा है। अब तुम जाओ। पहले पासपोर्ट के लिए मेरी फोटो ले लो।"

राजीव दीवार के सहारे खड़ा होकर नीलिमा के फोन में देखने लगा। उसने फोटो क्लिक कर दी।

"मैं दोपहर को आती हूँ।" वह बोली।

"मैं इंतजार करूँगा।" राजीव ने कहा।

□

फावड़ा धरती से टकराया। उसने पैर से उसका किनारा धकेला और हैंडल घुमाया। फिर उसने फावड़ा भरकर मिट्टी को उसी खंदक में फेंक दिया, जिसमें वह खड़ा था। झींगुरों की आवाज गूँज रही थी। उसने भौंहों से पसीना पोंछा और खुदाई का काम करने लगा। सूरज चढ़ आया है। खेत वीरान पड़े हैं। हवा में झूमती लंबी घास ने उसे अच्छी तरह छिपा रखा है।

जब खंदक तैयार हो गई तो वह कूदकर बाहर आया और अपनी कार की ओर चल दिया। उसने बूट खोलकर आप्टे को निकाला और खंदक की ओर ले गया। फिर उसने लाश को खंदक के किनारे रखा और अपने पैरों से अंदर धकेल दिया। उसने जूते की हील से आप्टे का फोन तोड़ा और उसे भी अंदर ही फेंक दिया। इसके बाद वह उस खाई को निकाली हुई मिट्टी से भरने लगा।

□

10

विकी गोंजालेज। राजीव का यही नाम है। उसने हवाई शर्ट और चिनोस पैंट पहनी हुई है। कंधों पर एक रकसैक टँगा था और सिर पर रस्ता कैप उसे पूरी तरह एक टूरिस्ट दिखा रही थी। वह बिना किसी परेशानी के मुंबई इमीग्रेशन और सिक्योरिटी से निकल आया। पर वेटिंग लाउंज में एक हिप्पी का ध्यान उसकी ओर चला गया। वह साउथहैंपटन से था और उसका अधिकतर वयस्क जीवन एशिया में इधर-उधर घूमते हुए ही बीता था। उनके बीच बातचीत होने लगी। राजीव के लिए ऐसा करना किसी चुनौती से कम नहीं था। पर वह किसी तरह अपने जीवन की इस कहानी का नया संस्करण बनने में कामयाब रहा। मरने की खूबी तो यही है—आपके पास अपने अतीत को नए सिरे से गढ़ने का मौका आ जाता है। बाकी सफर आराम से कटा।

फुकेट एयरपोर्ट पर राजीव ने अपनी चाल बदलने की सोची। उसका अंदाजा था कि उसके फुकेट आते ही हत्यारा उसकी फिराक में होगा। इसलिए उसने हयात होटल के लिए कैब लेने के बजाय अपना हिप्पी लुक छोड़कर, घटिया सूट खरीदकर पहन लिया। वह अपनी बारी आने के इंतजार में रहा और मौका मिलते ही एयरपोर्ट से बाहर निकल रहे बिजनेसमैन की भीड़ में शामिल हो गया। बाहर आकर बस टर्मिनल तक गया और फुकेट डाउनटाउन जाने के लिए बस में सवार हो गया। उसे पूरा यकीन था कि उसने अपना कोई सुराग नहीं छोड़ा था। उसके पास एक योजना थी और सबसे पहले उसे पैशन वेडिंग एजेंसी जाना था। उसके पास हत्यारे की एक फोटो थी, जो आप्टे ने नीलिमा को भेजी थी। न कोई नाम और न पता। राजीव ने एजेंसी को खोज लिया और मैनेजर से दोस्ताना बातचीत के बाद

आप्टे से मिले फॉर्म निकाल लिये, जो उसने फोन में सेव कर रखे थे। मैनेजर ने ध्रुव को पहचान लिया। फॉर्म में पता भी था। मैनेजर ने बताया कि यह पता शहर के दूसरे कोने में पड़ता था।

वह फुकेट का कोई हलका सा इलाका लग रहा था। सड़कों पर फेरीवालों और सब्जी बेचनेवालों की भीड़ थी। राजीव ने पता खोज लिया; पर पहले यही तय किया कि ध्रुव साहा के पड़ोसियों से उसके बारे में पूछ लिया जाए। पता चला कि ध्रुव पिछले एक महीने से अस्पताल में था। उसे कार एक्सीडेंट में कई चोटें आई थीं और खोपड़ी में भी फ्रेक्चर आ गया था। राजीव ने उस पड़ोसी को धन्यवाद दिया और अस्पताल जाने के बारे में सोचने लगा। अगर पड़ोसी की बात सच थी तो ध्रुव हत्यारा नहीं हो सकता था।

वचीरा फुकेट अस्पताल लोगों से ठसाठस भरा था। पूछताछ के लिए सिक्योरिटी नहीं थी। डॉक्टर व नर्सों के पास बात करने का समय नहीं था। मरीजों और रिश्तेदारों के मिलने पर कोई रोक नहीं थी। राजीव ने जनरल वार्ड खोज लिया। उसने ध्रुव को फोटो से पहचाना। वह तीन ओर से पतले दीमक खाए परदे से ढँके पलंग पर लेटा था। सिर पट्टियों से भरा था और बाजू में सुइयाँ घोंपी हुई थीं। पूरे शरीर को असंख्य नलियों और ट्यूबों ने किसी हाईवे की तरह ढँक रखा था।

राजीव उसके पास गया और उसके पास कुरसी खींचकर बैठ गया। उसने कहा कि वह कोठारी के विवाह समारोह में मिले वेटर का दोस्त था। वे बात करने लगे। ध्रुव ने खुलकर बात की। उसने बताया कि कार एक्सीडेंट में उसकी जान जाते-जाते बची। वह पिछले पाँच सप्ताह से अस्पताल में था और पहले सप्ताह तो बेहोश ही रहा।

"क्या तुम अदिति त्यागी और अमित सनसनवाल के बारे में कुछ बता सकते हो ?" राजीव ने पूछा। उसने ध्रुव को उनके फोटो भी दिखाए।

यह सुनकर ध्रुव चौंका। "हाँ, मैं जानता हूँ।" वह बोला, "हमने एक बार एक साथ काम किया था—मैंने और अमित ने। अदिति के साथ भी कई बार काम किया है। हम फुकेट के अलावा बैंकॉक में भी एक शादी के फंक्शन में काम करने गए थे।"

"अमित के बारे में कुछ और बताओ।"

"उसके साथ तो बस, एक ही बार काम किया है। उसके बाद कभी उसे नहीं देखा। शायद वह उसी आईलैंड पर रह गया हो।"

"उसने मुझे फुकेट के एक मोटल का पता दिया था।"

ध्रुव ने पता देखा। "यह जगह ज्यादा दूर नहीं है।"

"क्या उस दिन तुम्हारी बहुत बातें हुई थीं? शादी वाले दिन?"

"बहुत कम। वह तो अपनी ही सोच में मगन रहने वाला लगा।"

"शुक्रिया। मुझे बड़ी मदद मिली। उम्मीद करता हूँ कि तुम जल्द अच्छे हो जाओगे।"

ध्रुव ने हामी भरी और पलंग पर लेट गया। उसे बात करके अच्छा लगा। एक्सीडेंट के बाद राजीव पहला आदमी था, जो उससे मिलने आया था।

मोटल में भी राजीव को आप्टे वाली कहानी सुनने को मिली; पर फर्क इतना था कि इस बार मैनेजर ने जानकारी देने के बदले पैसा माँगा। मोटल से बाहर आते ही राजीव अपने अगले कदम के बारे में सोचने लगा। यह तो साफ ही था कि उसे जेम्स बॉण्ड आईलैंड जाना ही होगा। शायद अमित के बारे में कुछ और पता चले या फिर वह स्वयं ही मिल जाए! वह आईलैंड आबादी से परे था। पर वह जब जी चाहे, दुनिया से अपना संपर्क कर सकता था। छिपने के लिए वह एक आदर्श जगह थी।

राजीव एक किराए की मोटरबोट पर आईलैंड की ओर बढ़ा तो सुबह होने को थी। सारी रात उसे नींद नहीं आई थी। वाई.एम.सी.ए. के बंक बैड ने सोने ही नहीं दिया। राजीव सुबह उठते ही मोटरबोट लेने आ गया था। एक बूढ़ा आदमी मोटरबोट चला रहा था। उसके सधे हाथ अपना काम कर रहे थे और उसे अपनी सवारी को गति का रोमांच देने की कोई इच्छा नहीं थी। सूरज निकलते ही समंदर पर रंगों की आब देखते ही बन रही थी। आकाश पानी की तरह नीला था और अगर भोर की संतरी झलक न होती तो आकाश एवं पानी का मिलन-स्थल पहचानना भी मुश्किल था। जल्द ही आईलैंड दिखने लगा। कुदरत का कमाल! राजीव उस नजारे से मंत्रमुग्ध था। जब वे उतरे तो सीगल पक्षी सिर पर मँडराने लगे। मोटरबोट का शोर लहरों के शोर को दबा रहा था। राजीव और बूढ़ा—दोनों ही अपने में मगन थे। तभी

जाने कहाँ से एक नाव तेजी से उनकी ओर आती दिखी। उन्होंने घबराकर देखा। राजीव ने घबराकर पानी में छलाँग लगा दी। पर बूढ़े को ऐसा मौका नहीं मिला। ज्यों ही दोनों नावें टकराईं, उसका असर देखने लायक था। तेज आवाज के साथ राजीव की नाव के दो हिस्से हो गए। उसके कचरे को पानी से हटने में भी कुछ ही क्षण लगे। फिर वह कचरा इधर-उधर तैरने लगा।

मोटरबोट इस नुकसान की जाँच के लिए आसपास घूमने लगी। लकड़ी के एक फट्टे पर बूढ़े की लाश तैरती दिख रही थी। मोटरबोट चालक अपनी बोट रोककर और आगे आ गया; पर उसे राजीव कहीं नहीं दिखा। बूढ़े की लाश के सिवा कुछ नहीं था। एक मिनट बीत गया। वह अपनी मोटरबोट से बंदूक निकालकर कचरे में राजीव को खोजने लगा। ज्यों ही वह बोट से नीचे झुका, राजीव ने उसके पीछे से बोट में छलाँग लगा दी। नाव डगमगाने लगी और वे मोटरबोट में ही बुरी तरह से उलझ गए। हत्यारा पहले तो सकपका गया था, पर अब राजीव के साथ कड़ी टक्कर ले रहा था। नाव इतनी बुरी तरह से डगमगा गई कि वे दोनों ही पानी में जा गिरे। फिर वे पानी में ही आपस में गुत्थम-गुत्था होते रहे थे। उनके बीच बंदूक को लेकर हाथापाई होती रही। राजीव ने उसे छीनना चाहा, पर ऐसा नहीं कर सका। हत्यारे ने मौका पाते ही गोली चला दी। राजीव का कंधा बाल-बाल बचा। राजीव ने हत्यारे की टाँग पकड़कर खींची, जिसने उसका संतुलन बिगाड़ दिया। उसका पूरा शरीर गोल चक्कर-सा खा गया। बंदूक उसकी पकड़ से छूट गई। राजीव आगे की ओर झुका और बंदूक के डूबने से पहले ही उसे उठा लिया।

उसने हत्यारे को निशाना बनाकर दो राउंड दाग दिए। गोलियाँ निशाने पर थीं। पानी पर खून दिखाई देने लगा। राजीव ने हत्यारे को कॉलर से पकड़ा और तैरने लगा। अब वह फेफड़ों में पानी जाने से नहीं रोक सकता था। उसके होंठों से बुलबुले निकल रहे थे। पर वह किसी तरह खुले में आ गया। वह मुँह खोले साँस लेने की कोशिश में था। घायल हत्यारा उसकी पकड़ में था। वह उसे खींचकर मोटरबोट तक लाया और उस पर सवार हो गया।

मीलों तक सन्नाटा छाया था। बूढ़े की लाश के साथ कचरा बहते हुए धीरे-धीरे मोटरबोट से टकराता रहा और फिर एक ओर निकल गया। चारों ओर समंदर

का गहरा विस्तार था। जेम्स बॉण्ड आईलैंड दिखने लगा। हरियाली से भरा अद्‌भुत नजारा था। समंदर और आकाश के नीले रंग के साथ हरियाली देखते ही बन रही थी।

राजीव मोटरबोट के एक कोने में सहारा लेकर बैठ गया। पहले वह मृतक को कुछ देर एकटक देखता रहा और फिर उसकी जेबें टटोलने लगा। उसे जेब में एक फोन मिला। फोन बंद था। राजीव ने मृत हत्यारे की उँगली की मदद से लॉक खोल लिया और फोन के अंदर देखने लगा—मैसेज, व्हाट्सएप कॉल्स एवं टेक्सट। उसमें राजीव, एप्पलबॉय, इमैनुएल, नायर और आप्टे की दर्जनों तसवीरें थीं। वे सभी एक ही नंबर पर भेजी गई थीं, जिसकी कोई आई.डी. नहीं थी। राजीव नंबर तो नहीं पहचान सका, पर यह बेशक उस हैंडलर का ही होगा। अमित सनसनवाल का नंबर इस्तेमाल करने वाले हत्यारे ने किसी भी मैसेज या संदेश में अपना असली नाम नहीं लिखा था।

राजीव ने अपने खून से लथपथ एवं सूजे हुए चेहरे की सेल्फी ली और आँखें बंद कर ली थीं। फिर उसने उसे हैंडलर के नंबर पर भेजते हुए लिख दिया—'हो गया काम!' उसने फोन से सारे सिक्योरिटी फीचर्स हटा दिए, जिसमें स्क्रीन लॉक फिंगरप्रिंट भी शामिल था। राजीव इमेज गैलरी देखते हुए एक फोटो पर ठिठका। वह रूपेश कोठारी की फोटो थी। वह अपना गिलास उठाकर टोस्ट कर रहा था। उसके चेहरे पर चौड़ी सी मुसकान थी। उसके साथ ही क्राउन प्रिंस खड़े दिखाई दिए। रूपेश के दूसरी ओर एक आदमी खड़ा है। उसने रूपेश के कंधे पर बाजू रखा हुआ है। उसने ही अपने दूसरे हाथ से यह सेल्फी ली है। अब वही आदमी राजीव के आगे मरा पड़ा था।

□

"मि. गोंजालेज, क्या आप डिनर से पहले ड्रिंक लेना चाहेंगे?"

राजीव खिड़की से सिर टिकाए आकाश में दिखते बादलों को ताक रहा था। उसे कही गई बात समझने में कुछ सेकंड लगे और उसने एयर होस्टेस को जवाब दिया, "नहीं, शुक्रिया!"

देर रात मुंबई आने वाली थाई एयरवेज की फ्लाइट लगभग खाली है। कई अधेड़ भारतीय बैंकॉक की मौज-मस्ती के बाद वापस आ रहे हैं। राजीव

पिछले कुछ दिनों में घटी घटनाओं के सिरे जोड़ने की कोशिश में है। वह बुरी तरह से थका हुआ है और उसके पूरे शरीर में दर्द है। उसे पूरा यकीन है कि कुछ पसलियाँ टूटने के अलावा टखने में मोच भी आई है; और इतना होने पर भी उसे हैंडलर का अता-पता नहीं मिला है, न ही उसके पास उस मास्टरमाइंड के खिलाफ कोई सबूत है, जिसने मिहिर कोठारी की हत्या के बाद से लगातार इतने लोगों की जानें ली थीं। वह अगला कदम तय नहीं कर पा रहा। यह भी निश्चित नहीं है कि क्या वह कभी इस नई जिंदगी से छुटकारा पा सकेगा? यह छिपना और अज्ञात बनकर रहना⋯। उसे यह भी समझ नहीं आ रहा कि वह रोहिणी का सामना कैसे करेगा? वह खिड़की से पीछे हटा और ध्यान भटकाने के लिए अपने आगे लगी एल.सी.डी. स्क्रीन ऑन कर दी। फिर वह कुछ चैनल्स बदलने के बाद न्यूज देखने लगा। आज सुबह की खबर—कोठारी ग्रुप और शांगटेल ने एक इवेंट आयोजित किया। रूपेश कोठारी मंच पर चीनी कंपनी के सी.ई.ओ. के साथ बैठा है। उसके साथ ही दूरसंचार मंत्री और विपक्ष के नेता भी हैं। दुबई के क्राउन प्रिंस भी मौजूद हैं। उनके पीछे लगे बड़े से बैनर पर लिखा है—'इंडिया-चाइना स्ट्रेटेजिक टेलीकम्युनिकेशंस पार्टनरशिप फॉर ए ग्लोरियस फ्यूचर'। मंत्री दीप प्रज्वलन कर रहे हैं और प्रथा के अनुसार चीनी अधिकारी मंत्री के हाथों के साथ हाथ लगाकर दीपक जलाने में मदद कर रहे हैं। इसके बाद रूपेश ने मंच सँभाला। अगले पाँच मिनट तक उसने बताया कि इस टेलीकॉम साझेदारी से क्या-क्या लाभ होगा, कैसे उसका भाई यह सब करना चाहता था और उसने इस सपने को साकार करने के लिए कितनी मेहनत की। किस तरह चीन के बाजार ने भारत और कोठारी ग्रुप के लिए उल्लेखनीय अवसर पैदा कर दिए हैं और किस तरह शांगटेल भारत के लिए 5जी स्पेस में कदम रख रहा है, जो कि दोनों देशों के लिए लाभप्रद होगा। जब भी रूपेश जानकर अपनी बात के बीच विराम देता तो श्रोता तालियाँ बजाने लगते। उसने अंत में कहा, "एक यादगार दिन।" राजीव ने स्क्रीन ऑफ की और फिर से बादलों को देखने लगा।

राजीव बिना किसी परेशानी के मुंबई इमीग्रेशन से बाहर आ गया। फिर उसने कोलाबा स्थित कोठारी ऑफिस के लिए कैब ले ली। नीलिमा वहीं मिल

सकती थी। उसने अपने मन में सोच लिया था कि नीलिमा को इन घटनाओं की जानकारी देते हुए किस तरह सदमे से भी बचाना है।

ऑफिस पहुँचकर वह लॉबी में अपने लिए सही मौके का इंतजार करने लगा। वह रीमा को जानता है। वह नीलिमा की सेक्रेटरी है। वह दोपहर होते ही सिगरेट और कॉफी ब्रेक के लिए नीचे आती है। उनकी अच्छी दोस्ती रही है। उसे बहुत देर इंतजार नहीं करना पड़ा।

उसने रीमा को अपने हाथों में कॉफी लिये बाहर आते देखा।

वह उसके पास पहुँचा तो वह बेहोश होते-होते बची।

"मैं सब बता दूँगा, पर अभी नहीं।" वह बोला।

वह कुछ न कह सकी।

"मुझे एक मदद चाहिए।" वह आगे बोला।

उसने सिर हिलाया।

"मुझे नीलिमा के पास ले चलो। वह मेरे इंतजार में है।" राजीव ने कहा।

रीमा अब भी सदमे में थी। उसने फिर से सिर हिलाया और राजीव को सातवीं मंजिल की ओर ले चली। नीलिमा का ऑफिस गलियारे के आखिर में था। राजीव उस ओर गया और काँच का दरवाजा खटखटाया। नीलिमा खिड़की से बाहर देख रही है। वह एकदम से पलटी। उसके मुँह से 'आह' निकल गई। उसके चेहरे पर हैरानगी और सदमा दोनों दिखे। वह किसी तरह दूसरी बार हकलाते हुए राजीव का नाम ले सकी।

"तुम आने से पहले बता सकते थे!" उसने खुद को सँभालते हुए कहा।

"तुम जानती हो एन, मैं अपने पास फोन नहीं रखता। वैसे भी, कुछ बातें फोन पर नहीं हो सकती थीं। फोन ट्रैक होने का डर था।"

"तुम्हें देखकर अच्छा लगा। आप्टे किधर है ? तुमने उसे घर छोड़ दिया ? बैठो। बैठो, कॉफी लोगे क्या ?"

"बाद में।"

"मुझे सब बताओ। रुको। तुम तो आज सुबह नहीं आने वाले थे! और तुम्हारा चेहरा ? हे भगवान्! राजीव, क्या हुआ ?"

"मैंने सोचा कि कल रात की फ्लाइट ले ली जाए। सुनो एन, मैं सबकुछ

बाद में आराम से बता दूँगा। अभी कुछ और काम करने हैं।"

"जैसे ?"

"आप्टे नहीं रहा।"

"क्या ? कब ? कैसे ?"

"सुनने में बुरा लग रहा है। पता नहीं, रोहिणी को कैसे समाचार दूँगा ? उसकी हत्या कर दी गई है।"

"हे भगवान्! किसने की ? कब ?"

"एक हत्यारे ने। किसी ने उसे किराए पर लिया था। वही, तुम्हारे वीडियो क्लिपवाला लड़का, वेटर।"

"हे भगवान्!"

"वह मेरे पीछे भी आया था। उसने मुझे मारना चाहा, पर मेरी किस्मत अच्छी थी। मैंने ही उसे मार दिया।"

नीलिमा के चेहरे पर सदमा झलक गया। "ये सब समझ नहीं आ रहा कि क्या कहूँ! राजीव, यह सब कल हुआ क्या ?"

"हम्म! उस आदमी का एक हैंडलर है, भारत में। और मुझे पता है कि वह कौन है ?"

"मुझे बताओ।"

"वह तुम्हारा भाई रूपेश कोठारी है। सॉरी, एन!"

"क्या ? राजीव, पागल हो गए हो ? कुछ पता भी है कि तुम क्या बोल रहे हो ?"

"पता है।"

"मतलब···रूपेश ने मिहिर को मरवाया ?"

"यही तो कह रहा हूँ, एन!"

"पर क्यों ? यह क्या बात हुई ?"

"यही तो बात है। पर तुम इस बारे में सोचो। हमें और सबूत चाहिए। सारे बिंदु मिलाओ। यह देखो कि मकसद क्या था ?"

"मैं समझ नहीं पा रही कि क्या कहूँ, राजीव!"

"क्या मुझ पर भरोसा करती हो, एन ?"

"बेशक, करती हूँ।"

"फिर वही करो, जो मैं कह रहा हूँ। मुझे रोहिणी से मिलने जाना और मेरा इस तरह सामने आना ठीक नहीं होगा। मैंने एक मौका लिया; हालाँकि, मैं बहुत समझदार नहीं। शाम को मिलता हूँ। रोहिणी के घर मिलते हैं। उसे तुमसे मिलकर दिलासा मिलेगी।"

"पक्का, पक्का। मैं शाम को आती हूँ।"

राजीव जाने ही वाला था कि नीलिमा आगे आई और उसका हाथ थामकर उसका माथा और गाल चूम लिया। "ओह, तुम्हारी आँख कितनी सूज गई है! कितना दर्द हो रहा होगा! कम-से-कम माथे का घाव तो भरा हुआ लग रहा है।"

"अरे, कुछ नहीं। मैं ठीक हूँ, एन!"

"राजीव, अपना खयाल रखना।"

राजीव ने 'गुडबाय' कहा और नीलिमा के ऑफिस से बाहर आ गया। वह लॉबी में गया और लिफ्ट के लिए बटन दबा दिया। लिफ्ट खाली थी। उसने ग्राउंड फ्लोर के लिए बटन दबा दिया। वह शीशे में खुद को देखते हुए इंतजार कर रहा था। अचानक उसे कुछ याद आ गया।

उसके चेहरे का रंग उतर गया। आँखों में डर के साए दिखने लगे, मानो किसी ने पैरों तले जमीन छीन ली हो! उसने पागलों की तरह स्टॉप का बटन दबाया और फिर सातवीं मंजिल पर जाने के लिए बटन दबा दिया। लिफ्ट खुलते ही उसने भागना शुरू किया। पर जब गलियारे के दूसरी ओर से लोग हैरानी से देखने लगे तो वह तेज चाल में चलने लगा। वह नीलिमा के ऑफिस में पहुँचा। वह उसे नहीं देख सकी, पर वह उसे देख सकता था। राजीव ने हत्यारे का फोन निकाला और हैंडलर का नंबर मिला दिया। एक या दो पल बीते होंगे। फिर वह सब हुआ। नीलिमा के ऑफिस की खामोशी रिंगटोन से टूटी। यह उस मेज से नहीं आ रही थी, जिस जगह उसका फोन रखा था। रिंगटोन की आवाज कोने में कोट रैक पर टँगे उसके बैग में से आ रही थी। नीलिमा का सिर अपने बैग की ओर मुड़ा और फिर उसे अहसास हुआ कि वह क्या हो रहा था!

वह एक झटके से अपनी कुरसी से उठी और उसे राजीव दिखाई दिया। उसके हाथ में फोन था। रिंगटोन पहले की तरह बज रही थी। राजीव एक कदम आगे आया और नीलिमा को घूरते हुए बोला, "क्या फोन नहीं लोगी ?"

नीलिमा कुछ न कह सकी।

"फोन उठाओ, नीलिमा!" राजीव ने चुनौती दी।

नीलिमा को समझ नहीं आ रहा था कि क्या करे ? वह रिंगटोन की तेज और मनहूस-सी आवाज के बीच राजीव को घूरती रही।

राजीव आगे बढ़ा और एक कुरसी खींच ली। "क्या तुम चाहती हो कि तुम्हें फिर से कॉल किया जाए ?" वह बोला।

नीलिमा ने कुछ कहना चाहा, पर अपने शब्द पी लिये। उसका चेहरा स्याह हो गया था।

"मैं इंतजार कर रहा हूँ, एन।" राजीव बोला।

वह चुप्पी जानलेवा थी। आखिरकार नीलिमा बोली, "कैसे⋯तुम्हें कैसे पता चला ?" उसने बुदबुदाते हुए पूछा।

"मेरे माथे का घाव—जब तुमने उसे छूकर नतीजा निकाला कि वह भर रहा था। तुम यह फर्क कैसे जान सकीं, जबकि तुमने तो वह घाव पहले देखा ही नहीं था ? पर तुम देख चुकी थीं। तुमने उस सेल्फी में देखा था, जो मैंने कातिल के फोन से हैंडलर को भेजी थी।"

नीलिमा चुप रही। उसने कसकर अपनी आँखें बंद कीं और खोल लीं।

"तुमने ऐसा क्यों किया, नीलिमा ? तुमने अपने भाई की जान क्यों ली ?"

"मैंने उसे नहीं मारा।"

"तुम्हें इससे कहीं बेहतर अभिनय करना पड़ा होगा—पुलिस स्टेशन में, कोर्ट में।"

"तुम⋯तुम नहीं समझ सकते। वह एक भूल थी, एक भयंकर भूल। उसे मरना नहीं था।"

"अरे हाँ! तो किसे मरना था ?"

"नाम के पहले अक्षर⋯"

"क्या ?"

"मोनोग्राम्ड सूफ्ले प्लेट—उस पर लिखे नाम के अक्षर। एम.के.। वह साइनाइड वाला सूफ्ले मिहिर कोठारी के लिए नहीं था।"

"फिर किसके लिए था ? एम.के. तो···"

राजीव ने बात अधूरी ही छोड़ दी। "हे भगवान्! मीराबेन कोठारी ? तुम्हारी माँ ?"

नीलिमा ने चेहरा घुमा लिया। "परोसनेवाले ने गलती से वह प्लेट मिहिर को परोस दी। वह एक एक्सीडेंट था। मैं मिहिर से प्यार करती थी।"

राजीव ने घिनाकर सिर हिलाया। "तुम अपनी ही माँ की जान लेना चाहती थीं ?"

नीलिमा ने पहली बार अपना सिर ऊपर उठाया। उसकी आवाज में एक दृढ़ता आ गई थी। "अगर तुम्हारी माँ तुम्हें चंद टुकड़ों के लिए बेच देती तो तुम भी यही चाहते। प्रवचन मत दो मुझे। वह किसी राक्षसी से कम नहीं।"

"कोई तुम्हें प्रवचन नहीं दे रहा। वैसे भी, यह तुम्हारा किया-धरा था कि मैं जेल में सड़ता रहा और कुत्ते की मौत मरने को मजबूर हो गया।"

नीलिमा ने अपने होंठ टेढ़े कर लिये, "और तुमने मेरे साथ क्या किया ? प्यार ? खुशी ? तुम्हें किस बात का डर था ? कायर किसी गिनती में नहीं आते।"

"और यह कौन तय करता है, तुम ?"

"हाँ, मैं तय करती हूँ, मैं। मुझ पर तो भगवान् की मार पड़ी कि उसने मुझे अपाहिज बनाया, माँ ने मुझे बेचकर मेरा अपमान किया, मेरे प्रेमी ने मुझे छोड़कर मेरा अपमान किया। मैं तय करूँगी अब सब।"

"मुझे इस पर अफसोस हो रहा है कि मैंने तुमसे प्यार किया था!"

"राजीव, ये बकवास किसी और को सुनाना। तुमने भी मुझसे प्यार नहीं किया; किसी ने नहीं किया। पर मैं इस जगह अपने हालात का रोना नहीं रोने वाली। हर किसी को वही मिलता है, जिसका वह हकदार होता है। और हर किसी को आखिर में भुला दिया जाता है। कोई परवाह नहीं करता; कोई मायने नहीं रखता।"

"नहीं, तुम यह बकवास किसी और को सुनाना। तुम हत्यारिन हो, नीलिमा! तुमने न केवल मिहिर को मारा, बल्कि कई दूसरे लोगों की भी जानें लीं। तुमने

आप्टे को मारा। तुमने ही उसे थाईलैंड भेजा था, है न! और तुमने ही मुझे भी थाईलैंड भेजा! तुम ही हमेशा हमारी सारी योजनाओं और मंशाओं को चला रही थीं। और हम तुम्हारे बनाए रास्ते पर चल रहे थे। किसी को कुछ पता नहीं चलता। कोई कुछ भी अंदाजा न लगा पाता। क्या कमाल का प्लान था!"

नीलिमा एक पल को चुप रही और फिर अचानक ही बोल उठी, "हालाँकि, रॉलेक्स ने सारा खेल बिगाड़ दिया।"

"अब भी बोलने की हिम्मत रखती हो! तुम्हारे लिए कोई मायने नहीं रखता। पर तुम मेरे लिए मायने रखती थीं। और आज पता चला कि तुम वे सारी योजनाएँ बना रही थीं, मैं तुम्हारे लिए मोहरा भर था।"

"और क्या हो तुम? और क्या हूँ मैं? हम सब मोहरे ही तो हैं, जिन्हें बलि चढ़ा दिया जाता है। मैंने तुम्हें धोखा नहीं दिया, इस बात को समझने की कोशिश करो।"

"ओह, क्यों नहीं, एन! मैं समझने की कोशिश करूँ। तुमने मेरी जिंदगी तबाह कर दी। दुनिया के लिए मैं मर चुका हूँ। तुमने मुझसे मेरा नाम, मेरी शोहरत, मेरे दोस्त और मेरी जिंदगी—सबकुछ छीन लिया; और यह कहने की हिम्मत रखती हो कि मुझे समझना चाहिए!"

"और तुम कर भी क्या सकते हो?"

"वो तो मैं देख ही लूँगा।"

राजीव ने हत्यारे का फोन निकाल लिया। नीलिमा भाँप गई कि वह क्या करने जा रहा है। वह हँस दी, "क्यों नहीं! जो गन गें आए, वही करो, राजीव! तुम्हें क्या लगता है? पुलिस से क्या कहोगे? तुम कहोगे कि कत्ल मैंने किया और तुम बेगुनाह हो? मैंने अपने भाई की जान ली? मैंने आप्टे की जान ली?"

"मेरे पास सबूत हैं।"

"और वह क्या है? कातिल का फोन? और किसी हैंडलर के नाम उसके मैसेज, जिसका कोई नाम नहीं है।"

"तुम··· तुम उसकी हैंडलर हो।"

"तुम यह कैसे कह सकते हो—यह बर्नर फोन?" नीलिमा ने फोन उठाया और उस पर से अपनी उँगलियों के निशान साफ कर दिए। फिर वह मुसकराने लगी।

"ये लो, रखो इसे।" उसने फोन को राजीव की गोद में उछाल दिया— "अब मेरे खिलाफ क्या सबूत है ?"

राजीव दंग रह गया था। उसने जल्दी से कुछ सोचना चाहा, पर दिमाग में कुछ नहीं आया। उसने ऊपर से ऐसे ही दिखाया कि बाजी अब भी उसके हाथ में है।

"मैं इंतजार कर रही हूँ।" नीलिमा अपने उसी अंदाज और लहजे में बोली, "राजीव, तुम्हारे पास मेरे खिलाफ क्या सबूत हैं ? तुम पुलिस को क्या बताने वाले हो ? सोचो, जल्दी सोचो। तुम उन्हें क्या बताने वाले हो ? तुम इन बातों का सिरा मुझसे कैसे जोड़ोगे ?

"असल में, इन सब बातों का असर तुम पर ही होने वाला है। आप्टे की मौत को ही लो। तुम ही उसे लेने के लिए थाईलैंड गए। तुम अपनी ओर से सारे सबूत मिटाना चाहते थे, ताकि आप्टे के हाथ कुछ न लगे। तुमने उसे मारा और दफनाया। और फिर तुम मेरे पास आए।"

राजीव के चेहरे का रंग उतर गया और उसने गुस्से में कुरसी की बाजू थाम ली। पर वह जानता है कि नीलिमा सच कह रही है। वह उसका कुछ नहीं बिगाड़ सकता। और अब, उसका बर्नर फोन राजीव की गोद में था और राजीव कुछ नहीं कर पा रहा था। उसे लगा, जैसे उसे लकवा मार गया था। वह कुछ नहीं बोल पा रहा था। उसने पुलिस को की गई कॉल डिस्कनेक्ट कर दी।

नीलिमा शांति से उठी और मुसकराई। "पर मैं बताती हूँ कि पुलिस क्या सोचेगी!" उसने अपनी कुरसी को उठाया और तेजी से अपनी खिड़की की ओर उछाल दिया। राजीव उसकी ताकत देखकर हैरान रह गया। काँच के टुकड़े हर ओर बिखर गए। वह खिड़की के पास गई और मुड़कर राजीव को देखा। "मैं बताती हूँ कि पुलिस क्या सोचेगी! वे सोचेंगे कि तुमने मिहिर तथा आप्टे को मारा और अब तुम···"

नीलिमा दहलीज पर कूद गई। हवा बहुत तेज थी। उसके बाल चेहरे पर बिखर गए। उसे उस तेज हवा के बीच चिल्लाकर बोलना पड़ा, "वे सोचेंगे कि तुमने मुझे भी मारने की कोशिश की।"

राजीव ने उठना चाहा, पर वह हिल भी नहीं पाया। उसने फिर से कोशिश की।

नीलिमा ने खिड़की के बाहरी फ्रेम को दोनों हाथों से पकड़ रखा था; हालाँकि, वह तेजी से उसके हाथों से छूट रहा था। विट्रुवियन औरत! "लेकिन मैंने तुम्हें प्यार किया था, इसलिए तुम्हारे लिए यह करूँगी। तुम्हें एक हैंडीकैप देती हूँ। तुम्हारे पास भागने को पाँच मिनट हैं। पता नहीं, मैं इतनी देर तक टिक सकूँगी या नहीं, और अगर मैं बच गई तो हमारी फिर से भेंट होगी। पर अगर नहीं हुई तो मैं तुम्हें बताना चाहूँगी कि मैं तुम्हें अपनी हत्या का दोषी नहीं बनाना चाहती। भागने के लिए पाँच मिनट देती हूँ। अपनी जान बचाकर भागो! बाय, राजीव!"

राजीव मारे डर के चिल्लाते हुए नीलिमा को पकड़ने के लिए लपका। पर बहुत देर हो चुकी थे। नीलिमा चेहरे पर मुसकान लिये नीचे की ओर लुढ़क चुकी थी। कमरे में खामोशी है। राजीव सम्मोहित-सा जड़ हो गया है। वह अपने कानों में बजती उस खामोशी को सुन सकता है। इसके बाद एक धड़ाम की आवाज सुनाई दी। वह उसके सिर में हथौड़े-सी बजी। राजीव बाहर देखने की हिम्मत नहीं कर सका। वह ऐसा करने के बारे में सोच तक नहीं सकता। सड़क पर शोर-शराबे को सुना जा सकता है। लोग चीख-चिल्ला रहे हैं। पर ऑफिस में अजीब-सी शांति है। नीलिमा का ऑफिस गलियारे के एक कोने में है, इसलिए किसी ने कुछ नहीं सुना; जो कुछ भी अभी हुआ, वह भी किसी ने नहीं देखा।

राजीव जानता है कि उसे क्या करना होगा! वह भागने लगा।

□□□